Der Zorn der Fährtensucherin

Sunderverse

Ingrid Seymour

PenDreams

DER ZORN DER FÄHRTENSUCHERIN

First edition. September 1, 2022.

Deutsche Erstveröffentlichung: Berlin 2022

Zuerst 2021 erschienen unter dem titel: The Tracker's Rage

Autorin: Ingrid Seymour.

KAPITEL 1

V or nicht einmal zwei Wochen hatte ich erfahren, dass ich eine Werwölfin war. Und jetzt war ich nicht mehr nur das. Es schien, als könnte ich ein Alpha sein, obwohl ich die ganze Zeit gedacht hatte, ich sei ein Omega.

Ich schaltete meinen Camaro in den vierten Gang und raste auf dem Weg zum Haus von Eric Cross über den Highway. Es war nach Mitternacht und es herrschte nicht viel Verkehr. Ich überfuhr zwei rote Ampeln, hielt den Atem an und spähte in den Rückspiegel, in der Erwartung, direkt hinter mir Blaulicht zu sehen. Doch ich hatte Glück.

Ich umklammerte das Lenkrad so fest, dass ich meinen Herzschlag in meinen Fingern spürte. Der Motor heulte auf. Bäume und Gebäude rauschten vorbei. Die Kraft des Wagens, die mich vorwärtsbrachte, gab mir das Gefühl, ich sei auf der Jagd und würde meiner Beute nachjagen. Es erfüllte mich mit Aufregung. Doch da war noch mehr.

Ich spürte auch unglaubliche Panik.

Eric hatte mir gesagt, dass Alphas ihre Gedanken in die Köpfe anderer Werwölfe zwingen und im Gegenzug ihre Gedanken hören konnten. Er hatte es bei mir getan und mir befohlen, in den Wald zu rennen und ihn zu jagen. Und ich hatte ihm geantwortet. Wir hatten ohne Worte kommuniziert, nur in Gedanken.

Und dann, vor ein paar Nächten im Lagerhaus von Pulse Inc., während Blake sich auf dem Boden krümmte und mit Eisenhut in den Adern Qualen erlitt, hatte ich einen schrecklichen Druck in den Schläfen gespürt. Es war ein vertrautes Gefühl gewesen. Dasselbe, was ich verspürt hatte, als Eric in meinem Verstand sprach, doch ich erkannte es nicht – bis ich heute Abend in meinem Bett geschlafen und alles, was passiert war, in einem grauenhaften Albtraum noch einmal durchlebt hatte. Selbst in diesem Traum hatte mich der schreckliche Druck gequält, bis ich irgendeine mentale Barriere durchbrach und Blakes Stimme in meinem Bewusstsein erklang.

„Stephen, hilf mir!" Ich hatte die Worte laut und deutlich gehört und Blake hatte sie auf keinen Fall in meinen Kopf setzen können. Er war kein Alpha, was bedeuten musste, dass ich einer war. Aber das war unmöglich!

Ich schaltete herunter und bog scharf nach links ab. Die Reifen quietschten auf dem Asphalt.

Ich kämpfte immer noch mit der Erkenntnis und schüttelte ungläubig den Kopf.

Das kann nicht sein. Das kann nicht sein.

Es war kein Albtraum gewesen, den mein Unterbewusstsein heraufbeschworen hatte. Ich hätte Blakes Gedanken nicht hören können, denn nur ein Alpha konnte das, und ich war ein Omega – ein Schwächling. Das hatte Damien gesagt. Und wenn der Magier sich irren würde, hätte Eric etwas dazu gesagt. Er hätte mich nicht im Dunklen tappen lassen, richtig?

Der Motor des Camaros heulte auf, als ich beschleunigte und auf Erics Straße einbog. Ich kam abrupt vor seinem Haus zum Stehen, schaltete den Motor ab und rannte die Betonstufen zu seiner gläsernen Schiebetür hinauf. Wie üblich war sie geschlossen und öffnete sich nicht für mich. Aber er erwartete mich auch nicht zum Training. Es war Wochenende.

Ich drückte einen Knopf auf dem Sicherheitspanel auf der rechten Seite, einer großen Konsole mit Tasten, einem Lautsprecher und einem Bildschirm. Es ertönte ein Klicken, gefolgt von drei Klingelzeichen. Ich wartete, doch es kam keine Antwort. Ich drückte den Knopf wieder und wieder und wieder.

Endlich erschien Erics Gesicht auf dem Bildschirm. Er sah aus, als hätte ihm jemand einen Punk-Haarschnitt verpasst. Müde blinzelte er das Display an.

„Sunder? Was zur Hölle machst du hier?" Er sah zur Seite. „Es ist zwölf Uhr zweiundzwanzig und es ist ein verdammter Sonntag."

„Öffne die Tür", forderte ich.

„Geh nach Hause. Wir sehen uns morgen."

„Öffne die Tür!"

„Nein."

Er hob seine Hand, um das Gerät abzuschalten. Wut machte sich in meinem Bauch breit. Ich würde nicht gehen, bis ich die Antworten bekam, die ich brauchte.

ÖFFNE DIE TÜR! Ich drängte meinen Wunsch mit meinem ganzen Willen vorwärts. Meine Nachricht bestand nicht aus Worten, sondern aus Not, Verlangen und Wut.

Auf dem Bildschirm sah ich, wie Erics Augen sich weiteten.

ÖFFNE DIE TÜR!, wiederholte ich.

Meine Muskeln spannten sich an und die Verwandlung übermannte mich. Ich schlug meinen Arm gegen die Glastür. Schmerz schoss durch meine Schulter. Ein Riss bildete sich in der dicken Glasscheibe.

„Verdammt, Sunder, beruhige dich! Zerstör nicht meine verdammte Tür", knurrte Eric. „Ich komme sofort."

Die Tür glitt auf. Ich starrte sie perplex an und rieb mir den Arm. Ich atmete zweimal tief durch und beherzigte Erics Forderung, mich zu beruhigen. Dann rollte ich meine Schultern zurück und dehnte meinen Nacken, um die Wut zu vertreiben.

Beruhig dich, Red. Es ist alles in Ordnung.

Meine Wölfin zog sich zurück und überließ mir die Kontrolle. Nach und nach verstand ich sie besser und sie schien mir immer mehr zu gehorchen. Ich betrat Erics Haus mit gemäßigten Schritten und versuchte verzweifelt, meine Wut zu zügeln.

Ich erreichte das Wohnzimmer und ließ meinen Blick über die vielen Sitzgelegenheiten und die moderne Kunst schweifen, während ich wartete. Dieser Teil des Hauses fühlte sich überhaupt nicht wie ein Zuhause an. Stattdessen erinnerte es mich an ein Bürogebäude, auch wenn ich vermutete, dass Eric irgendwo in den Tiefen des Hauses etwas ganz anderes versteckte. Eine Andeutung davon hatte ich an dem Tag, an dem wir uns trafen, in seinem Arbeitszimmer gesehen. Der Raum war warm und einladend, mit einem großen Kamin und vielen Büchern.

Ein paar Minuten später erschien Eric durch eine Tür im hinteren Teil des Raumes. Er trug eine blaue Pyjamahose und ein graues T-Shirt. Seine nackten Füße klatschten auf den polierten Betonboden. Sein braunes Haar stand ihm vom Kopf ab und Bartstoppeln bedeckten sein Kinn. Stechend blaue Augen starrten mich kalt und neugierig an.

„Du bist Teil einer Übereinkunft, die ich nicht hätte treffen sollen“, sagte er müde. Er hatte zugestimmt, mich auszubilden, um einen Gefallen zurückzuzahlen, den er Damien Ward schuldete.

„Bin ich ein Alpha?“ Ich erwartete, dass er mir ins Gesicht lachen würde, doch er starrte mich einfach weiter kalt an. „ANTWORTE MIR!“, forderte ich.

„Frag deine Wölfin, nicht mich. Sie kennt die Antwort.“

Ich schüttelte den Kopf.

Er seufzte, rieb sich das Gesicht und setzte sich auf das nächstbeste Sofa, ein ledernes Modell mit eleganten Linien und Edelstahlrahmen.

„Während der beiden Male, die du mit mir trainiert hast“, sagte er einen Moment später, „hast du dich immer meinen Befehlen gebeugt, auch wenn du bei jedem Schritt des Weges gegen mich angekämpft hast. Ich dachte, du wärst ein Beta, und zwar ein ziemlich starker, aber jetzt weiß ich, dass ich mich geirrt habe.“ Er sah auf. „Ja, du bist ein Alpha. Ich habe deine Gedanken klar und deutlich gehört.“

Ich trat einen Schritt zurück, als mich der Schreck dieser Enthüllung mit voller Wucht traf. „Nein“, flüsterte ich und wünschte, es wäre nicht wahr, doch tief in mir wusste ich, dass es stimmte.

„Nein?“, fragte Eric verwirrt. „Falls du es nicht weißt, ein Alpha zu sein ist etwas Gutes, wenn man ein Werwolf ist. Besonders, wenn man weiblich und rudellos ist, so wie du. Du solltest froh sein.“

Auf irgendeiner Ebene kamen seine Worte bei mir an, doch ich konnte nur an Stephen und Blake denken. Das konnte nicht wahr sein. Stephen konnte nicht verantwortlich sein für … für was? Rhabo? Die Unruhe in der Schrägen-Gemeinschaft? Für seine eigene Entführung?

Eric stand auf und machte zwei Schritte in meine Richtung. „Was ist los, Sunder?“

Ich starrte auf meine Hände, während ich Luft in meine Lunge pumpte, als würde ich dafür bezahlt werden. Sollte ich Eric anvertrauen, was ich herausgefunden hatte? Als ich ihn auf seiner Party kennengelernt hatte, servierte er dort Rhabo, dann war diese Vampirfrau bei ihm aufgetaucht und hatte nach mehr von der glitzernden, tödlichen Flüssigkeit verlangt. Machte ihn das zu einem Dealer? Jake vermutete es. Er hatte mir gesagt, ich solle vorsichtig sein. Doch ich war mir nicht sicher, also könnte es sich als Riesenfehler herausstellen, ihm alles zu erzählen, was ich wusste. Es gab jedoch noch andere Dinge, die ich mit ihm besprechen konnte – Dinge, die mir Angst einjagten.

„Ich habe das Gefühl, mich ständig zu verändern", sagte ich.

Er nickte. „Es könnte eine Weile dauern, bis sich deine Wölfin beruhigt und ihr volles Potenzial entfaltet."

„Ich habe Angst, eine andere Person zu werden, eine, die ich nicht wiedererkenne."

Eric schnaubte. „Dafür musst du nicht herausfinden, dass du eine Werwölfin bist. Du bist jung, Sunder. Du lebst noch nicht lange genug, um das zu wissen, aber es gibt viele Dinge, die dich verändern können. Die Zeit vergeht nicht spurlos."

Ich sank auf das Sofa, von dem Eric gerade aufgestanden war. „Ich will das alles nicht. Ich möchte, dass alles wieder normal wird."

„Hör auf zu jammern", blaffte er mit schneidender, verständnisloser Stimme. „Du hast keinen Grund, dich zu beschweren."

Sein Gesichtsausdruck war so hart, als wäre er in Stein gemeißelt. Ich schluckte den Kloß in meinem Hals hinunter. Wenn ich Mitleid wollte, war ich hier an der falschen Adresse. Ich vermutete, dass Eric beim Verlust seiner Familie auch sein Herz verloren hatte.

„Du hast nichts verloren", sagte er. „Stattdessen hast du etwas gewonnen, für das viele andere töten würden. Du hast keine Ahnung, wie viele junge Werwölfe Himmel und Hölle in Bewegung setzen würden, um das zu bekommen, was du hast."

„Ich würde es ihnen gerne geben."

„Mach dich nicht lächerlich." Seine Stimme dröhnte durch den großen Raum und erschreckte mich.

Ich kam langsam auf die Füße. „Hör auf, mich anzuschreien."

Zu meiner Überraschung legte er seinen Kopf zurück und lachte. „Nur wenige Leute würden sich trauen, so mit mir zu sprechen, und ich erlaube es nur wegen deiner Ignoranz, aber lass mich eins klarstellen: Alpha oder nicht, du wirst mir gehorchen, wenn du willst, dass unsere kleine Vereinbarung weitergeht."

Er starrte mich an, bis ich den Blick abwandte. Ich wollte, dass er mich weiter trainierte – mehr als je zuvor. Ich musste wissen, was sich als Alpha für mich verändern würde. Wäre es einfacher oder schwieriger, rudellos zu bleiben? Machte es eine Beziehung zwischen Jake und mir unmöglich?

Beim Gedanken an Jake fasste ich mir an den Kopf, weil ich das Gefühl hatte, die Welt um mich herum würde zerbrechen. Er war mit Allison Blackridge verlobt. Ihre Beziehung war nicht mehr als eine arrangierte Heirat, um das Knight-Rudel stärker zu machen. Er liebte sie nicht. Er liebte mich. Das hatte er selbst gesagt. Und trotzdem zog er es durch und hatte noch nicht einmal die Eier gehabt, es mir selbst zu sagen.

„Du hattest recht", sagte ich. „Jake wird heiraten."

Eric brummte. „Nicht das schon wieder. Ich bin kein Beziehungscoach, also erspar mir das bitte."

Es war mir egal, ob er darüber sprechen wollte. Er sollte mir helfen. „Jake liebt mich und nicht diese alberne Blondine, mit der ihn sein Großvater verheiraten will. Ich habe kein Rudel, mit dem sie ihre Mitgliederzahl erhöhen können, aber könnte es einen Unterschied machen, dass ich ein Alpha bin?"

Sein Mund verzog sich auf einer Seite. „Wenn überhaupt erschwert es die ganze Sache. Ich habe dir bereits gesagt, dass das Knight-Rudel altmodisch ist. Sie wollen unterwürfige Frauen. Und als wäre das nicht genug, kommen Alphas nicht immer miteinander aus, wenn es um Verpaarung geht. Es kann nicht zwei Werwölfe geben, die beide versuchen, die Führung zu übernehmen. Wenn du weißt, was gut für dich ist, vergisst du Jacob Knight und suchst dir einen schönen, schwachen Beta, der dich nachts warmhält." Er seufzte müde. „Hör zu, es war eine lange Woche. Geh nach Hause, Sunder. Komm morgen wieder und sei dir einfach bewusst, dass diese ganze Angelegenheit viel schwieriger für dich werden könnte. Sei dankbar für die Stärke, die du geerbt hast."

„Geerbt?", wiederholte ich und meine Gedanken überschlugen sich. „Heißt das ... heißt das, mein Vater war auch ein Alpha?"

Fast unmerklich zuckte sein Auge. „Wahrscheinlich." Er machte eine abweisende Handbewegung, die sehr gezwungen wirkte.

„Du verheimlichst etwas." Ich wusste nicht, warum ich mir so sicher war, aber Eric wusste mehr, als er zugab.

Er stritt es nicht ab. Er starrte mich einfach weiter an.

„Du weißt, wer mein Vater ist", sagte ich.

Er nickte. „Damien hat es mir gesagt."

Natürlich wusste es der Magier. Dieser Mistkerl.

Ich drehte Eric den Rücken zu, als die Wut ihre Krallen in mein Herz bohrte. Ich bekam kaum Luft. Meine Brust fühlte sich eng an, als würde sie gleich explodieren vor lauter Emotionen, die in mir tobten.

Ich hatte nicht wissen wollen, wer mein biologischer Vater war. Es hatte sich wie Verrat an Dad angefühlt. Doch nicht nur das, herauszufinden, dass ich eine Werwölfin war, hatte mein Leben genug auf den Kopf gestellt. Es zu wissen wäre nur noch ein Aspekt gewesen, der mich aufgeregt und abgelenkt hätte; mehr Zündstoff für das bereits tobende Feuer in mir.

Dachte ich immer noch genauso darüber? Oder war ich bereit zu erfahren, wer er war?

„Er hat mich verlassen", hatte meine Mutter gesagt, und ich fragte mich, was passiert wäre, wenn er das nicht getan hätte. Vielleicht hätten sich meine Eltern scheiden lassen und meine jüngste Schwester wäre nie geboren worden. Vielleicht wäre ich in einem Rudel als Werwölfin großgeworden. Bei dieser Vorstellung wurde mir schwindlig.

„Wer ist er?", hörte ich mich fragen, ohne nachzudenken.

„Das musst du deine Mutter fragen. Ich mische mich nicht in Familiendramen ein."

Ich sprach noch immer nicht mit meiner Mutter, also war das keine Option. „Will ich es wissen?"

Eric sagte nichts.

Ich drehte mich zu ihm um und sah ihn an. „Will ich das?"

„Lass mich da raus, Sunder."

„Ist er in St. Louis?"

„Verdammt noch mal! Wie oft soll ich dir noch sagen, dass ich mich nicht einmischen will?"

Seltsamerweise war ich plötzlich froh, dass er meine Fragen nicht beantwortet hatte. Verdammt! Ich fasste mir an den Kopf, weil ich so verwirrt war. Ich wollte es wissen und gleichzeitig auch nicht, auch wenn Letzteres zu überwiegen schien.

„Ich wollte nichts von all dem", sagte ich. „Ich wollte mich nicht verändern, aber ich spüre es in mir und ich kann es nicht aufhalten. Ich habe Angst davor, was aus mir wird."

Erics finstere Miene hellte sich ein wenig auf. „Das wird schon wieder", sagte er, jedoch ohne jede Überzeugung in seiner Stimme.

„Du lügst."

Er deutete auf die Tür, dann drehte er sich um und ging davon. „Wir haben noch drei Treffen. Sieh zu, dass du das Beste daraus machst."

Er ließ mich in dem dunklen Raum stehen – meine Wut war gedämpft, brodelte jedoch immer noch in mir.

Jake würde heiraten.

Stephen war vielleicht derjenige, der hinter den Unruhen in der Stadt steckte.

Und ich war die Tochter eines Alpha-Werwolfs, dessen Identität mich langsam neugierig machte.

Bei den Hexenlichtern, wenn das so weiterging, würde ich mein eigenes Leben bald nicht mehr wiedererkennen. Genau, wie ich es befürchtet hatte.

KAPITEL 2

Ich fuhr stundenlang ohne Ziel durch die Stadt, bis die Sonne aufging und mir klar wurde, dass ich besser nach Hause fahren sollte, bevor Rosalina aufwachte und bemerkte, dass ich nicht da war.

Wahrscheinlich sorgte sie sich sowieso schon, weil ich den ganzen Samstag im Bett verbracht hatte. Nachdem ich herausgefunden hatte, dass Jake verlobt war, hatte ich mir an ihrer Schulter die Augen ausgeweint und dann war ich in mein Schlafzimmer gegangen und nicht mehr herausgekommen. Sie ließ mich in Ruhe und klopfte nur an meine Tür, um mich zu fragen, was ich zu Abend essen wollte. Aber so wie ich sie kannte, würde sie mich nicht mehr lange in meinem Elend versinken lassen. Und wahrscheinlich hatte sie einen guten Einfluss auf mich, denn ich hatte sowieso nicht vor, das zu tun.

Ein Tag war mehr als genug, um Jake nachzuweinen. Ich hatte mir selbst geschworen, dass ich nie wieder wegen eines Mannes weinen würde, und obwohl ich kläglich gescheitert war, hatte ich seit dem letzten Mal viel dazugelernt. Ich wusste, dass ich ein Leben zu leben hatte, ob er Teil davon war oder nicht. Kein Mann, nicht einmal Jake, war es wert, aufzugeben. Das war nur ein Rückschlag, von dem ich mich auch ohne ihre Hilfe erholen konnte. Scheinbar war ich wirklich erwachsen geworden.

Auf dem Weg nach Hause besorgte ich einen Karton mit Rosalinas Lieblingsbagels, Haselnusscreme und heißen Kaffee. Heute sollte ein freudiger Tag werden. Ich hatte die Schlüssel zu meiner neuen Wohnung und endlich Zeit, sie zu inspizieren. Außerdem sollten an diesem Morgen meine neuen Möbel ankommen, und ich musste da sein, um den Lieferanten hereinzulassen.

Ich hatte einfache und normale Dinge vor. Nichts, das mit der Sorge zu tun hatte, ob mein Freund das Monster war, gegen das wir gekämpft hatten, oder mit der Verlobung meines Ex-Freundes, oder damit, mich zu fragen, wer mein biologischer Vater war. Außerdem brauchte ich Zeit, meinen Alphastatus und die Erinnerung an Blakes Hilferuf zu verdauen. Vielleicht irrte ich mich damit, was ich glaubte, gehört zu haben. Vielleicht war es wirklich ein Albtraum gewesen und mehr nicht.

Als ich nach Hause kam, lag Rosalina noch im Bett. Ich stellte Teller auf den Tisch, legte die Bagels auf ein Tablett, nahm Besteck heraus und holte unsere liebste Vanille-Kaffeesahne aus dem Kühlschrank. Ich musste nicht lange warten, bis sie in einem T-Shirt, das ihr bis zur Mitte der Oberschenkel reichte und mit schlaftrunkenem Gesichtsausdruck aus ihrem Schlafzimmer schlurfte.

Ihre grünen Augen weiteten sich, als sie das Frühstück sah. „Lecker. Du bist ja früh aufgestanden. Konntest du nicht schlafen?" Sie musterte mein Gesicht mit verständnisvollem Ausdruck.

„Ich habe genug geschlafen." Ich zwang mich zu einem Lächeln. Ich hatte beschlossen, ihr nicht zu verraten, was ich über mich selbst und über Stephen herausgefunden hatte. Zumindest noch nicht. Ich wollte, dass unser Morgen so normal wie möglich verlief, ohne Werwolfdrama, das den Moment versaute, auf den wir uns beide gefreut hatten.

Wir setzten uns an den Tisch und begannen zu frühstücken. Die Cinnamon-Crunch-Bagels mochte ich am liebsten, und ich aß zwei, beide mit einer dicken Schicht Frischkäse darauf. Mein Kaffee nahm eine schöne Karamellfarbe an, als ich die Kaffeesahne hineingoss.

Rosalina schaute auf ihr Handy und legte es nach nur einer Minute angewidert weg. „Vampire töten immer noch Werwölfe und geben ihnen die Schuld für Rhabo."

„Ich dachte, die Drogenrazzia würde helfen", sagte ich, „aber es ist, als wäre immer noch genug davon im Umlauf."

„Ich weiß." Sie seufzte. „Aber genug davon. Freust du dich?", fragte Rosalina vorsichtig.

„Und wie. Ich warte schon sehr lange auf diesen Moment."

Sie verzog das Gesicht. „Ich lasse dich nicht gerne gehen. Es war schön, dich hier zu haben."

„Ja, ich habe auch gerne bei dir gewohnt, aber früher oder später werde ich dir auf den Keks gehen. Wenn ich den Vollmond anheule und die Werwolforgien anfangen, willst du mich nicht mehr hier haben."

„Du machst Witze, oder?"

Unverbindlich verzog ich den Mund.

„O-kay, also, wann ziehst du aus?" Sie ließ es klingen, als könnte es für sie nicht schnell genug gehen.

„Oh, gib es zu, die Vorstellung einer Orgie gefällt dir."

„Igitt, nein. Mir reicht ein Mann."

„Langweilig", sagte ich mit einer Singsang-Stimme.

Sie verdrehte ihre grünen Augen, denn sie wusste, dass ich scherzte. Ich war nicht weit davon entfernt, eine Nonne zu werden. Ich fragte mich, ob sie im Konvent wohl Werwölfinnen aufnahmen?

Dreißig Minuten später lenkte ich meinen Camaro auf den Gebäudekomplex zu, in dem sich meine Wohnung befand und sah mir die Karte an, die man mir bei der Vertragsunterzeichnung gegeben hatte. Einen Moment lang hatte ich Angst, dass sie nicht funktionieren würde, doch die Schranke hob sich und wir fuhren in eine Tiefgarage.

Ich parkte auf dem Parkplatz mit der Nummer 216. Etwas von dem Hochgefühl und der Aufregung, die ich erwartet hatte, verdrängte die siedende Wut, die es sich in meiner Brust bequem gemacht hatte, und erlaubte mir, den Moment zu genießen.

Wir nahmen den Aufzug in den ersten Stock, traten in einen langen, mit Teppichboden ausgelegten Korridor und gingen zu Wohnung 216. Ich hatte Cupids Fischglas und sein Futter bei mir.

„Wir sind da", sagte ich und reichte Rosalina das Glas.

Meine Hände zitterten, als ich den Schlüssel ins Schloss steckte. Ich warf die Tür auf und der Geruch von Bodenpolitur und frischer Farbe begrüßte mich. Ich trat ein und beim Anblick meiner kleinen Eigentumswohnung mit dem nussbaumfarbenen Parkett und den beigen Wänden wurde mein Lächeln breiter und wärmer.

Durch die offene Raumaufteilung konnte man von der Küche aus das Esszimmer und das Wohnzimmer sehen. Der schnuckelige Balkon blickte auf die von Bäumen gesäumte Straße und ich konnte mir schon vorstellen, wie ich dort meinen morgendlichen Kaffee genießen würde. Es war nicht viel, aber es gehörte mir. Rosalina und ich hatten es durch unsere harte Arbeit und unsere unternehmerische Vision möglich gemacht.

„Home Sweet Home", sagte Rosalina, stellte Cupid auf die Arbeitsplatte in der Küche und ging auf die Fenstertüren zu, die zum Balkon führten, um die Vorhänge zur Seite zu schieben.

Die Aprilsonne fiel in die Wohnung und ließ alles freundlicher aussehen, wenn auch ein bisschen zu beige. Ich hatte Pläne für kräftigere Farben, die zu meiner Persönlichkeit passten und die Möbel und die Einrichtung ergänzen sollten.

Ausnahmsweise kam die Lieferung pünktlich und die Sets für das Wohn- und Schlafzimmer, die Rosalina und ich gekauft hatten, standen mittags schon in der Wohnung. Wir entfernten die Plastikfolie und inspizierten jedes Stück, um sicherzugehen, dass nichts beschädigt war. Dann platzierten wir alles so, wie wir es wollten und traten einen Schritt zurück, um unsere Arbeit zu begutachten.

„Es nimmt schon Formen an", sagte ich und war froh, dass ich das marineblaue Sofaset statt dem cremefarbenen gewählt hatte, das ebenfalls infrage gekommen wäre. Es sah in dem Raum toll aus.

„Einfach perfekt!" Sie lächelte. „Wann schmeißen wir die erste Party?" Sie kreiste mit den Hüften und gab einige heiße Salsabewegungen zum Besten.

„Nie." Ich bekreuzigte mich vor ihr. „Ich will nicht, dass meine Nachbarn mich hassen."

„Ich bin so froh, dass du dir die Laune heute von nichts verderben lässt. Wie wäre es, wenn wir mit einem Mittagessen feiern?"

„Das wäre toll, aber ich habe Tom eben geschrieben. Ich hatte schon lange nicht mehr die Gelegenheit, mit ihm zu reden."

Sosehr ich Stephen und die Geschehnisse meines Albtraums vergessen wollte, ich konnte es nicht, und Blakes Stimme hallte in meinem Kopf wider, und schrie immer und immer wieder um Stephens Hilfe.

Ich musste Detective Tom Freeman davon erzählen. Natürlich würde er mich für verrückt halten. Er glaubte immer noch nicht, dass Blake lebte, und dass ich im Pulse Inc. Lagerhaus gegen ihn gekämpft hatte – nicht, dass ich es ihm vorhalten konnte. Alles war so schnell passiert, dass ich nicht die Gelegenheit dazu gehabt hatte, ihm die ganze Wahrheit über mich zu sagen ... dass ich eine Werwölfin war, was es möglich gemacht hatte, gegen Blakes gewaltigen Wolf zu kämpfen und es zu überleben.

Rosalina sah ein wenig enttäuscht aus.

„Ähm, wieso kommst du nicht mit?", fügte ich schnell hinzu. „Ich weiß, dass es Tom nichts ausmachen würde, und es gibt ... eine neue Entwicklung."

„Du meinst Jakes Verlobung?"

Ich nickte.

„Oh, Mann! In letzter Zeit bist du eine richtige Büchse der Pandora, Tiger-Toni."

Ich blies meine Wangen auf und stieß dann die Luft aus. „Die Büchse der Pandora ist nichts im Vergleich zu dieser räudigen Werwölfin."

Red sträubte sich bei diesem Kommentar. *Du bist diejenige mit Räude, nicht ich.*

Vielleicht stimmte das sogar. Mich juckte es nur, wenn ich in meiner Menschenform war, nie als Werwölfin. Tatsächlich fühlte sich alles einfach richtig und viel einfacher an, wenn ich mich verwandelte. Vielleicht wäre mein Leben besser, wenn ich mich einfach nie wieder zurückverwandeln und in die kanadische Tundra ziehen würde.

Da hast du verdammt recht, mischte sich Red ein.

„Ich esse gern mit Detective Tom Freeman zu Mittag", sagte Rosalina.

„Gut, dann lass uns gehen."

Ich fütterte Cupid ein paar Pellets, bevor wir gingen. Dann machten wir uns auf den Weg. Während ich fuhr, fragte ich mich, ob Tom mir glauben würde. Ich hoffte es. Er hatte die Ressourcen, um gegen Stephen zu ermitteln und herauszufinden, ob er hinter dem ganzen Chaos steckte, das den Frieden in der Stadt zerstörte. Ich hoffte wirklich, dass ich ihn auf meine Seite ziehen konnte.

KAPITEL 3

Wir trafen Tom in seinem Lieblingssteakhaus. Er trug Jeans und ein waldgrünes Poloshirt und wirkte, als würde er seinen freien Tag ausgiebig genießen. Er sah attraktiv aus, wie eine ältere Version von Idris Elba.

„Meine Damen", begrüßte er uns. „Es ist so schön, euch zu sehen."

Wir betraten das Restaurant und innerhalb weniger Minuten saßen wir an unserem Tisch. Mehrere Fernseher übertrugen Sportkanäle. Toms Blick wanderte in weniger als einer Minute von einem Basketball- zu einem Football- und dann zu einem Hockeyspiel. Der arme Kerl war im Himmel und wusste nicht, wo er zuerst hinsehen sollte.

Ich räusperte mich, um seine Aufmerksamkeit zu erregen. Seine dunklen Augen richteten sich auf meine. Er rutschte auf seinem Platz herum, als er meinen Gesichtsausdruck sah, und plötzlich veränderte sich seine Haltung und er wurde zu Detective Freeman.

„Hilfst du mir, meine Gedanken zu ordnen, Kindchen?", fragte er. „Denn ich bin total verwirrt von dem, was in letzter Zeit passiert ist. Ich merke, dass etwas mit dir nicht stimmt. Diese Sache in dem Lagerhaus ... ich habe immer noch eine Menge Fragen."

„Es stimmt tatsächlich etwas nicht mit mir." Ich lächelte leicht. „Und ich hoffe, dass das, was ich dir jetzt erzählen werde, deine Gedanken ein bisschen entwirrt."

So schnell und präzise, wie ich konnte, erzählte ich Tom alles, von der Erkenntnis, eine Werwölfin zu sein, bis zu meinem Kampf mit Blake. Er hörte zu, öffnete und schloss seinen Mund mehrmals, als wollte er etwas sagen, doch er unterbrach mich nicht. Als ich fertig mit meiner Erklärung war, hielt ich inne, um mich danach umzusehen, ob jemand um uns herum unser Gespräch belauschte, doch es gab keinen Grund zur Sorge. Sie waren alle mit ihrem Essen, ihrer Begleitung oder den großen Fernsehern beschäftigt.

„Eine Werwölfin?", fragte Tom, als er seine Stimme fand. Er blinzelte mehrere Male, als wäre sein innerer Prozessor überhitzt. Vielleicht hatte ich dem armen Kerl einen Kurzschluss verpasst. Er rieb sich seinen Ziegenbart, dann seinen Kopf. Das T-Bone-Steak, das vor ihm lag, war vergessen und wurde langsam kalt.

Rosalina nahm sich einen riesigen Zwiebelring und nickte dem Detective verständnisvoll zu. „Verrückt, oder?"

„Was denkst du jetzt, Tom?", fragte ich nach einem Moment der Stille. „Hilft dir das zu glauben, dass Blake lebt? Oder macht es das noch schwieriger?"

„Das erklärt zumindest ...", begann er langsam, während sein Verstand wieder Fahrt aufnahm, „den Zustand deiner Kleidung, als wir am Lagerhaus ankamen. Und das macht es verständlicher, dass du einen starken Beta wie Blake im Kampf besiegen konntest – wenn es wirklich Blake war."

„Also glaubst du noch immer nicht, dass ich gegen ihn gekämpft habe", stellte ich fest.

Er zuckte mit den Achseln. „Ich glaube, dass du denkst, dass es so war, aber vielleicht hat das Rhabo dich auch ..." Er machte eine kreisende Bewegung mit dem Finger an seiner Schläfe.

Vielleicht hätte ich wütend auf ihn sein sollen, weil er mir nicht glaubte, doch das war ich nicht. Der Ermittler in ihm glaubte nur die Fakten, Aspekte, die wie Gleichungen zusammenpassten.

„Es gibt noch etwas anderes", sagte ich. „Etwas Neues." Ich drehte mich mit einem vielsagenden Blick zu Rosalina um, der ihr sagte, dass es auch für sie neu sein würde.

Sie legte ihre Gabel ab und schob den Teller von sich weg. „Ich bin bereit ... glaube ich."

Als ich den ängstlichen Ton ihrer Stimme hörte, schnürte sich mein Herz zusammen. Wie viel mehr konnte sie noch verkraften? Als sie die Partnerschaft für die Agentur mit mir eingegangen war, war von all dem keine Rede gewesen. Wenn das so weiterging, würde sie eines Tages beschließen, dass ich den ganzen Stress nicht wert war und unsere Agentur, die wir mit so viel harter Arbeit aufgebaut hatten, würde den Bach runtergehen.

Doch was sollte ich tun? Ich musste es ihr sagen und dann hoffen, dass diese Alpha-Sache nicht noch mehr Probleme verursachte, als wir ohnehin schon hatten.

„Ich glaube, ich weiß, wer hinter dem Rhabo-Aufkommen in der Stadt steckt", sagte ich.

„Wirklich?" Tom stützte seine Ellbogen auf den Tisch und beugte sich vor, wobei seine Miene skeptischer denn je war. Er dachte wahrscheinlich daran, dass wir ihn auf Damien Ward angesetzt und behauptet hatten, er hätte Rhabo in seinem Haus. Der Detective hatte einen Durchsuchungsbefehl besorgt und in Damiens Haus nichts gefunden. Kein Wunder, dass er misstrauisch war.

„Ich könnte mich irren", sagte ich. „Meine Fähigkeiten als Werwölfin entwickeln sich noch und ich beginne erst jetzt zu verstehen, was ich bin und wie alles funktioniert. Ihr müsst wissen, dass ich es erst letzte Nacht herausgefunden habe, aber ich bin ein Alpha."

„Heilige Hexenlichter!", rief Rosalina und bedeckte ihren Mund mit ihrer Hand. „Woher weißt du das?"

„Alphas können ihre Gedanken in den Verstand anderer Werwölfe projizieren. Sie können außerdem die Gedanken hören, die sie projizieren."

„Verdammt", flüsterte Rosalina.

„Diese spezielle Fähigkeit hat sich nicht sofort gezeigt", fuhr ich fort. „Aber letzte Nacht habe ich etwas verstanden, das im Lagerhaus passiert ist, das ich nicht sofort durchschauen konnte. Die Erinnerung kam in einer Art ... Traumzustand zu mir zurück." Ich hätte diesen Teil lieber nicht erwähnt – Tom hielt mich wahrscheinlich für absolut bescheuert –, aber da ich mir nicht hundertprozentig sicher war, was ich erlebt hatte, fand ich es besser, ehrlich zu sein.

„Ein Traumzustand?", wiederholte Tom und eine tiefe Falte bildete sich auf seiner Stirn

Jep, er dachte, ich hätte nicht alle Tassen im Schrank. Ich zuckte mit den Achseln. „Es ist, wie es ist. Ich muss es dir sagen, falls das, was ich gehört habe, sich als wahr herausstellt."

Er seufzte. „Dann mal los."

„Während sich Blake wegen des Eisenhuts vor Schmerzen auf dem Boden wand und wahrscheinlich dachte, er würde sterben, habe ich ihn in Gedanken um Hilfe rufen hören. Ich spürte diesen schrecklichen Druck in meinen Schläfen, aber letzte Nacht konnte mein Unterbewusstsein interpretieren, was er da tat."

„Oh mein Gott", sagte Rosalina. „Mach es nicht so spannend. Was hat er getan?"

„Er rief nach Stephen Erickson."

„Was?!", fragte Rosalina mit heiserer Stimme.

„Stephen könnte in diesem Lagerhaus gewesen sein", sagte ich. „Er könnte derjenige sein, der Blake bei dem Angriff auf Jake unterstützt und ihm zur Flucht verholfen hat."

Ich wartete darauf, dass Tom etwas sagte, doch er saß einfach nur da und ließ seinen Blick über das Geschirr auf dem Tisch schweifen.

„Ich hoffe, dass ich unrecht habe", sagte ich. „Ich will nicht, dass er es ist."

Tom sagte immer noch nichts.

„Ich bin total verrückt geworden, oder? Ich denke immer wieder daran, dass Jake Stephen hätte erkennen müssen. Er muss seinen Wolf kennen. Sie sind Freunde. Außer, Stephen hat seinen Wolf im Lagerhaus irgendwie getarnt, was mit der Hilfe eines Magiers durchaus möglich ist."

Tom zog seine Geldbörse hervor, fischte mehrere Zwanzig-Dollar-Noten heraus und legte sie auf den Tisch. „Das sollte für die Rechnung und das Trinkgeld reichen." Dann schob er seinen Stuhl zurück und machte sich bereit, zu gehen.

„Wo gehst du hin?", fragte ich.

„Zur Wache. Ich muss die Akten dieses Falls noch einmal mit dieser neuen Perspektive durchgehen."

„Warum? Gibt es da …?" Ich wusste nicht, was ich fragen sollte, also ließ ich die Frage einfach in der Luft hängen.

„Es gibt ein paar Dinge, die bei Stephens Entführung nicht zusammenpassen", sagte er. „Ich darf nicht über Einzelheiten sprechen, aber es könnte den Fall in einem anderen Licht erscheinen lassen. Ich sollte jetzt gehen. Wenn du noch mehr herausfindest, zögere nicht, mir Bescheid zu sagen."

Ich nickte und sah ihm nach, als er ging, wobei mein Herz so schwer wie Blei wurde.

„Falls … Stephen seine eigene Entführung vorgetäuscht hat", begann Rosalina nachdenklich, „bedeutet das, dass er diese Leute geschickt hat, die dich entführen wollten?"

Tränen stiegen mir in die Augen, während ich mit meiner Serviette spielte. Jede Zelle meines Körpers schreckte vor dieser Vorstellung zurück.

„Ich schätze schon", sagte ich nach ein paar Sekunden. Ich verschluckte mich beinahe an den Worten. Ich hatte mein Leben für ihn riskiert, einen riesigen Gestaltwandler und zwei Vampire bekämpft, mich Bernadetta Fiore entgegengestellt und sogar jemanden umgebracht, weil ich dachte, er wäre in Gefahr. Und wofür? Eine vorgetäuschte Entführung?

„Warum sollte er das tun?"

Es war eine wichtige Frage, die ich in meinem verwirrten Geisteszustand kaum bedacht hatte. Rosalina und ich tauschten einen Blick aus und runzelten beide die Stirn, während wir über die Möglichkeiten nachdachten.

„Er wusste, dass ich versuchen würde, ihn zu finden", sprach ich meine Gedanken aus. „Vielleicht wollte er dafür sorgen, dass ich seine Pläne nicht durchkreuze, aber warum hat er mich nicht einfach umbringen lassen?"

„Weil er dich mag", sagte sie.

Ich blickte finster drein und schüttelte den Kopf.

„Das tut er. Aber wieso sollte er überhaupt seine eigene Entführung vortäuschen?"

„Vielleicht hat er es getan, um seinen Vater loszuwerden?", sagte ich und dachte daran, wie wütend Stephen immer auf Ulfen zu sein schien.

„Ja", stimmte sie zu. „Und es hat funktioniert. Ulfen ist jetzt im Gefängnis und wird wegen Entführung und versuchten Mordes angeklagt."

Das würde bedeuten, dass Stephen auch diesen Magier, Jenson Boyle, beauftragt hatte, einen Angriff auf die Pizzeria vorzutäuschen. Ich nickte langsam, als sich die Puzzleteile langsam zusammenfügten.

Als ich mit Ulfen darüber sprach, Stephen aufzuspüren, hatte er sehr besorgt gewirkt. Und nachdem wir ihn gefunden hatten, war Ulfen erleichtert gewesen, und froh, dass seinem Sohn und Erben nichts passiert war. Das war keine Täuschung gewesen.

„Wenn er sich selbst entführt hat, hätte er sich nicht seinen eigenen Finger abschneiden müssen", sagte Rosalina und zuckte zusammen.

Ich erschauderte bei dem Gedanken daran.

„Das macht keinen Sinn." Ich schüttelte den Kopf. Nur ein wirklich eiskalter und geistesgestörter Psychopath würde so etwas tun, und das war nicht der Stephen, den ich kannte. Er war unbeschwert, sanft und sorglos. Wer auch immer hinter diesem durchtriebenen Plan steckte und Unruhe in der Stadt stiftete, musste gierig und machthungrig sein – zwei Eigenschaften, die Ulfen versucht hatte, seinem Sohn anzuerziehen, gegen die sich Stephen aber hartnäckig gewehrt hatte.

„Wirst du es Jake sagen?"

„Ich weiß es nicht."

Das war noch etwas, über das ich versucht hatte, nicht nachzudenken. Ich wollte Jake nicht sehen – nie wieder. Aber er musste erfahren, dass der Mann, den er für einen Freund gehalten und für den er Himmel und Hölle in Bewegung gesetzt hatte, nicht der war, für den er ihn hielt.

Wir saßen mehrere Minuten schweigend da, während der Kellner unsere kaum angerührten Teller abräumte.

„Also", sagte Rosalina nach einem langen Moment, „wenn ich so darüber nachdenke, können wir nicht viel tun. Wir können dieses Problem nicht wirklich lösen. Die Polizei muss sich damit befassen. Meinst du nicht?"

Ich nickte und ließ ihre Worte auf mich wirken. Ich war so sehr in diese ganze Situation verstrickt, dass ich das Gefühl hatte, ein Teil davon zu sein und dass es etwas geben musste, dass ich tun konnte, um das Problem zu lösen, doch die Sache war eine Nummer zu groß für mich. Die

Welt hatte sich schon in demselben verwirrenden Tempo gedreht, bevor ich in diesen schwindelerregenden Tanz verwickelt wurde. Es gab keinen Grund, warum ich mich nicht zurückziehen und einem langsameren Rhythmus folgen könnte.

„Ja, du hast recht", stimmte ich zu.

„Gut, jetzt musst du dich nur noch ein paar Mal auf dein Wolfstraining mit Eric und auf unsere Kunden konzentrieren, was mich auf das Thema Aaron und Josh bringt."

Ich zuckte zusammen. Ich hatte immer noch schreckliche Schuldgefühle, weil ich Aaron zu Josh geführt hatte, einem Vampir mit einem Todesurteil, das ihn begleitete wie ein Strick um seinen Hals. Ich konnte das Geld nicht behalten, das Aaron uns für unsere Dienste gezahlt hatte, weil ich nur Elend in sein Leben gebracht hatte. Wenn Josh starb, wäre Aaron für den Rest seines Lebens am Boden zerstört und es wäre beinahe unmöglich für ihn, jemals wieder mit jemand anderem glücklich zu werden, nachdem er die Liebe seines wahren Gefährten gespürt hatte.

Wenn ich gewusst hätte, dass Josh krank war, hätte ich sie einander nie vorgestellt. Es wäre unmoralisch und sogar grausam gewesen.

„Was sollen wir tun?", fragte Rosalina. „Wir müssen uns etwas überlegen."

„Ich weiß, aber wie sollen wir ihnen bloß die Wahrheit beibringen?"

„Vielleicht sollten wir, bevor wir irgendetwas tun, mit Damien sprechen", sagte Rosalina mit betrübter Miene. „Vielleicht hat er eine Idee, wie wir Josh helfen können. Er ist eindeutig in die Sache verwickelt und versucht, das Richtige zu tun."

Ich runzelte die Stirn. „Ich glaube nicht, dass das eine gute Idee ist, Rosalina. Ich traue ihm nicht."

„Er hat gesagt, dass er Blake aufhalten will."

„Er hat etwas verheimlicht. Ist dir das nicht aufgefallen?"

Sie zuckte mit den Schultern und sah unentschlossen aus.

„Du magst ihn zu sehr. Ich glaube, du kannst nicht objektiv denken, wenn es um Damien Ward geht."

Sie lehnte sich auf ihrem Stuhl zurück und sagte vorsichtig: „Er hat es getan, um deiner Mutter zu helfen."

„Das macht es nicht wieder gut. Sie haben mich beide betrogen. Ich werde vielleicht nie mehr dieselbe sein. Du hast keine Ahnung, wie verwirrt ich bin und wie schwer es ist, mit all diesen Veränderungen umzugehen."

Sie griff über den Tisch und legte ihre Hand auf meine. „Ich weiß, dass es schwer ist. Ich merke es dir an und ich versuche zu helfen. Aber wir müssen irgendetwas für Aaron und Josh tun, vielleicht sollte ich also zu Damien gehen und mit ihm darüber sprechen."

„Auf keinen Fall." Ich schüttelte den Kopf. „Wir haben ihm die Cops auf den Hals gehetzt und er ist wütend auf uns, weißt du noch?"

„Hast du irgendwelche anderen Ideen, wie wir Aaron und Josh helfen können? Ich würde ihnen nämlich lieber Hilfe besorgen, als ihnen die Nachricht zu überbringen, dass ihre Beziehung zum Scheitern verurteilt war, bevor sie überhaupt begann."

Sie hatte mal wieder recht. Wir mussten alles in unserer Macht Stehende tun, um ihnen zu helfen. Das schuldeten wir ihnen.

„Okay", sagte ich seufzend. „Gehen wir zu Damien."

KAPITEL 4

Auf dem Weg zu Damien in die Innenstadt fuhren wir mit offenem Verdeck und schalteten einen Pop-Radiosender ein. Rosalina summte und bewegte ihren Kopf zum Rhythmus des Songs. Ihre gute Laune war ansteckend und bald sangen wir beide mit und hoben unsere Hände in die Luft.

Die Leichtigkeit, die mich überkam, war berauschend, und ich begann die Zeit vor ein paar Wochen zu vermissen, bevor Jake wieder in mein Leben getreten war. Es war unglaublich, wie eine Person einem das Leben von jetzt auf gleich zur Hölle machen konnte.

Wir parkten gegenüber von Damiens bröckelndem Gotik-Haus und überquerten die Straße. Ich wollte gerade klingeln, als ich bemerkte, dass die Tür einen Spalt weit geöffnet war. Rosalina und ich tauschten einen besorgten Blick. Ich klingelte und wartete. Keine Antwort. Als Nächstes klopfte ich und steckte meinen Kopf hinein.

„Hallo, ist jemand zu Hause? Damien?"

Noch immer keine Antwort.

Wir traten in den Eingangsbereich und ließen die Tür offenstehen, so wie wir sie vorgefunden hatten. Das Haus war unheimlich still. Ich sah zu dem Treppenabsatz der Marmortreppe hinauf und bewunderte die moderne Einrichtung und die elegante Dekoration, doch ich sah kein Zeichen von dem Magier. Wir gingen langsam in Richtung Küche, das einzige Zimmer des Hauses, in dem wir schon gewesen waren. Wir waren fast da, als irgendwo im Haus ein lautes Krachen ertönte.

Ich blieb abrupt stehen und streckte eine Hand aus, um Rosalina anzuhalten. „Ich glaube, wir sollten hier verschwinden und die Polizei rufen."

Sie nickte und wir begannen, den Weg zurückzulaufen, den wir gekommen waren, als zwei Gestalten vor dem Ausgang auftauchten. Einer war ein schwarzer Wolf, der andere ein Mann. Ich erkannte beide sofort.

Blake Foster und Jenson Boyle.

Der Wolf war so gewaltig, wie ich ihn in Erinnerung hatte; er reichte Jenson bis über den Ellbogen und seine Schultern waren vor Wut verspannt. Seine gelben Augen funkelten, als er sie auf mich richtete. Der Magier trug ein komplett schwarzes Outfit und denselben Lederumhang, den ich schon zuvor an ihm gesehen hatte. Sein knallrotes Haar stand wie immer von seinem Kopf ab, doch im Gegensatz zu unserem letzten Treffen waren seine Augen kupferfarben, nicht blau, was bedeutete, dass seine Magie jetzt stärker war. Das war gar nicht gut.

Ich trat vor Rosalina. Red wurde unruhig, begierig darauf, herauszukommen, doch ich hielt sie zurück, während sich meine Gedanken überschlugen und nach einem Ausweg suchten. Wenn ich mich verwandelte, würde das einen Kampf bedeuten, den ich nicht gewinnen konnte, nicht ohne Eisenhutkugeln oder irgendeine Art von Magie.

„Ihr begeht Hausfriedensbruch", sagte ich, wobei sich meine Stimme ruhiger anhörte, als ich mich fühlte.

„Hallo kleine Fährtensucherin", sagte der Magier. „Wie schön, dich hier zu sehen."

Der Wolf knurrte zur Antwort.

„Wo ist Damien?" Rosalinas Stimme zitterte vor Emotionen und zeigte ihre Angst. Sie befürchtete, sie hatten ihn verletzt.

„Leider", sagte Jenson, „ist er nicht hier. Ich hatte auf ein Stelldichein gehofft, um zu sehen, wie er sich schlägt, jetzt, wo ich ein Kupfermagier bin." Er zeigte auf seine Augen.

Rosalina stieß vor Erleichterung einen zitternden Atemzug aus.

„Genug geredet", sagte der Magier, während der Wolf sich vorwärtsbewegte, seinen Kopf senkte und ein tiefes Knurren in seiner Brust anschwoll. „Ich glaube, Blake und ich haben noch eine Rechnung mit dir offen, kleine Fährtensucherin. Es war schwierig, dich zu finden, aber wer hätte es gedacht? Du bist zu uns gekommen."

„Renn!", rief ich, wirbelte herum und schubste Rosalina dann in Richtung Küche.

Das musste ich ihr nicht zweimal sagen. Mit Vollgas rannten wir beide los. Die scharfen Krallen des Wolfs kratzten über den polierten Boden, während er versuchte, Halt zu finden. Am Eingang zur Küche bogen wir nach rechts ab. Ein magisches Geschoss zischte von hinten auf mich zu und verfehlte mich nur knapp, als ich zur Seite wich. Es flog an mir vorbei und traf die Regale an der gegenüberliegenden Wand, wodurch Damiens Espressomaschine in eine Million kleine Teile explodierte.

„Finde einen Weg hier raus", drängte ich Rosalina, dann lud ich Red zu diesem Kampf ein.

Die Verwandlung dauerte nur einen Augenblick. Meine Kleidung zerriss in hunderte Fetzen, die durch die Küche flogen und auf der Insel und dem Boden landeten. Ich stellte mich unseren Angreifern, während Rosalina durch eine Tür am anderen Ende des Raumes verschwand.

In Gedanken trieb ich sie an, schneller zu laufen und die Tür zu finden, die sie hier rausbringen würde. Bis dahin würde ich ihr die nötige Zeit verschaffen, um sich in Sicherheit zu bringen.

Ich stieß ein ohrenbetäubendes Knurren aus und blieb stehen.

Jenson und Blake kamen um die Ecke und hielten inne, als sie mich sahen.

„Du hattest recht", sagte der Magier. „Die kleine Fährtensucherin ist eine Werwölfin. Was für eine Überraschung."

Blake schüttelte herausfordernd seinen großen Kopf. Er sah stinksauer aus, als wollte er Rache. Ich hatte ihn besiegt und ihm viel Schmerz zugefügt, jetzt wollte er mir das Gleiche antun.

Es kamen mir verspottende Worte in den Sinn und fast hätte ich sie mit meinen Alphakräften in seinen Kopf geleitet, doch irgendetwas riet mir, aufzuhören und nicht zu verraten, was ich war. Vielleicht könnte ich noch mehr herausfinden, wenn er nicht wusste, dass ich seine Gedanken hören konnte. Red kämpfte gegen meine Überlegungen an, denn sie wollte ihre Dominanz demonstrieren, doch sie verstand schnell und überraschenderweise spielte sie mit. Unsere Gedanken und Gefühle schienen weniger im Widerspruch zu stehen und wir begannen, uns zu verstehen.

Sehr gut. Daran kann ich mich gewöhnen, Red.

Der Magier schnaubte, während der schwarze Wolf auf uns zukam. „Okay, sie gehört dir, aber du schuldest mir etwas."

Blake sprang mit gefletschten Zähnen und glühendem Hass in den Augen auf mich zu.

Ich stürzte aus dem Weg und rannte um die Insel. Blake landete auf dem polierten Boden, rutschte jedoch weiter und krachte gegen die Wand. Ich stieß mich mit den Hinterbeinen ab und machte zwei große Sprünge in Richtung des Magiers. Seine Augen weiteten sich, als ich in seine Richtung segelte. Er taumelte zurück, wobei er seine Hände und Finger in hektischen Mustern bewegte und damit einen Zauber bereitmachte. Bevor er ihn loslassen konnte, schlugen meine Vorderpfoten gegen seine Brust. Das Knistern der Magie waberte um seine Finger. Er fiel nach hinten, doch er schaffte es, seine Hände um meine Vorderbeine zu schlingen. Ein Schock elektrisierender Magie durchfuhr jeden Nerv meines Körpers. Ich jaulte auf und fühlte mich, als stünde ich in Flammen.

Wir fielen beide zu Boden. Vor Schmerzen wimmernd, rollte ich mich von ihm weg, dann versuchte ich aufzustehen, fiel aber wieder hin. Meine Gliedmaßen zuckten, als würden sie elektrische Schübe durchströmen.

Steh auf, Red. Steh auf!

Mit zusammengebissenen Zähnen und vor Anstrengung grollend kämpfte ich mich durch den Schmerz und auf die Beine. Blake stürzte sich auf mich, sein riesiges Maul schnappte zu und schloss sich um mein Ohr, als ich versuchte, auszuweichen. Er biss in die zarte Haut. Geistesgegenwärtig riss ich den Kopf zur Seite. Mein Ohr riss entzwei, aber ich war frei. Blut lief seitlich an meinem Gesicht herunter.

Zorn entfachte sich in meiner Brust. Ich stürzte mich auf Blakes Hals, doch er war zu schnell und mein Maul schnappte nach nichts als Luft. Er kam wieder auf mich zu, doch ich duckte mich aus dem Weg, denn durch meine kleinere Größe konnte ich mich schneller bewegen.

Ich wirbelte herum und rannte auf den Eingangsbereich zu, in Richtung der Tür, aber sie schlug wie von Geisterhand zu. Abrupt drehte ich mich um und stürmte zu der großen Treppe. Ich nahm vier oder fünf Stufen auf einmal. Blake war dicht hinter mir, preschte mir nach, schnappte nach meinen Hinterläufen und versuchte, mich zum Fallen zu bringen. Auf dem Treppenabsatz stand ein Tisch mit einer Marmorplatte mit einer großen Vase darauf. Ich sprang darauf und schlug die Vase mit einer Pfote in Blakes Richtung. Er versuchte, auszuweichen, doch sie krachte gegen seine Vorderbeine, wodurch er die Treppe wieder hinunterfiel.

Während er stürzte, sprang ich auf ihn und biss ihm ins Genick. Das Blut, das ich schmeckte, versetzte meine Instinkte in einen wahren Rausch. Er strampelte und versuchte, mich abzuwerfen, aber ich schloss meinen Kiefer um sein Fell und Fleisch und hielt ihn so fest.

Er sprang die Stufen hinunter und rannte zum Geländer, wo er mich zwischen seinem großen Körper und einer Marmorsäule einquetschte. In meinem Rücken knackten Knochen und frischer, brutaler Schmerz durchzuckte mich und machte mich beinahe blind. Mein Kiefer lockerte sich und ich fiel schlaff auf die Stufen. Blake schüttelte sich, wobei Blut durch den Raum spritzte, und dann kam er mit Mordlust in den Augen auf mich zu.

Ich machte mich klein, als würde mich das vor seinen bösartigen Zähnen retten. Ich spürte seine Genugtuung dabei, mich so hilflos und verletzt zu sehen. Er dürstete nach Blut und es befriedigte ihn, mir Schmerzen zuzufügen. Ich versuchte aufzustehen und mich zur Wehr zu setzen, doch ich brach wieder zusammen.

Blake leckte sich die Lippen und sprang ab.

Mit aufgerissenem Maul, aus dem der Speichel tropfte, erstarrte er in der Luft.

Seine gelben Augen funkelten, während er überrascht blinzelte. Sein Körper begann, zur Decke zu schweben, immer höher und höher.

„Blake Foster", hallte Damiens erfreute Stimme durch den großen Raum. „Nach dir habe ich schon gesucht."

Der schwarze Wolf knurrte, strampelte mit den Vorderläufen und versuchte hilflos, sich zu befreien, während er immer höher stieg.

Lässig kam Damien in mein Sichtfeld gelaufen. Er trug einen Zylinder und einen Umhang mit rotem Futter. Sein weißes Haar stand im Widerspruch zu der jungen Erscheinung seiner Gesichtszüge.

„Toni, bist du das, meine Liebe?", fragte er.

Ich winselte zur Antwort und wünschte mir, mein Körper würde sich heilen, sich selbst wieder zusammenflicken, doch meine Heilkräfte waren noch nicht so schnell, wie ich es gerne hätte. Würde ich mich überhaupt davon erholen können? Ich hatte den Verdacht, ich könnte genauso gut monatelang in einem Streckverband liegen, in einem Bett mit einem Loch für mein Geschäft in der Mitte der Matratze.

„Was soll ich nur mit dir machen?", sagte Damien mit nachdenklicher Stimme, als er wieder zu dem schwebenden Wolf aufsah. „Ich frage mich, wie viele deiner Knochen brechen würden, wenn ich dich aus dieser Höhe fallen ließe. Es würde dich nicht töten, aber es würde höllisch wehtun."

„Lass ihn runter", zischte Jenson von der Seite.

Damien bewegte leicht die Schultern und sah nach links. Jenson trat ebenfalls langsam in mein Sichtfeld und drückte dabei Rosalina an seine Brust, eine Hand um ihre Kehle und in der anderen knisterte Magie direkt neben ihrem Kopf.

Oh nein!

„Lass ihn runter, oder ich verpasse dem Hirn deiner Freundin einen Kurzschluss."

Mit einem kalten, gleichgültigen Gesichtsausdruck betrachtete er Rosalina von Kopf bis Fuß. „Na los", sagte er. „Ich kenne sie kaum."

Dieser Mistkerl! Wie konnte er nur?

Ich stieß ein protestierendes Bellen aus und versuchte, aufzustehen, aber ich war zu fertig, um irgendetwas zu tun.

Mit mörderischen Absichten, die sich in seinen Augen spiegelten, bewegte Jenson seine Hand näher an Rosalinas Kopf heran. Er bluffte nicht. Und ihn würde es sowieso nicht kümmern, wenn meine beste Freundin starb.

Ich krallte mich an der Kante einer der Marmorstufen fest und versuchte, mich zu bewegen, kämpfte darum, zu ihr zu gelangen. Ich musste etwas tun, irgendetwas. Ich durfte sie nicht verlieren. Wenn Rosalina etwas zustieß ...

Jensons Magie knisterte und strich gegen ihr Haar.

„Schon gut, ich lasse ihn runter", sagte Damien durch zusammengebissene Zähne.

Damien senkte langsam seine Arme und ließ Blake wieder nach unten schweben. Er setzte ihn unsanft auf dem Boden ab, doch er hielt ihn weiterhin unter Kontrolle, als sei er eingefroren.

„Du zuerst", sagte Damien.

„Nein, du, Ward."

Damiens rechtes Auge zuckte. „Dann gleichzeitig."

Jenson zuckte mit den Achseln, als wäre es ihm egal. „Auf drei. Eins." Er schob Rosalina vorwärts, seine Hände blieben jedoch weiterhin bereit.

Mit einer Handbewegung von Damien begann Blake vorwärts zu rutschen, als stünde er auf Rollschuhen.

„Zwei", sagte Jenson und senkte seine knisternde Hand.

Gleichzeitig schubste Damien Blake noch ein Stück vorwärts.

„Drei."

Rosalina stolperte in Damiens Arme, wobei sie an Blake vorbeikam, der zu Jenson stürmte und dort bedrohlich herumwirbelte.

„Jetzt verschwindet verdammt noch mal aus meinem Haus", zischte Damien, der beschützend vor Rosalina trat und seine Hände in Richtung der Einbrecher hob.

Jenson ging in die Knie und hob ebenfalls die Hände. Blake senkte seinen Kopf und knurrte.

„An eurer Stelle", sagte Damien mit einem schiefen Lächeln auf den Lippen, „würde ich wegrennen." Sein Blick richtete sich auf mich und war einen Moment lang von Besorgnis und Umsicht erfüllt, dann fuhr er fort. „Du bist zu unerfahren, Jenson. Wann bist du zum Kupfermagier geworden? Gestern? Es ist sehr unklug, deine neugewonnenen Kräfte gegen jemanden wie mich auszutesten. Ich kenne Zauber, von denen du nur träumen kannst." Flammen entzündeten sich an seinen Fingerspitzen, wo sie loderten und züngelten. „Ich will keinen Kampf. Ich mag mein Haus sehr und würde es lieber nicht zerstören, aber wenn du es darauf anlegst, bleibt von dir nichts weiter übrig als ein Haufen Asche."

Jenson leckte sich über die Lippen und ballte seine Hände zu Fäusten, um ihr Zittern zu verbergen. Neben ihm fletschte Blake die Zähne und knurrte, bereit für besagte Zerstörung.

„Gehen wir, Blake. Wir haben getan, weswegen wir hergekommen sind", sagte Jenson mit einem vergnügten Lächeln.

Der Wolf scharrte mit den Krallen auf dem Parkett und grub tiefe Kerben in die Oberfläche, während sie sich auf die Eingangstür zubewegten.

„Das ist noch nicht vorbei, Ward", sagte Jenson, dann drehten sie sich um und rannten davon.

Damien stand ein paar Momente schweigend da. Schließlich stampfte er fluchend zur Tür. Er schlug sie zu, legte seine Hände darauf und begann, leise etwas zu murmeln.

„Dieser eingebildete Gockel hätte es nicht schaffen dürfen, meine Schutzzauber zu durchbrechen." Er ging an der Tür entlang, wobei er sich auf die Schläfe tippte, dann drehte er sich wieder zu ihr und murmelte etwas anderes, während ein Zauber aus seinen Fingern floss. Glühende, knisternde Magie traf die Tür genau in der Mitte und breitete sich dann nach Außen aus. Die magischen Ranken krochen über die Wände und den Boden, bis sie sich mit einem Knall in der Mitte der Decke trafen.

Als er fertig war, drehte er sich zu uns um und versuchte, die Situation einzuschätzen. Er zeigte auf Rosalina. „Alles in Ordnung?"

„Mir geht es gut", sagte sie mit fester Stimme. „Hilf Toni."

Damien nickte einmal und kam dann in meine Richtung, wobei seine Lederschuhe auf dem Boden klackerten. Er kniete sich neben mich und legte mir eine Hand auf den Kopf. Dann schloss er seine Augen und ließ seine Finger zu meiner Wirbelsäule hinuntergleiten. Kribbelnde Hitze entfachte sich auf meiner Haut, wo er sie berührte. Der Schmerz ließ langsam nach und ich spürte, wie meine gebrochenen Knochen in die richtige Position rückten und mein Ohr sich wieder zusammenfügte.

Ich atmete aus und ließ meinen Körper erleichtert auf die kühlen Marmorstufen sinken.

Damien nahm seinen Umhang ab und legte ihn über mich. Er war unglaublich warm, wie die Heizdecke, die meine Nonna im kalten Winter in New York immer benutzt hatte.

„Verwandle dich", sagte der Magier. „Es wird den Heilungsprozess beschleunigen, wenn du dich ein paar Mal verwandelst."

Ich tat, was er sagte. Die erste Verwandlung war seltsam und schmerzhaft und schien in Etappen zu passieren, wodurch mir viel länger, als es angenehm wäre, noch ein Schwanz aus dem Hintern ragte.

Die nächsten Verwandlungen verliefen reibungsloser und in einem Abstand von wenigen Sekunden. Dann war der Schmerz verflogen und ich fühlte mich blendend.

Den Mantel eng an meinen Körper gepresst, stand ich auf und war erstaunt, wie gut ich mich fühlte, vor allem, wenn man bedachte, dass der Tod mir noch vor wenigen Momenten so nah vorgekommen war. Die Vorstellung, in diesem Bett mit dem Loch in der Mitte zu liegen, war mir einen Moment lang viel zu real vorgekommen, aber Gott sei Dank gab es Magier und ihre unglaublichen Heilfähigkeiten.

Damien studierte mich von Kopf bis Fuß, als wollte er sichergehen, dass seine Arbeit beendet war, dann eilte er die Stufen hinunter und durch den Korridor auf der rechten Seite der Treppe. In seinen Bewegungen war ein Hauch von Panik zu erkennen; eine Art Verzweiflung und erschöpfte Resignation.

Rosalina und ich tauschten einen neugierigen Blick, dann gingen wir ihm nach. Wir fanden ihn in einem geräumigen Arbeitszimmer, das meiner Tranknische bis auf den Größenunterschied sehr ähnlich sah. Es gab mehrere Arbeitstische und einen großen Wandschrank mit geschnitzten Türen und Metallgriffen, und auf allen Oberflächen war gläserne Ausrüstung verteilt: Pipetten, Bechergläser, Röhrchen und Trichter.

Der Magier stand vor einem großen Tisch, seine Hände waren darauf gestützt und er ließ besiegt den Kopf hängen. Eine Mischung aus starken Gerüchen hing in der Luft und schlug mir entgegen, sobald ich den Raum betrat. Zerbrochenes Glas bedeckte den Boden, die Inhalte waren verstreut und zertrampelt. Einige Tische waren umgeworfen worden und zwischen ihnen breitete sich langsam klebrige Flüssigkeit zu großen Pfützen aus.

Ich hielt die Luft an, als sich ein scharfer Geruch wie lange Nadeln in meine Nase zu bohren schien. Rosalina hustete und legte eine Hand über ihre Nase und ihren Mund.

„Bastarde", sagte Damien. „Bastarde!" Er wirbelte herum und sah uns an, wobei seine fleckigen Pupillen groß und bodenlos aussahen.

Meinte er uns? Ich sah besorgt zu Rosalina hinüber. Würde er seine Wut an uns auslassen?

„Ähm, als wir herkamen, stand die Tür offen", sagte ich in einem einzigen, schnellen Atemzug, um sicherzugehen, dass er verstand, was hier passiert war. „Wir haben nichts mit dieser Zerstörung zu tun."

„Das weiß ich." Er sah mich an, als sei ich dumm. „Dieses Haus hat mir alles gesagt, als ich hereinkam."

Was? Das Haus spricht mit ihm? Ähm, cool.

Er funkelte mich an. „Trotzdem ist es irgendwie eure Schuld."

„Unsere Schuld?!", rief Rosalina.

„Ja." Der Magier starrte mich mit seinen merkwürdigen Kupferaugen und fleckigen Pupillen direkt an. „Du wusstest, wo Blake war, und hast mich belogen. Er ist entkommen, weil du es zugelassen hast. Er wäre heute nie hergekommen, wenn du mich ihn hättest verfolgen lassen."

„Es tut mir leid", sagte ich. „Aber kannst du mir wirklich vorwerfen, dass ich dir nicht vertraue?" Zumindest wusste ich jetzt, dass der Magier und ich gemeinsame Feinde hatten.

„Verdammt! Und ich war so nah dran", sagte er. „Ich hatte fast ein Heilmittel für die Folgen von Rhabo gefunden."

KAPITEL 5

Rosalina und ich keuchten im Chor.

„Du meinst ... du hast an einem Heilmittel gearbeitet und sie haben es zerstört?", fragte ich und mein Herz wurde schwer.

Damien nahm seinen Zylinder ab, legte ihn auf den Tisch und fuhr sich ratlos mit einer Hand durch sein kurzes weißes Haar.

„Kannst du nicht von vorn anfangen?", fragte Rosalina, als er meine Frage nicht beantwortete.

Er schnaubte. „Eine der Zutaten, die ich brauche, ist beinahe unmöglich zu bekommen." Er rieb sich über das Gesicht. „Ich schätze, ich bezahle für meine eigenen Fehler."

Was? Was meinte er damit?

Der Magier schüttelte seinen Kopf, dann lief er aus dem Raum und ließ uns allein. Er sah völlig niedergeschlagen und tieftraurig aus, was mir seltsam vorkam.

Wir schlichen ihm hinterher.

„Du musst es weiter versuchen", beharrte ich.

Er ignorierte mich, ging durch einen gewölbten Türbogen rechts von dem Arbeitszimmer und betrat einen kleinen Sitzbereich. Hier ließ er sich mit angewiderter Miene auf ein Sofa sinken.

„Du kannst nicht aufgeben", sagte ich.

Er richtete seinen kupfernen Blick auf mich. „Was kümmert es dich überhaupt? Gefällt es Werwölfen nicht, wenn Vampire sterben?" Seine Stimme war voller Verbitterung, als er das sagte.

Ich starrte ihn ungläubig an. „Hey, das ist nicht fair. Du solltest es besser wissen. So wurde ich nicht erzogen. Ich finde, jedes Leben ist wertvoll und sollte respektiert werden."

Er schnaubte. „So selbstlos. Denk das nächste Mal daran, wenn du die Polizei ohne Beweise zu jemandes Haus schickst."

Autsch, das tat weh. Rosalinas Zucken nach zu urteilen, hatte der Kommentar auch sie getroffen.

Mit hocherhobenem Kinn trat sie vor. „Dieser Fehler tut mir aufrichtig leid, Damien. Ich hoffe, du kannst mir vergeben."

Er hob eine seiner weißen Augenbrauen und zuckte mit einer Schulter. Scheinbar akzeptierte er ihre Entschuldigung, wenn auch nicht auf sehr freundliche Art und Weise.

Damien winkte ab. „Es spielt keine Rolle. Ich habe wichtigere Dinge, um die ich mich kümmern muss. Wenn es euch also nichts ausmacht, würde ich es begrüßen, wenn ihr jetzt geht."

„Lass dir von uns helfen", platzte Rosalina heraus.

Was? Wie glaubte sie, sollten wir das schaffen?

Damien atmete geräuschvoll durch die Nase aus und seine Miene schien auszudrücken, dass wir so nützlich für ihn wären, wie zwei tobende Kleinkinder.

„Ähm, wir könnten dir helfen, die Zutaten zu finden", sagte sie und klammerte sich damit offensichtlich an die einzige Idee, die ihr kam.

Wenn sie dachte, dass wir die Zutaten in Elf-hame bekommen könnten, machte sie sich etwas vor. Damien hatte sicherlich besseren Zugang zu der Welt der Fae als wir es je könnten. Er war schon wer weiß wie lange Magier und musste Kontakte haben, die wir uns gar nicht vorstellen konnten.

„Hört zu", sagte Damien und atmete tief durch, als läge Geduld in der Luft. „Ich habe keine Zeit an Leute wie euch zu verschwenden."

„Hey!", rief ich. „Sei nicht so ein Arsch. Sie versucht nur, nett zu sein."

„Ist schon gut, Toni." Rosalina lächelte traurig. „Ich schätze, das Beste, was wir tun können, ist zu gehen und uns damit zufriedenzugeben. Wer will sich schon mit einem störrischen, verbitterten Idioten abgeben?"

Sie drehte sich auf dem Absatz um und begann, den Raum zu verlassen.

Ich tat es ihr gleich, doch als wir das Zimmer gerade verließen, sprach ich wie beiläufig mit Rosalina. „Ich dachte, er würde vielleicht gern wissen, für wen Blake und Jenson arbeiten, aber wieso sollten wir unsere Zeit mit einem alten Mann verschwenden."

Rosalina blieb plötzlich vor mir stehen. Ich lief in sie hinein und hielt mich an ihren Schultern fest, während ich vorwärts stolperte und schnell den Umhang wieder um mich zog. Damien war vor ihr aufgetaucht und versperrte ihr den Ausgang.

„Wen nennt ihr einen alten Mann?", wollte er mit empörtem Gesichtsausdruck wissen.

Ich trat neben Rosalina. „Du bist mit meiner Mutter aufs College gegangen, also bist du mindestens fünfzig."

„Du sollst wissen, dass ich keinen Tag älter bin als du." Die wenigen Falten um seinen Mund und seine Augen glätteten sich plötzlich, sodass er viel jünger aussah als ich.

Ich blinzelte überrascht, fasste mich aber schnell. „Du magst jung aussehen, Damien Ward, aber du hast das Herz und das Gemüt eines schrulligen Miesepeters von einem Urgroßvater."

Rosalina legte eine Hand über ihren Mund und unterdrückte ein Lachen.

Damien kniff seine Augen zusammen und schürzte die Lippen, wobei er uns ansah, als würde er erwägen, uns in Vogeldreck zu verwandeln.

Ich nahm Rosalinas Arm. „Komm, wir sollten jetzt gehen."

Der Magier setzte ein Lächeln auf, das ihn aussehen ließ, wie einen Affen, der eine Grimasse zog – ein attraktiver Affe, aber trotzdem. „Wolltest du mir nicht sagen, für wen Blake und Jenson arbeiten?"

Ich zuckte unbekümmert mit den Schultern, zog Rosalina zur Tür und versuchte, den Knauf zu drehen. Er bewegte sich nicht.

„Sesam öffne dich", sagte ich und klopfte dreimal gegen die Tür. Ich starrte Damien an und nahm eine bedrohliche Pose ein, soweit es in den Umhang gehüllt möglich war. „Lass uns gehen."

Er verschränkte zur Antwort die Arme.

Ich verdrehte die Augen. „Ulfen Erickson. Sie arbeiten für Ulfen Erickson. Jetzt öffne die Tür."

„Ich weiß, dass Ulfen nichts damit zu tun hat", sagte der Magier, „und ich habe das Gefühl, dass du das auch weißt."

Ich bewegte meinen Kopf von einer Seite zur anderen und sagte: „Vielleicht, aber ich verrate dir nichts, Opa."

Damiens Gesicht wurde rot und ein Muskel in seinem Kiefer bewegte sich. Wieder atmete er die Geduld aus der Luft ein und sagte: „Ich bin bereit, über jegliche Informationen zu verhandeln, die ihr habt."

Rosalina und ich lächelten einander an. Ihre grünen Augen glänzten und ihr Mund verzog sich zu einem kleinen Lächeln, mit dem sie sehr selbstzufrieden aussah, und damit genau meine Gefühle widerspiegelte.

„Wir wollen bei dieser Heilungssache mitmachen", sagte Rosalina.

Damien beäugte uns einen Moment lang, dann fragte er: „Warum?"

„Wir kennen jemanden, der das Heilmittel braucht", sagte ich.

„Ich verstehe." Er lief von einem Ende der Eingangshalle zum anderen und überlegte. „Ihr habt meine Trankküche gesehen, sie ist völlig zerstört. Ich müsste von null anfangen und werde vielleicht nicht in der Lage sein, ein brauchbares Heilmittel herzustellen, und wenn ich es schaffe, kann ich vielleicht nicht mehr als eine Dosis herstellen."

„Eine Dosis?!", rief ich. „Aber es muss tausende Vampire geben, die es brauchen."

„Es ist viel einfacher, etwas zu entwickeln, das zerstört, als etwas, das Leben schafft oder wiederherstellt. Ich beschäftige mich schon eine Weile damit und ich glaube nicht, dass es möglich ist, irgendjemanden zu retten. Hauptsächlich, weil die Zutaten für das Heilmittel selten sind. Leider sind schon viele Vampire gestorben und für die meisten ist es bereits zu spät."

„Wieso versuchst du es dann überhaupt?" Sobald die Frage meine Lippen verlassen hatte, kam mir ein möglicher Grund für sein Interesse an einem Heilmittel in den Sinn.

Damien presste seine Lippen zu einer dünnen Linie zusammen, als sei er nicht bereit, uns die Antwort zu geben.

„Es gibt jemanden, den du retten willst", sagte Rosalina und nahm mir die Worte aus dem Mund.

Der Magier blieb stehen und starrte auf den Boden. Er leugnete die Behauptung weder, noch bestätigte er sie, aber der Schmerz, der sich auf seinem Gesicht abzeichnete, gab uns die Antwort.

„Das tut mir leid", sagte Rosalina.

Damien zuckte mit den Schultern, als wäre es ihm egal, doch offensichtlich stimmte das nicht. Es war ihm sogar sehr wichtig. Ich fragte mich, wen er kannte, der gerettet werden musste.

„Wir würden gerne helfen", sagte ich und wurde immer entschlossener, obwohl ich keine Ahnung hatte, was wir tun konnten. „Und wir verstehen, was du mit der Möglichkeit meinst, am Ende nur eine einzige Dosis zu haben, aber ich finde, wir sollten an dieser Hoffnung festhalten." Ich sah Rosalina in die Augen. Sie nickte zustimmend.

Der Magier schüttelte den Kopf. „Nein. Es tut mir leid, aber ich helfe euch nicht, Luftschlösser zu errichten. Mehr Zutaten zu bekommen ist unmöglich. Sagt ihr mir jetzt, wer hinter der ganzen Sache steckt? Oder muss ich einen Wahrheitszauber benutzen?"

Es war ein schlechter Deal, aber wir schuldeten ihm etwas, nachdem wir ihm die Polizei ins Haus geholt hatten, also erzählten wir ihm von Stephen, auch wenn der Handel nicht ganz fair war.

KAPITEL 6

Am nächsten Tag spukte mir etwas im Kopf herum, das Damien gesagt hatte, als er sah, dass sein potenzielles Heilmittel zerstört worden war. „Ich schätze, ich bezahle für meine eigenen Fehler."

Ich versuchte, nicht zu viel in seine Worte hineinzuinterpretieren, doch diese Aussage kam mir immer und immer wieder in den Sinn, und sie vermischte sich mit etwas anderem, das mich auch nach den vielen Tagen seit meiner ersten Entdeckung von Rhabo immer noch störte. Und zwar Folgendes: So sehr Eric auch gegen die Droge zu sein schien, er hatte sie bei seiner Party serviert. Warum?

Das Thema der Beteiligung der beiden Männer hallte in meinem Kopf wider, als ich vor Eric in seinem verspiegelten Trainingsraum stand. Es war vier Uhr morgens und ich hatte mich aus dem Bett quälen müssen, um herzukommen, aber ich hatte es geschafft.

Gedankenverloren stellte ich meine Sporttasche auf dem Boden ab.

„Los geht's, Sunder. Wir haben nicht den ganzen Tag Zeit", drängte Eric.

Mit zusammengekniffenen Augen sah ich auf.

„Ist etwas nicht in Ordnung?", fragte er.

Ich versuchte, meine quälenden Fragen zu verdrängen, doch sie wollten nicht verschwinden. Ich gab nach. „Tatsächlich gibt es etwas. Ich habe mich gefragt ... warum hast du Rhabo auf deiner Party serviert?"

Erics Miene wurde hart. „Möchtest du deine begrenzte Zeit mit mir wirklich so verbringen?"

Ich zuckte mit den Schultern.

Er seufzte und ließ seine Schultern hängen. „Hast du dich schon mal gefragt, warum ich überhaupt eine Party gegeben habe?"

Es war mir tatsächlich in den Sinn gekommen. Der Kerl war ein Griesgram. Er war absolut ahnungslos, was Partys anging, und er wusste sicher nicht, wie man feiert.

„Es war Erpressung", sagte er. „Partys, auf denen Vampiren Rhabo serviert wird, werden schon eine Weile in der Stadt veranstaltet. So kommen sie überhaupt so schnell mit der Droge in Berührung. Eine kostenlose Dosis und die Vampire sind ein Leben lang süchtig – oder vielleicht sollte ich sagen, bis der Tod sie holt."

„Erpressung?", fragte ich langsam. „Das heißt, sie haben etwas gegen dich in der Hand."

Er hob eine Augenbraue. „Selbst um vier Uhr morgens glänzt du mit deiner Intelligenz."

Meine offensichtliche Bemerkung war nur meine Art zu fragen, „was" sie gegen ihn in der Hand hatten – nicht, dass ich dachte, er würde eine Antwort geben. Zu meiner Überraschung tat er es jedoch.

„Rhabo ist meine Schuld", sagte er.

Was?

„Damien hat es hergestellt, weil ich ihn darum gebeten habe." Erics Miene blieb kalt. „Das war der Gefallen, den ich ihm geschuldet habe, und mit dir zahle ich ihn zurück."

Fassungslos schüttelte ich den Kopf. „Du ... Damien ... Warum?"

„Eigentlich war es dazu gedacht, einen Vampir zu töten, und nur diesen einen. Und das tat es, aber die Existenz der Droge hat sich herumgesprochen und jemand konnte sie reproduzieren. Ich weiß noch nicht wer, aber wenn ich es herausfinde ..." Sein linkes Auge zuckte. „Dann bringe ich denjenigen um."

Ein Schauer lief über meine Arme. Geistesabwesend rieb ich sie. Ich fragte mich, welchen Vampir er mit der Droge getötet hatte. Wer auch immer es gewesen war, er musste so mächtig gewesen sein, dass Eric eine andere Waffe als seine Zähne und Klauen brauchte. Jake hatte recht gehabt. Damien und Eric hatten mit Rhabo zu tun, und wie.

Eric hielt meinen Blick vom anderen Ende des Raumes, ohne mit der Wimper zu zucken, als würde er mich dazu herausfordern, mich gegen ihn zu stellen. Er war schuld daran, dass so viele Vampire starben, wenn auch indirekt. Jeden Tag las man die Todeszahlen in der Zeitung und sie stiegen immer weiter an.

Doch das war nicht seine Absicht gewesen. Es steckte jemand anderes dahinter.

„Es tut mir leid, dass das passiert ist", sagte ich.

Er blinzelte. „Du verurteilst mich nicht?"

Trotz seiner mangelnden Höflichkeit und seines miserablen Rufs kam mir Eric nicht wie ein schlechter Kerl vor – nur wie jemand, der viel gelitten hatte.

Er brummte, dann fragte er: „Wollen wir dann anfangen?"

Ich nickte. „Ja, legen wir los."

Eric öffnete seinen Mund, um mir eine Anweisung zu geben, doch ich sprach zuerst.

„Ich möchte lernen, wie man kämpft", sagte ich.

Er hob seine Augenbrauen. „Ich weiß nicht, ob wir unsere begrenzte gemeinsame Zeit so nutzen sollten. Du hast ohnehin schon einiges davon verschwendet."

„Ich wurde zweimal beinahe getötet, als ich mich gegen einen größeren Wolf verteidigen wollte, also glaube ich nicht, dass es Zeitverschwendung ist."

„Ist das wahr?"

Ich streifte meine Schuhe ab, zog mein T-Shirt aus und warf es auf meine Sporttasche. Ich stand in meinem Sport-BH und meiner Jogginghose da.

„Gib mir ein paar Tipps." Ich schüttelte meine Arme und Füße aus und versuchte, mich zu lockern. Ich hatte in meinem Kickbox-Kurs gelernt, wie man zuschlägt, und wie man trickreiche Griffe und Drehungen anwendet, um sich von Angreifern zu befreien, aber nichts davon half mir in einem Kampf in meiner Werwolfform, wenn ich keine Daumen hatte.

„Gegen wen hast du gekämpft, wenn ich fragen darf?" Eric verschränkte seine Arme und hatte es offensichtlich nicht eilig, mir etwas über wölfische Arschtritte beizubringen.

Ich seufzte. „Sein Name ist Blake Foster."

Erics Augenbrauen hoben sich einen weiteren Zentimeter und verschwanden fast in seinem Haaransatz.

„Ich nehme an, du kennst ihn", sagte ich.

„Du hast zweimal gegen Blake Foster gekämpft und es überlebt? Ich glaube, das bedeutet, dass du gar nicht so schlecht kämpfst."

„Du machst Witze, oder? Er hat mich fast umgebracht, mich fast zerquetscht."

„Aber du stehst trotzdem hier vor mir."

Ich sah zur Wanduhr hinüber. „Wer verschwendet jetzt die ach so wertvollen drei Stunden, die ich mit dir habe?"

Es war zehn nach vier und er würde mich um Punkt sieben Uhr hinauswerfen. Ich hatte keine Zeit, hier herumzustehen und zu plaudern. Außerdem waren morgen und Mittwoch meine letzten beiden Tage mit ihm. Er und Damien hatten vereinbart, dass Eric mich fünf Tage lang unterrichten würde, dann war ich auf mich allein gestellt.

Dafür war ich nicht bereit – bei Weitem nicht.

„Es ist tatsächlich wertvolle Zeit", sagte er. „Okay, ich bringe dir bei, was ich kann, aber ich scherze nicht, wenn ich sage, dass es ein Beweis für deine angeborenen kämpferischen Fähigkeiten ist, Blake Foster zu überleben. Gute Werwolfjäger, Werwolfkämpfer, Werwolfanführer erben ihre Fähigkeiten. Es gibt Dinge, die man nicht lernen kann. Wenn Menschen geboren werden, sind sie absolut hilflos. Wir sind anders. Wir können uns sofort verwandeln und in unserer Wolfsform laufen. Wir wissen, wie man sich anpirscht, wie man den Geruch von Angst und Blut erkennt, wie man das Rudel von Feinden unterscheidet. Deine Kräfte sind nicht unbedeutend. Sie können verfeinert werden, ja, aber du kommst zweifellos nach deinem Vater."

Ungebetene Wut machte sich in meinem Bauch breit. Ich ballte die Hände zu Fäusten und atmete tief durch, wobei ich mich auf alles andere, was er gesagt hatte, zu konzentrieren versuchte, nur nicht auf den letzten Teil. Ich versagte.

„Für jemanden, der mir nicht sagen will, wer mein Vater ist", sagte ich, „sprichst du ihn ganz schön oft an." Ich wusste nicht, warum ich ihn provozierte, wo ich mich doch immer noch nicht entschieden hatte, ob ich wissen wollte, wer er war oder nicht.

„Ich werde das Thema nicht umgehen, wenn es relevant ist, nur, weil es dich ärgert. Wie gesagt, deine Fähigkeiten sind beachtlich, auch wenn sie noch nicht voll entwickelt sind. Also, sprechen wir über das Kämpfen …" Eric verschränkte die Hände hinter seinem Rücken und betrachtete mich mit seinem kalten blauen Starren. „Das Erste, was du als Alpha wissen musst, ist, dass Kämpfe vermieden werden können."

„Was meinst du damit?"

„Du bist eine geborene Anführerin, Sunder, und wenn du lernst, deine Alphakräfte zu nutzen, kannst du andere dazu bringen, sich dir zu unterwerfen."

„Ich verstehe nicht, warum sich ein riesiger Wolf wie Blake mir unterwerfen sollte."

Eric lächelte und sah belustigt aus. „Na ja, nicht mit dieser Einstellung …"

„Meinst du das ernst? Ich hätte Blake dazu bringen können, sich mir zu unterwerfen?"

„Ja."

Oh mein Gott.

„Theoretisch", fügte er hinzu und brachte meine Fantasievorstellung zum Platzen.

Ich verdrehte die Augen. Er wusste, wie man Mädchen so richtig begeistert.

„Blake ist ein starker Beta", fuhr er fort, „und ja, er ist groß. Daher kommt sein Selbstvertrauen, aber denk mal darüber nach: Er gehört zu …" Eric wedelte mit der Hand, als wollte er die Worte herbeizaubern. „… Ericksons Rudel, richtig?"

Ich nickte. Wahrscheinlich hatte er Ulfen vor Augen statt Stephen, aber in diesem Moment machte das nicht viel Unterschied.

Er ging zur Spiegelwand hinüber. „Ich weiß genau, dass Ericksons Wolf nicht größer ist als Blakes, dieser Mann ist eine Bestie. Es gibt tatsächlich wenige, die sich in Sachen Größe mit ihm messen können. Vielleicht ist dein Jake ähnlich groß wie er. Ich habe seinen Wolf noch nie gesehen, aber ich habe Gerüchte gehört, dass er eindrucksvoll ist."

„Mach dich nicht über mich lustig", knurrte ich – meine Stimme war ein leises Grollen, das ich kaum wiedererkannte. Seine Worte hatten meine Wut noch angestachelt, darin herumgestochert, und die Hitze nur noch mehr entfacht. „Er ist nicht mein Jake, und das wird er auch nie sein."

„Wut kann etwas Gutes sein, Sunder, aber sie kann dich auch zerstören."

„Ich schätze, du musst es ja wissen."

Eric war sofort bei mir und drückte mich gegen die Wand, mit angespannten Muskeln und seinen starren Fingern an meinem Hals. „Du überschreitest gern Grenzen und du tust es leichtsinnig. Du magst ein Alpha sein, aber im Vergleich zu mir bist du nichts als ein kleiner Welpe. Wenn du so weitermachst, wirst du es bereuen."

Seine blauen Augen funkelten, während er sprach, und sein Körper schien vor Energie zu pulsieren, wie ein riesiges Herz. Ich kämpfte darum, mich zu befreien, während mein Körper vor unruhiger Energie zu kribbeln begann und Red danach verlangte, befreit zu werden.

Bei Fuß, dröhnte Erics Stimme durch meinen Kopf.

Das Kommando zischte durch meine Adern wie ein schneller Stromstoß, der durch einen Kupferdraht fließt. Jede Zelle in meinem Körper schien zu schrumpfen und seinem Befehl folgen zu wollen, als würden sie nicht zu mir gehören, als wäre ich nur eine Erweiterung von Eric Cross; ein weiteres Glied, das er nach seinem Willen verbiegen konnte.

Aber ich war kein Teil von ihm.

Ich gehörte zu niemand anderem außer mir selbst.

Eine leise Stimme der Vernunft in meinem Kopf schien mir zu widersprechen.

Er wird dir die Kehle herausreißen. Tu einfach, was er sagt.

Doch ein größerer und stärkerer Teil von mir hatte nicht vor, nachzugeben.

Ich würde eher sterben, als mich ihm zu beugen, blaffte Red.

Sofort schloss sich mein Wille ihrem an, dunkel und wild, und so waren wir uns wieder einmal einig.

„Nimm deine Hände von mir", zischte ich und meine Stimme war so tief und dunkel, dass sie beinahe so klang wie die von Eric. Sie vibrierte durch den Raum und war ebenso befehlend wie seine.

Der Griff um meinen Hals lockerte sich kaum merklich, doch es reichte aus. Ich dachte an nichts anderes als an meine Wut und meine Instinkte, packte seinen Arm und riss ihn weg. Seine Krallen kratzten über meinen Hals, als sich seine Hand löste. Der Schmerz war der Brennstoff für meine Wut, und in einer einzigen fließenden Bewegung durchlief mein Körper die Verwandlung und ließ meinen Wolf frei, wie der Himmel Blitze freisetzt.

Bevor ich fertig war, hatte er sich auch verwandelt. Er setzte mit den Vorderpfoten auf den Boden auf, krachte gegen mich und ich flog quer durch den Raum. Ich kämpfte um das Gleichgewicht und mein Schwanz wirbelte herum, als ich durch die Luft segelte. Ich schaffte es, mich zu drehen, landete auf meinen Pfoten und ging gleichzeitig in die Hocke, um mich dem gelbbraunen Wolf zuzuwenden.

Meine Oberlippe zog sich zurück, als ich knurrte und um ihn herumkreiste. Er tat dasselbe. Wir bewegten uns, als seien wir gespiegelte Abbilder voneinander.

Bei Fuß, du dreckige Kreatur, hörte ich seine Stimme in meinem Kopf.

Nein! Du kannst dich beugen. Ich schulde dir keine Loyalität.

Ich hatte keine Ahnung, wo das herkam, doch es war wahr. Er war ein gemeiner Mistkerl, der für seinen eigenen egoistischen Vorteil zugestimmt hatte, mich zu trainieren. Er wollte mich nicht hier haben, ich war ihm absolut egal. Sein einziges Ziel war es, Damien Ward seinen Gefallen zurückzuzahlen, um den Magier loszuwerden.

Eric schlug in meine Richtung und seine scharfen Krallen verfehlten meine Schnauze um nur wenige Zentimeter. Ich sprang aus dem Weg und schlug zurück, doch ich verfehlte nicht und schaffte es, ihm eine Wunde an der Seite seines Gesichts zu verpassen. Er knurrte und seine Augen funkelten vor Zorn. Er spannte seine Beine an, um sich auf einen Sprung vorzubereiten.

Bei Fuß, befahl ich und legte meinen gesamten Willen in das Wort.

Eric sprang nicht ab und umkreiste mich stattdessen weiter, um einen Angriffswinkel zu finden. Wir umkreisten uns eine ganze Weile und gaben abwechselnd das Kommando, zurückzubleiben oder sich zu unterwerfen.

Nach einer gefühlten Ewigkeit schüttelte er seinen Kopf, blinzelte und machte ein paar Schritte rückwärts. Ohne Vorwarnung erzitterte sein Körper und er verwandelte sich wieder in einen Mensch, wobei seine Kleidung wieder an ihrem Platz erschien, als der magische Ring seine Funktion erfüllte.

Zu sehen, wie er sich von seiner schönen Wolfsgestalt in einen Menschen in einer lockeren Jogginghose verwandelte, dämpfte meine Wut und holte mich in die Realität zurück. Blinzelnd sah ich mich um und erkannte, dass ich Eric Cross nicht umbringen wollte. Nicht wirklich. Er war ein Mistkerl, aber er war auch mein Lehrer, und ich würde ihn noch ein paar Tage brauchen.

Eric lehnte sich lässig gegen die Wand. „Der Unterricht ist vorbei", sagte er.

Was?

„Stell dich nicht dumm, Sunder. Ich habe dir gerade gezeigt, wie du mit deinen Alphakräften einen Kampf vermeiden kannst. Gern geschehen."

KAPITEL 7

D rei Frühstücksburritos später kam ich mit Rosalina an unserem Büro an. Ich wohnte immer noch bei ihr, da ich noch keine Gelegenheit gehabt hatte, meine Sachen in meine eigene Wohnung zu bringen. Aber heute nach der Arbeit plante ich, alles in meinen Camaro zu packen und mich noch an diesem Abend dort einzurichten.

Ich freute mich darauf, und es schien das Einzige zu sein, das mir ein Lächeln aufs Gesicht zaubern konnte. Der Gedanke an irgendetwas anderes löste Wut in mir aus, einschließlich meiner nächsten Aufgabe, die mich erwartete wie eine scharfe Guillotine.

Kopf ab! Das würde Aaron Blackridge wahrscheinlich sagen, wenn er herausfand, dass sein Gefährte wegen Rhabo starb. Er würde um zehn Uhr für ein Gespräch kommen und ich fürchtete mich schon davor. Ich wollte gerade in mein Büro gehen, als Rosalina das Gesicht verzog.

„Oh-oh", sagte sie von ihrem Stuhl hinter ihrem Schreibtisch aus. Sie schaute durch das Fenster auf etwas auf der Straße. Ich folgte ihrem Blick.

Jake überquerte die Straße und kam auf die Agentur zu.

Ein Lächeln breitete sich auf meinen Lippen aus, während ich mich für die große Enthüllung bereit machte. „Pass jetzt gut auf."

Rosalina sah ängstlich aus, als sie aufsprang. „Warum? Was meinst du?"

„Ich habe heute Morgen Damiens Dung-Parfüm nicht aufgetragen."

„Oh nein."

Die Türglocke läutete, als Jake hereinkam. Er trug ein Hemd, Jeans, Stiefel und eine Lederjacke, die ich noch nie an ihm gesehen hatte. Sofort weiteten sich seine silbernen Augen und seine Nase zuckte, als er den Geruch in der Luft wahrnahm. Er betrachtete Rosalina, wobei sich seine Nasenlöcher weiteten. Als er erkannte, dass der Geruch nicht von ihr ausging, richtete sich seine Aufmerksamkeit langsam auf mich.

Mein Lächeln wurde breiter und gleichzeitig auch das Gefühl der Genugtuung, ihn so verwirrt zu sehen.

Doch seine Verwirrung schlug schnell in Wut um und er marschierte auf mich zu wie ein wütender Bulle, und ich war das rote Tuch. Als ich seine Wut sah, jagte mir ein plötzlicher Angstschauer über den Rücken und ich wich einen Schritt zurück und bereute eine Sekunde lang meine Entscheidung, mich auf diese Weise zu enttarnen. Er packte mich an den Schultern und drückte fest zu.

„Mit wem hast du geschlafen?", wollte er wissen.

Hm? Das brachte mich aus dem Konzept. Das hatte ich nicht erwartet. Er dachte, mein neuer wölfischer Geruch kam von jemandem, mit dem ich geschlafen hatte? War das überhaupt möglich? Plötzlich dachte ich an all die Male, die ich ihn gesehen hatte, seit er zurück war und erkannte, dass er jedes Mal nach sich selbst gerochen hatte – nach Kiefern und Regen. Mein Herz vollführte einen kleinen Freudentanz.

„Ähm, ich glaube, ein Latte ruft von der anderen Straßenseite aus meinen Namen." Rosalina schob sich um den Schreibtisch herum, stürmte eilig aus dem Büro und ließ mich mit einem sehr aufgebrachten Werwolf allein.

„Antworte mir!", rief er mit einem Hauch von Verzweiflung in seiner Stimme.

„Nimm deine Hände von mir, Jakie." Der Spitzname, den Allison für ihn benutzt hatte, schien ihn noch mehr zu verärgern. Sein Gesichtsausdruck wurde hämisch.

Ich versuchte, mich aus seinem Griff zu befreien, doch er wollte mich nicht loslassen. Stattdessen drückte er mich gegen die Wand und funkelte mich an. Sein Gesichtsausdruck wurde wild, seine Pupillen vergrößerten sich und seine Reißzähne blitzten in seinem Mund auf.

„Ich schulde dir keine Erklärung", blaffte ich und wurde beinahe so wütend wie er.

Er atmete schwer und schüttelte den Kopf, während irgendein innerer Kampf in ihm stattfand, als wollte er sein verrücktes Verhalten unterdrücken, schaffte es jedoch nicht. Seine wilde Seite schien zu gewinnen und er knurrte einen weiteren Befehl.

„Sag es mir, damit ich ihn töten kann."

„Ich kann schlafen, mit wem ich will. Ich könnte mich sogar verloben und es würde dich nichts angehen, du hinterhältiger Mistkerl." Ich drückte gegen seine harte Brust, aber es wäre einfacher gewesen, ein Gebäude zu verschieben.

„Ich habe mit niemand anderem geschlafen." Seine Stimme bebte vor kaum gezügelter Wut. „Nicht, seit dem letzten Mal mit dir."

Diese Offenbarung überflutete mich wie ein Eimer Eiswasser und mir blieb der Mund offen stehen. Jake trat von mir weg und fuhr sich mit seinen Krallenfingern durch das Haar. Er sah einen Moment lang ratlos aus, dann erfüllte Reue seine Augen, wahrscheinlich, weil er sich wünschte, er hätte nicht vor Wut so offen gesprochen.

Als ich seine Verletzlichkeit sah, öffneten sich meine Augen für die Wahrheit. Er konnte sich genauso wenig kontrollieren wie ich. Diese dumme Anziehungskraft war gegenseitig, bis hin zu der Unfähigkeit, eine echte Verbindung zu jemand anderem aufzubauen.

„Ich habe auch mit niemand anderem geschlafen", sagte ich mit sanfter Stimme.

„Lüg mich nicht an." Der Zorn erschien wieder in seinen silbernen Augen und weitete seine Pupillen. „Ich kann es an dir riechen."

„Es ist nicht so, wie du denkst", sagte ich. „Überhaupt nicht."

Langsam hob ich eine Hand. Sie zitterte, als ich sie vor ihn hielt. Ich befahl meinen Krallen, sich auszufahren. Meine Fingerspitzen juckten und fühlten sich steif an, aber sie kamen nicht heraus.

Jake sah mich mit Abscheu an, als hätte man mich irgendwie befleckt.

„Verdammt, Red! Lass mich es ihm einfach zeigen."

Die Wut schaffte es schließlich, die Krallen aus meinen Fingerspitzen zu treiben, gemeinsam mit weichem braunem Fell. Bei diesem Anblick taumelte Jake rückwärts und purer Schock legte sich auf sein Gesicht.

„Was ... was ..." Doch er fand die Worte nicht. Er starrte nur meine Krallenfinger an, als gehörten sie zu einer schaurigen Kreatur.

Ich riss meine Hand zurück und versteckte sie hinter meinem Rücken, weil ich mich plötzlich unsicher fühlte und sogar schämte. Ein absurder Gedanke kam mir in den Sinn. Begehrte er seine eigene Art nicht? Hatte er mich nur gemocht, weil ich keine Werwölfin war? Über diese Möglichkeit hatte ich noch nie nachgedacht. Mein Herz schnürte sich schmerzhaft zusammen, als mich seine Ablehnung wie ein Schlag ins Gesicht traf.

„Was ist mit dir passiert? Was für ein Fluch ist das?"

Fluch? Bei den Hexenlichtern, er dachte, jemand hätte mich verflucht!

Tja, es gab nur einen Weg, ihn von dieser engstirnigen Schlussfolgerung abzubringen.

Na schön Red. Ich mag dieses Outfit sowieso nicht.

Meine Wölfin erschauderte vor Vergnügen, und ohne auch nur eine Sekunde zu verschwenden, übernahm sie die Kontrolle und gab sich bereitwillig zu erkennen. Mein Kleid riss im Rücken entzwei und fiel mit dem Rest meiner Kleidung von mir ab. Stofffetzen flatterten auf den Boden.

Als meine Verwandlung einen Moment später beendet war, schüttelte ich meinen Kopf und atmete Jakes Geruch ein, als sei es das erste Mal. Er erfüllte meine Lunge wie ein köstliches Gift, sickerte langsam durch meine Adern und wanderte in jeden Winkel meines ungezähmten Körpers. Ich erschauderte vor Vergnügen, weil ich mich bei ihm so wahnsinnig wohlfühlte.

Ich war für ihn erschaffen worden, und er für mich. Das konnten wir nicht abstreiten.

„Toni." Seine tiefe Stimme löste einen Schauer aus, der mich von meinem obersten Wirbel bis zu meiner Schwanzspitze durchzuckte.

Ich senkte bekräftigend meinen Kopf.

„Wie ... wie ist das möglich?" Tränen traten in seine Augen; etwas, das ich bei ihm noch nie gesehen hatte.

Ich wimmerte und trat einen Schritt näher an ihn heran. Er brach zusammen und sackte vor mir auf die Knie. Sein Blick hielt meinen und seine Augen sahen tief in meine Seele. Ich hatte mich schon so oft von ihm berührt gefühlt, doch dieses Mal war es ganz anders. Es war wie die Unvermeidbarkeit der Schwerkraft, die Reibung tektonischer Platten, das Zusammentreffen zweier Planeten, deren Zusammenstoß seit Millionen von Jahren geplant war.

Ich bewegte meinen Kopf in seine Richtung und er legte langsam seine Stirn an meine. Die Tränen, die sich in seinen Augen gesammelt hatten, fielen nun und liefen ihm still über seine ausgeprägten Wangenknochen.

Wir konnten nichts tun, außer uns gegenseitig zu verstehen und die Wahrheit dessen erkennen, was wir waren. Und zum ersten Mal verstanden wir, dass das, was wir füreinander empfanden, nicht zu stoppen war, egal, wie sehr wir es auch versuchten.

Unsere Liebe war kein Zufall gewesen. Wir waren füreinander bestimmt.

KAPITEL 8

Jake war noch immer sprachlos und er schien nichts anderes tun zu können, als mit seinem Lederarmband zu spielen. Es war braun, etwa zweieinhalb Zentimeter breit, mit einem Metallanhänger in der Form eines Pfeils. Es erinnerte mich an das neue Tattoo, das er auf seinem linken Bizeps hatte – ein Pfeil, der sich um seinen Arm wand. Es war schön.

Ich hatte ihm alles erklärt und kein Detail ausgelassen. Beinahe. Ich musste ihm immer noch sagen, dass ich ein Alpha war, doch ich hatte Angst, herauszufinden, was das bedeuten könnte, und nicht zum ersten Mal wünschte ich mir, ich würde mehr über diese Welt verstehen, dass ich mit dem Wissen über all die kleinen Feinheiten des Werwolfsdaseins aufgewachsen wäre.

Wir waren in meinem Büro und Jake saß gegenüber von mir. Ich hatte mir eine Jogginghose und ein T-Shirt aus dem Loft geholt – nicht mein schönstes Bürooutfit, aber ich war meine eigene Chefin, also durfte ich das.

Jake rieb sich die Stirn und sah überwältigt aus.

Ein nervöses Flattern breitete sich in meinem Bauch aus. „Sag etwas, Jake."

„Ich weiß nicht, was ich sagen soll."

„Es gibt nur eine Sache, die ich wirklich wissen will, und vielleicht kannst du es mir sagen ... ändert das irgendwas für uns?"

Seine Miene veränderte sich nicht, als er aufsah und mir in die Augen blickte. Ich spürte einen Stich ins Herz, denn was ich in seinen Zügen sah, erfüllte mich nicht gerade mit Hoffnung.

„Wer ist dein Vater, Toni?", fragte er.

Was? Ich schüttelte ungläubig den Kopf. Darüber wollte er jetzt sprechen?

„Warum?", fragte ich und meine irrationale Wut ließ meine Stimme zittern.

„Sag mir einfach, wer er ist."

Ich biss die Zähne zusammen und weigerte mich ein paar Sekunden lang, zu antworten. Schließlich sagte ich: „Ich weiß es nicht."

Jakes Auge zuckte. „Wie kannst du es nicht wissen? Hat es dir deine Mutter nicht gesagt?"

„Nein, sie wollte diese Information nicht preisgeben und ich wollte es nicht wissen."

„Du wolltest es nicht wissen?!" Er klang entsetzt.

"Ich war zu beschäftigt damit, um meinen Dad zu trauern. Du kanntest ihn, Jake, und du hast gesehen, wie nahe wir uns standen und wie sehr ich ihn liebte. Ich will keinen anderen Vater als ihn."

„Du musst herausfinden, wer dich gezeugt hat." Seine Aussage klang endgültig, als gäbe es keine andere Alternative – besonders nicht die, die ich gewählt hatte.

„Warum ist das so wichtig? Warum hast du das gefragt, statt meine Frage zu beantworten?"

Jake stand auf und ging zur Tür. Ich dachte, er würde gehen, doch er blieb an der Schwelle stehen und blickte in den Eingangsbereich hinaus. „Ich möchte wissen, ob er zu einem der ansässigen Rudel gehört."

Ich dachte einen Moment lang nach, dann verstand ich, worauf er hinauswollte. „Du hast Angst, dass er einem feindlichen Rudel angehört, ist es das?"

Er drehte sich zu mir um. „Ja. Aber ... ich schätze, es ist sowieso egal."

„Weil ..."

„Weil das hier ..." Er hielt inne. „Das ändert gar nichts."

Ich stand abrupt auf, wodurch mein Stuhl zurückrollte und gegen die Wand krachte. „Wie kannst du das nur sagen? Du fühlst es genau wie ich. Wir sind für einander bestimmt, Jake. Du kannst diese alberne Frau nicht heiraten."

„Ich kann den Pakt nicht brechen."

„Pakt? Was für ein Pakt?"

„Mein Großvater und Craig Blackridge sind sich einig, dass sich unsere Rudel vereinen sollen. Mein Großvater ist zugunsten von Blackridge als Alpha zurückgetreten, mit der Bedingung, dass ich, sobald ich Allison geheiratet habe, Rudelführer werde. Das stärkt unsere Position gegenüber den Rudeln von Ulfen Erickson und Travis Hillworth."

Die Blackridges, Knights, Ericksons und Hillworths waren die vier größten Rudel in St. Louis und das schon seit Generationen.

„Wir haben uns geeinigt", erklärte Jake zögerlich. „Auf einen unumstößlichen Pakt. Ich kann keinen Rückzieher machen."

„Ein unumstößlicher Pakt?"

Er nickte. „Magie war im Spiel."

„Es muss einen Ausweg geben. Sag ihnen, dass du dich umentschieden hast."

„So läuft das nicht, Toni. Wenn jemand den Pakt bricht, wäre das ein Todesurteil."

„Was?! Das ist dumm. Wer würde sich auf so etwas einlassen?"

„So machen es die Rudel."

„Wie konntest du nur?"

„Toni." Er drehte sich um und kam auf mich zu, dann hob er eine Hand, als wollte er mich berühren.

Ich zeigte mit einem zitternden Finger auf ihn. „Bleib weg von mir. Komm nicht näher. Ich brauche dein Mitleid nicht."

Er schüttelte seinen Kopf und öffnete seinen Mund, um mir zu widersprechen.

„Streite es nicht ab. Ich sehe es in deinem Gesicht. Ich tue dir leid, weil ich immer noch keine Rolle in deinem Leben spielen kann."

„Das ist nicht wahr."

Ich lachte verächtlich auf. „Aber es ist so, nicht wahr? Sag mir, hätte es einen Unterschied gemacht, wenn du es vor deinem dummen Pakt gewusst hättest?"

Er zögerte einen Moment zu lange.

„So irrelevant bin ich also."

„Du bist nicht irrelevant, Toni", sagte er mitfühlend. „Ich liebe dich."

„Und was für einen Unterschied macht das in deiner gestörten Welt?"

Darauf hatte er keine Antwort. Er war in etwas viel Größeres verwickelt als das, was er für mich empfand. Die Erkenntnis verletzte mich zutiefst.

Die rachsüchtige Ader, die mich heute Morgen dazu veranlasst hatte, meinen Wolfsgeruch preiszugeben, kam mit aller Macht zurück. Ein kaltes, berechnendes Lächeln legte sich auf meine Lippen.

„Weißt du, was das Sahnehäubchen ist? Der Punkt, der jeden Zweifel daran auslöschen wird, ob wir zusammen sein können oder nicht?"

Er runzelte die Stirn und ein Anflug von Angst trübte für einen Moment seine Miene.

„Ich bin nicht irgendeine Werwölfin, Jake. Ich bin ein Alpha."

Er blickte mich aus verengten Augen an. Ich hielt seinem Blick stand, dann zwang ich meine Gedanken mit einem achtlosen Stoß in seinen Geist.

Ich schätze, ich bin wohl doch nicht für dich bestimmt.

Meine Wut war so präsent zwischen uns, als wäre sie lebendig. Jakes Miene bröckelte und enthüllte den Schmerz, den er angesichts dieser Erkenntnis empfand. Erst vor ein paar Momenten hatte die Welt so perfekt gewirkt; als wäre sie für uns geschaffen worden, damit wir sie gemeinsam erobern konnten, und jetzt, so kurz danach, musste ich erkennen, dass das Schicksal ein Spiel mit mir spielte und ich war der verdammte Ball, den jeder mit Füßen trat.

„So scheint es", sagte er und zog sich langsam aus dem Büro zurück. „Ich wünschte, es wäre anders. Ich bin hergekommen, um mich dafür zu entschuldigen, dass ich dir nichts von der Verlobung erzählt habe. Es ist überstürzt passiert und ich hatte nicht die Gelegenheit dazu. Ich wollte nicht, dass du es so herausfindest, wie es schlussendlich passierte. Ich wollte es dir selbst sagen." Er lachte traurig und deutete in Richtung seines Büros. „Vielleicht sollte ich doch ausziehen. Es ist nicht klug, dass mein Büro so nah an eurem liegt. Vielleicht möchtet ihr euch ja vergrößern, ein paar Wände einreißen und den Laden übernehmen. Ich bin fast mit allen Reparaturen fertig."

„Verschwinde, Jake. Zwischen uns gibt es keinen Grund für solche Höflichkeiten."

Er ließ den Kopf hängen, als würde ihn die Traurigkeit runterziehen. „Wenn du mich mal brauchst …"

Ich wollte ihm gerade sagen, er soll zur Hölle fahren, als die Türglocke läutete und sich Schritte näherten. Jake sah zur Tür hinüber und setzte einen besorgten Gesichtsausdruck auf.

„Was ist los?", fragte er, als er aus dem Weg trat und Rosalina in mein Büro stürmte.

Beim Anblick ihres panischen Gesichts begann mein Herz zu rasen. Sie hielt ihr Handy in der Hand und starrte es einen Moment lang an, bevor sie es schaffte, zu sprechen.

„Dani hat gerade angerufen. Sie konnte dich nicht erreichen."

Ich sah auf mein eigenes Handy, das mit dem Display nach unten auf dem Schreibtisch lag. Ich hatte es stumm geschaltet, damit ich Jake alles ohne Unterbrechung erklären konnte. Meine Beine wurden zu Wackelpudding. Es musste etwas Schlimmes passiert sein, wenn meine älteste Schwester Rosalina anrief.

„Geht es ihr gut?"

Rosalina nickte. „Dani geht es gut. Es geht um deine Mutter. Sie wurde angegriffen."

KAPITEL 9

Die Reifen des Camaros quietschten, als ich in eine Parklücke vor dem St. Mary's Hospital einbog. Ich sprang aus dem Auto und rannte so schnell ich konnte zur Eingangstür. Ich ignorierte Jake, der sein Motorrad neben meinem Auto abstellte. Er wollte mit mir fahren, doch ich hatte ihn aus dem Weg geschubst, sobald mir Rosalina gesagt hatte, wo ich meine Mutter finden würde. Ich wollte ihn dort nicht haben, aber er schien sich ohne Rücksicht auf meine Wünsche in die Situation einmischen zu wollen. Er war mir ein Dorn – nein, ein Pflock – im Auge, und ich war Masochistin.

Ich folgte den Schildern zur Notaufnahme und schubste die Leute aus dem Weg, während ich durch den hell erleuchteten Korridor rannte. Im Wartebereich fand mein Blick sofort meine Schwestern. Dani und Lucia saßen nebeneinander, starrten den Boden an und eine Miene der Besorgnis lag auf ihren Gesichtern.

Lucia bemerkte mich zuerst und sah auf. Ich rannte zu ihr und sie sprang auf die Füße und schlang ihre Arme fest um mich. Tränen flossen ungehindert über meine Wangen. Das letzte Mal, als ich meine Mutter gesehen hatte, war ich gemein zu ihr gewesen, so unflexibel und unversöhnlich, und jetzt ...

Gott, bitte lass es ihr gut gehen.

Ich drückte meine kleine Schwester eine Armlänge von mir weg. „Wie geht es ihr?"

Lucia konnte nicht antworten und sah Dani an, die ihre Emotionen besser unter Kontrolle zu haben schien.

„Sie wird wieder gesund", sagte Dani in einem beruhigenden, professionellen Ton, als würde sie über einen ihrer eigenen Patienten sprechen.

„Bist du sicher?"

„Ja, ich kenne eine Ärztin hier und habe mit ihr gesprochen, bevor sie Mom in den OP brachten. Sie sagte, dass Mom es schaffen wird."

Der immense Druck, der sich während meiner Fahrt hierher in meiner Brust aufgebaut hatte, löste sich ein wenig, und plötzlich konnte ich viel leichter atmen.

Danis und Lucias Blicke richteten sich über meine Schulter und ohne hinter mich zu sehen, wusste ich, dass Jake dort war. Sein Geruch und seine Gegenwart fühlten sich wie Norden auf dem Kompass meines abgetriebenen Lebens an. Ich widerstand dem Drang, mich umzudrehen und ihm zu sagen, er solle verschwinden. Ich musste unsere Verbindung ein für alle Mal auflösen, aber wie?

Ich bemühte mich, ihn zu ignorieren, holte tief Luft und stellte meine nächste Frage. „Was ist passiert?"

Diesmal war Dani an der Reihe, Lucia den Vortritt zu lassen.

„Ich war spät dran für die Schule", sagte meine kleine Schwester, „und Mom wollte mich hinfahren. Wir kamen gerade aus dem Haus, als dieser riesige schwarze Wolf aus dem Nichts auftauchte."

Mein Herz schien stehen zu bleiben, während sie sprach und alles erzählte, was passiert war. Jake kam näher und stellte sich neben mich, während er meiner Schwester seine volle Aufmerksamkeit schenkte.

„Ich habe den Wolf rechtzeitig gesehen", fuhr Lucia fort, „und rief Mom zu, sie solle weglaufen. Ich warf meinen Rucksack auf ihn und bin Mom nachgelaufen. Es ging alles so schnell. Sie war langsam und der Wolf kam näher. Ich nutzte meine Kräfte, um ein paar von Moms Topfblumen nach ihm zu werfen. Du kennst ja die Blumen, die sie auf der Veranda hat, aber ich tat es, ohne nach hinten zu sehen. Ich hatte einfach so viel Panik und wusste nicht, was ich tun sollte."

„Ist schon gut, Luce." Dani rieb unserer kleinen Schwester den Rücken. „Ist schon gut. Das hast du gut gemacht."

Lucia hatte starke telekinetische Fähigkeiten. Sie hatte einmal einen Tornado aus Spielzeug in ihrem Zimmer gezaubert, als sie wütend auf mich war, weil ich ein Kot-Emoji in ihr Malbuch gemalt hatte. Meine Schwester konnte angsteinflößend sein.

Sie schüttelte den Kopf und Tränen traten in ihre Augen. „Nein, das habe ich nicht. Sie hätte sterben können, weil ich nicht mutig genug war. Ich hätte mich umdrehen und mich dem Mistkerl stellen sollen. Aber Mom stolperte über die Verandatreppe und fiel hin, und dann sprang er auf sie und biss zu."

Sie schlang ihre Arme schützend um ihren Bauch und das Entsetzen schwappte wie eine Welle über sie hinweg, traf mich mit voller Wucht und gab mir das Gefühl, als wäre ich dabei gewesen.

„Wer war es? Kennst du ihn?", fragte Jake und seine Stimme klang wie die Ruhe vor dem Sturm.

„Nein, aber", ihr Tonfall war bitter und wütend, „ich hoffe, dass die Augäpfel von Werwölfen nicht nachwachsen."

Meine Augenbrauen schossen in die Höhe. Was hatte Lucia getan?

„Sie hat ihre Fähigkeiten benutzt und dem Wolf einen Unkrautkratzer ins Auge gestochen", sagte Dani. „Es hat ihr genügend Zeit verschafft, um Mom ins Haus zu ziehen und die Tür zu schließen. Die Schutzzauber hielten den Wolf davon ab, hineinzukommen."

Lucia weinte; dicke Tränen liefen über ihre Wangen.

„Luce", sagte ich und drückte ihre Hand. „Dani hat recht, du hast das toll gemacht. Du hast Mom gerettet."

Sie zog ihre Hand aus meiner, und offensichtlich konnte sie nicht glauben, dass sie genug getan hatte, um Mom zu helfen. Sie setzte sich wieder und verschränkte die Arme, um sich abzuschotten.

„Das ergibt keinen Sinn", sagte Dani. „Wer sollte sie angreifen wollen?" Sie blickte mir ins Gesicht und ich sah einen Hauch von Vorwurf in ihren Augen – nicht, dass ich es ihr verübeln könnte. Wir hatten gerade erst herausgefunden, dass ich eine Werwölfin war, und im nächsten Moment versuchte ein Wolf unsere Mutter umzubringen.

Das Schlimmste war ... sie hatte recht. Es war meine Schuld.

Ich drehte mich zu Jake um. „Es war Blake."

Er nickte zustimmend.

„Wer?", fragte Dani.

„Es ist eine lange Geschichte", sagte ich.

„Ich habe Zeit."

„Ich werde dir alles erzählen, aber zuerst sollte ich Tom anrufen. Er muss es erfahren, und vielleicht kann er euch und Mom schützen."

„Was ist hier los, Toni? Hast du irgendwelchen Ärger am Hals?"

In diesem Moment wurde mir klar, dass ich mich ohne nachzudenken tiefer in diesen Schlamassel hineingegraben hatte, als ich dachte. Bisher hatte ich geglaubt, am Rande des Schlamassels zu stehen, aber in Wahrheit steckte ich mittendrin. Ich hatte mich mit dem falschen Werwolf angelegt. Blake war wild und rachsüchtig, und er hatte es auf mich abgesehen.

Fünf Stunden später hatten sie Mom vom Aufwachraum in ein normales Zimmer verlegt. Dani und Lucia gingen voran, als sie uns erlaubten, sie zum ersten Mal zu besuchen.

Ich blieb an der Tür stehen, während sie hineinstürmten.

„Mom!", rief Lucia und umarmte sie unbeholfen, um ihr nicht wehzutun.

„Oh, Liebes, ich habe mir solche Sorgen um dich gemacht", sagte Mom und strich das Haar ihrer jüngsten Tochter glatt.

Dani lachte. „Natürlich hast du dir Sorgen um uns gemacht, obwohl du diejenige bist, die im Krankenhaus liegt." Sie gab Mom einen Kuss auf die Stirn. „Ich bin so froh, dass es dir gut geht."

„Die Ärztin hat gesagt, dass ich in ein paar Tagen wieder fit wie ein Turnschuh bin. Sie sagte, es wird nicht einmal eine Narbe zurückbleiben. Ich kann immer noch meinen Bikini tragen."

Dani lachte.

Und Lucia verzog das Gesicht. „Igitt, dieses Bild werde ich nie aus dem Kopf bekommen."

Mom sah blass und erschöpft aus, ihre Augenlider waren schwer, als wäre sie kurz davor, einzuschlafen. Ihr Haar lag platt an ihrem Kopf an. Sie sah der adretten Dame, die nirgendwo ohne Make-up und einer schönen Frisur hinging, überhaupt nicht ähnlich.

Ich trat einen Schritt vor und Mom bemerkte mich.

Sie legte eine Hand über ihren Mund und ihre Augen füllten sich sofort mit Tränen. „Du bist hier", schluchzte sie.

Ich machte ein paar zaghafte Schritte auf sie zu, dann stürmte ich in ihre Arme, legte mein Gesicht an ihres und genoss die Erleichterung, die mich überkam und all die Wut vertrieb, die ich in meinem Herzen gehabt hatten, seit ich herausfand, dass sie mich belogen hatte.

„Oh, Liebes, ich habe dich so vermisst", sagte sie.

Ich sprach mit einem riesigen Kloß im Hals. „Wenn dir etwas zugestoßen wäre—"

„Shh, mir geht es gut. Ich bin hier."

„Es tut mir leid, dass ich wütend auf dich war."

„Ich hatte es verdient. Ich hätte dich nie belügen dürfen."

Wir lagen einander in den Armen und weinten und waren beide auf unsere eigene Art erleichtert. Als ich mich schließlich zurückzog, war ich bereit, ihr und meinen Schwestern alles zu erzählen. Sie mussten wissen, womit sie es zu tun hatten, damit sie ihre Augen offen halten konnten.

„Es ist alles meine Schuld", sagte ich.

Mom runzelte verwirrt die Stirn.

„Es war kein zufälliger Angriff, Mom. Dieser Wolf, der dir aufgelauert hat – ich kenne ihn. Sein Name ist Blake Foster."

„Warte mal", sagte Dani. „Ist das nicht derselbe Kerl, der vor ein paar Wochen getötet und bei einer von Ulfen Ericksons Wohltätigkeitsveranstaltungen aufgehängt wurde?"

Ich nickte. „Er ist nicht tot, und jetzt will er sich an mir rächen."

„Toll", sagte Lucia und ihre Stimme triefte vor Sarkasmus.

„Aber wir kümmern uns um ihn", sagte Jake, der mit einem Papphalter mit drei Kaffees hinter mir auftauchte.

„Oh, mein Retter!" Lucia schnappte sich einen Kaffee, wodurch der Halter zur Seite kippte.

Jakes schnelle Reflexe setzten ein, und er bot Dani anmutig den nächsten Becher an. Als er sich zu mir umdrehte, nahm ich ihn widerwillig.

„Mrs. Sunder." Jake senkte den Kopf. „Ich bin froh zu sehen, dass es Ihnen gut geht. Ich habe Ihnen keinen Kaffee mitgebracht, weil ich vermute, dass sie ihn nicht trinken dürfen."

„Jacob Knight." Mom hob ihre Augenbrauen und betrachtete ihn anerkennend. „Ich hörte, dass du wieder in der Stadt bist. Wenn nicht, wäre der Werwolfangriff allerdings ein Hinweis darauf gewesen."

Jake zuckte leicht zusammen, doch er sagte nichts.

„Mom, es ist nicht seine Schuld", sagte ich.

„Bist du dir da ganz sicher?" Ich hatte das Gefühl, dass sie noch mehr sagen wollte, aber da wir uns gerade erst versöhnt hatten und sie nicht wusste, wie es zwischen Jake und mir stand, hielt sie sich zurück.

Dani war wie immer die Stimme der Vernunft. „Ich glaube nicht, dass jemand anderes als Blake Foster daran schuld ist."

Niemand konnte ihr widersprechen. Er musste sich wirklich nicht wie ein Psychokiller aufführen. Wenn ich ihn das nächste Mal sah, würde ich ihn umbringen.

Lucia schlürfte ihren Kaffee, schmatzte, und fragte dann: „Und wie planst du, dich um diesen verdammten Bastard zu kümmern, Mr. Knight?"

„Pass auf, was du sagst, Lucia." Mom sah sie streng an.

Meine kleine Schwester rollte mit den Augen. „Ich habe nur verdammt gesagt, Mom."

„Ja. Und du hast auch das ‚B'-Wort benutzt."

„Und wenn schon."

„Warte nur, bis ich aus diesem Bett herauskomme, junge Dame."

Lucia ignorierte die Drohung und warf Jake einen spitzen Blick zu.

„Ich habe bereits nachgeforscht, wo er sich aufhalten könnte, und ich habe ein paar Hinweise", sagte Jake.

Ich wollte den Becher gerade an die Lippen führen, da hielt ich inne. „Wirklich?"

Jakes Blick traf meinen. „Mach dir keine Gedanken darüber. Kümmere dich um deine Mutter und ich kümmere mich um Blake." Er verneigte sich respektvoll. „Meine Damen, ich bin froh, dass ihr alle in Sicherheit seid. Einen schönen Tag."

Ich wollte ihm nachgehen und verlangen, dass er mich auf dem Laufenden hielt, doch ich wollte nicht, dass meine Familie sich sorgte, also tat ich das Nächstbeste.

Du wirst mich informieren, wenn du ihn findest, sprach ich mit meinen Alphakräften in seinem Kopf.

Ich spürte ein Knurren von ihm, und sonst nichts. Als ich verärgert den Kopf schüttelte, fiel mir auf, dass sich Lucia nach vorn lehnte, um seinen Hintern anzusehen. Ich schlug ihr auf die Schulter und vor Schock über ihre Dreistigkeit kroch mir Hitze den Hals hinauf.

Sie verdrehte die Augen, was ihre Lieblingsbeschäftigung zu sein schien. „Ihr seid alle so prüde."

Sekunden später erschienen zwei Polizisten an der Tür, mit Anweisungen von Tom Freeman, die Patientin zu bewachen und sicherzustellen, dass sie unversehrt zu Hause ankam. Das beruhigte mich etwas, doch ich würde mich nicht komplett wohlfühlen, bis Blake hinter Gittern war.

Oder noch besser, wenn er tot war.

KAPITEL 10

"Den Hexenlichtern sei Dank wird deine Mom wieder gesund", sagte Rosalina, als ich eine Stunde später wieder in der Agentur eintraf. Ich war zu ihrer Wohnung gefahren, um meine Jogginghose gegen schwarze Slacks und einen passenden Blazer und eine Bluse zu tauschen.

Auch sie trug ein anderes Outfit, was mir seltsam vorkam. „Hast du dich umgezogen?", fragte ich.

„Ähm, ja." Sie sah auf ihr türkisfarbenes Kleid hinunter. „Ich habe mich mit Kaffee bekleckert und war kurz zu Hause, um das hier anzuziehen."

Seltsam. Sie war ein absoluter Profi darin, Flecken mit ein paar praktischen Feuchttüchern zu entfernen, die sie in ihrem Schreibtisch aufbewahrte. Es musste ein wirklich schlimmer Fleck gewesen sein.

Rosalina hatte unseren Termin mit Aaron Blackridge verschoben und mal wieder die Stellung gehalten, während ich weg gewesen war. Ich lächelte sie dankbar an und fragte mich, ob ihr wohl bald die Geduld ausgehen würde. Mein Leben war zu kompliziert geworden und nichts war mehr so, wie es gewesen war, als wir anfingen. Ich musste die Kurve kriegen. Ihr gegenüber war das nicht fair. Ganz und gar nicht.

Sie reichte mir eine Mappe mit Aarons Namen und ließ sie etwas widerwillig los.

„Es tut mir leid", sagte ich. „Das ist alles meine Schuld."

„Wir haben andere Kunden, die auf Termine warten. Alles wird gut", sagte sie und klang fröhlicher als sie aussah.

Die Türglocke ertönte und Aaron kam herein. Er trug ein schwarzes T-Shirt mit einem Farbtupfer und Musiknoten, die auf dem Stoff verteilt waren. Seine Röhrenjeans steckte in Schuhen, die aussahen wie etwas, das man im Weltraum trug. Sie waren knallblau und sahen super cool aus.

Er begrüßte uns mit einem Lächeln, das schnell wieder verschwand. „Worum geht es hier? Sie haben mich ein wenig beunruhigt, weil es hieß, es sei wichtig."

„Das ist es." Ich deutete auf unseren kleinen Sitzbereich. Er nahm Platz und wir setzten uns gegenüber von ihm hin, mit dem Couchtisch zwischen uns. „Wie geht es Josh?"

„Sehr gut. Wir haben einander näher kennengelernt und ich kann nur sagen ... er ist perfekt." Er strahlte und seine Augen glänzten vor Freude.

Ich versuchte zu lächeln, doch mir war eher nach Weinen zumute.

Aaron war aufmerksam genug, meine Bedrängnis zu erkennen. „Was ist los?"

„Ich fürchte, ich habe schlechte Nachrichten für Sie."

Er setzte sich gerade hin, sein Kiefer spannte sich an und die Freundlichkeit in seinem Gesicht verschwand.

„Nachdem wir Sie Josh vorgestellt haben, fanden wir heraus, dass ... es ihm nicht gut geht."

Sein Blick schweifte umher und verriet seine Verwirrung. Er stieß ein zittriges Lachen aus. „Was meinen Sie? Er ist ein Vampir. Vampiren geht es immer gut." Dann keuchte er, als ihm scheinbar etwas klar wurde. „Er ... er nimmt Rhabo."

Rosalina legte eine Hand auf ihre Brust und wir tauschten einen Blick. Ich war überrascht, dass er es so schnell verstanden hatte.

„Dann wissen Sie von Rhabo", sagte ich. „Ich habe erst kürzlich davon erfahren. Wenn ich gewusst hätte, dass Joshs Gesundheit gefährdet ist, hätte ich nie ..." Ich beendete den Satz nicht und legte die Mappe auf den Couchtisch. „Hier ist eine volle Rückzahlung der geleisteten Zahlungen. Es gibt keine Entschuldigung, die es wiedergutmachen kann. Sie müssen wissen, dass wir das Geld nicht als eine Art Wiedergutmachung zurückgeben – wir wissen, dass es nichts gibt, was den Schmerz ungeschehen machen kann, den dies verursachen wird – aber es fühlt sich nicht richtig an, es zu nehmen."

Aaron starrte die Mappe an und Tränen sammelten sich in seinen dunklen Augen. „Das kann nicht sein. Er sieht normal aus. Er ist glücklich. Wir sind glücklich. Sie müssen sich irren." Er sah auf und ein Hauch von Hoffnung lag in seinen Zügen.

„Ich glaube nicht", sagte ich. „Aber es gibt nur eine Person, die es genau wissen kann."

Er wischte sich eine Träne vom Gesicht und schluckte hörbar. „Wenn er krank ist, werde ich Himmel und Hölle in Bewegung setzen, um ihm zu helfen. Er wird wieder gesund."

Ich wollte ihm sagen, dass ich dasselbe tun würde – Himmel und Erde und ganze Universen, wenn es nötig war – um den Schmerz ungeschehen zu machen, den ich verursacht hatte, und dass ich bereits mit einem mächtigen Magier in Kontakt stand, der mir wahrscheinlich ein Heilmittel geben konnte. Doch ich hatte nichts Konkretes, warum sollte ich ihm also falsche Hoffnungen machen?

„Es tut uns sehr leid, Mr. Blackridge", sagte Rosalina mit aufrichtigem und reumütigem Ton.

Aaron schüttelte den Kopf. „Ich würde Ihnen nie die Schuld geben." Seine Stimme zitterte ein wenig, während er sprach. „Das sollen Sie wissen. Ich danke Ihnen dafür, dass Sie es mir gesagt haben. Sie hätten es einfach ignorieren können, aber wie ich sehe, verstehen Sie etwas von Moral." Er stand auf. „Ich werde jetzt gehen. Ich muss mit Josh reden." Er begann zu gehen, ohne die Mappe mitzunehmen, die seinen nicht eingelösten Scheck für den zweiten Teil seiner Zahlung enthielt, sowie einen Scheck von uns, mit dem er seine Anzahlung zurückerhielt.

Ich nahm sie und streckte sie ihm entgegen. „Bitte nehmen Sie die Mappe."

Er schüttelte seinen Kopf. „Sie haben Ihre Arbeit getan. Ich kann mich nicht beschweren."

„Ich bestehe darauf."

Widerwillig nahm er die Mappe. „Ich verstehe. Vielen Dank."

Nachdem er gegangen war, sanken Rosalina und ich in unseren Stühlen zusammen.

„Ich glaube, das war das Schwerste, was wir tun mussten, seit wir die Agentur eröffnet haben", sagte sie.

„Verdammt richtig. Das war es."

Ich wollte so etwas nie wieder tun müssen.

KAPITEL 11

D er nächste Tag war ebenso lang und ermüdend wie der vorherige. Er begann mit meinem Training mit Eric, meinem vorletzten Treffen mit ihm. Wir rannten in den Wald, wo er mir beibrachte, mit meiner scharfen Nase und meinen wachsamen Augen eine Spur zu verfolgen. Er verbrachte auch einige Zeit damit, mir ein paar Tricks für den Kampf beizubringen, zum Beispiel, nie meinen empfindlichen Bauch zu entblößen, wie ich meinen Schwanz zum Ausbalancieren und Antäuschen benutzen konnte und wie ich einen Gegner mit meinen Hinterbeinen stoßen und aufschlitzen konnte, wenn ich fiel.

Im Büro hatten wir einen langen Tag, kontaktierten mögliche Kunden und hielten einen Vortrag bei einer Gruppe für Singles, wo wir die Vorteile eines wahren Gefährten im Vergleich zu einem zufälligen erklärten. Wir verteilten unsere Broschüren und hofften, dass sich einige von ihnen dazu entschließen würden, uns zu engagieren.

Celina Morelli und Aaron Blackridge waren bisher unsere einzigen gut betuchten Kunden. Wir hofften auf Mundpropaganda durch sie, doch es ging nicht so schnell, wie wir es uns wünschten. Ehrlicherweise gingen wir nicht davon aus, dass Aaron uns irgendjemandem weiterempfehlen würde – egal, was er von unserer Moral hielt. Wir hatten sein Leben versaut. In ganz großem Stil. Und selbst wenn er es nicht so sah, taten es seine Freunde wahrscheinlich.

Da ich mich gerne bestrafte, ging ich zum Kickboxen und verausgabte mich, bis ich kaum noch stehen konnte. Am Ende des Tages, als mir mein Körper so wehtat, als sei ich ausgeraubt und verprügelt worden, steckte ich den Schlüssel ins Schloss meiner Wohnung und ging hinein. Rosalina wollte, dass ich mit ihr nach Hause kam, da ich meine Sachen noch nicht in die neue Wohnung gebracht hatte, doch ich freute mich auf eine ruhige Nacht ohne irgendwelche Vorkommnisse.

Ich betrat mein Schlafzimmer und stellte meine Sporttasche auf dem Boden ab. Die Matratze war noch immer nicht bezogen, aber ich hatte neue Bettwäsche und ein paar andere notwendige Dinge für meine erste Nacht in meinem neuen Zuhause besorgt.

Nachdem ich mir etwas zu Essen bestellt hatte, machte ich mein Bett und schnell wurde mir klar, dass ich vergessen hatte, ein Kissen mitzubringen. Doch ich war so erschöpft, dass ich bezweifelte, es überhaupt zu merken, wenn ich meinen Kopf ablegte. Danach hing ich im Bad einen Duschvorhang auf. Der Vinylgeruch erfüllte den Raum und ich rümpfte die Nase.

Das hast du davon, den billigsten Vorhang zu kaufen, den es gab.

Ich legte mein Handtuch auf das Regal, packte ein Stück Seife aus und legte meine Zahnbürste und Zahnpasta auf den Waschtisch. Es war alles einfach und schlicht, aber ich fühlte mich trotzdem großartig. Alles in der Wohnung gehörte mir und ich hatte es mit meinem eigenen Geld gekauft.

Als es klingelte, öffnete ich die Tür, ohne durch den Spion zu blicken. Mein Magen knurrte beim Gedanken an meinen saftigen Burger, doch vor der Tür stand etwas viel Größeres als die mit drei Pattys belegte Köstlichkeit, die ich bestellt hatte.

„Jake." Ich blinzelte ihn überrascht an. „Was machst du hier? Woher wusstest du, wo du mich findest?"

„Rosalina hat es mir gesagt."

Ich bringe sie um, dachte ich.

Tu das nicht, dachte Jake zurück.

Verdammt, so laut hatte ich nicht denken wollen.

Jake zuckte mit den Schultern. „Rosalina hat es mir nur gesagt, weil ich es aus ihr herausgequetscht habe."

„Wenn du ihr auch nur ein Haar gekrümmt hast ..."

„Ich meinte das natürlich im übertragenen Sinne. Darf ich reinkommen?"

Ich stemmte eine Hand auf meine Hüfte. „Nein. Du bist hier nicht willkommen."

Er öffnete seinen Mund, um etwas zu sagen, als hinter ihm Schritte ertönten. Er drehte sich abrupt um und ging angriffsbereit in die Hocke.

Ich verdrehte die Augen. „Mach dich nicht lächerlich. Das ist nur mein Abendessen."

Ein pickliger Kerl, der eine große Papiertüte trug, blieb auf der Stelle stehen und starrte den bedrohlichen Mann, der seiner Lieferung im Weg stand, mit großen Augen an.

Ich seufzte frustriert. „Rein mit dir, Jake."

Er trat über die Türschwelle, behielt den Kerl allerdings im Auge, der so weit wie möglich zurückblieb, während er mir die Tüte übergab. Ich nahm sie und er wirbelte herum und hechtete eilig davon. Ich schloss die Tür und starrte Jake an. Groß und imposant stand er in dem kleinen Eingangsbereich.

So viel zu meinem ruhigen Abend.

Ich nahm mein Abendessen mit ins Wohnzimmer, stellte es auf den Couchtisch und setzte mich im Schneidersitz auf den Boden.

Jake sah sich um. „Ich mag deine neue Wohnung."

Ich machte ein kehliges Geräusch, während ich den ersten Bissen nahm und ignorierte ihn. Er ging zum Sessel gegenüber von mir und setzte sich, wobei er mich aufmerksam ansah. Hungrig beäugte er meinen Burger und meine Zwiebelringe. Sein Magen knurrte und er leckte sich die Lippen.

Ich nahm einen meiner knusprigen Zwiebelringe, biss davon ab, rollte meine Augen beinahe bis zum Hinterkopf zurück und stöhnte auf. Danach trank ich einen großen Schluck meines Erdbeermilchshakes.

„Mmm, das ist genau das Richtige", stöhnte ich und klang fast so, als hätte ich gerade einen Orgasmus.

Er schürzte die Lippen und rieb sich das Kinn, als würde er mich verurteilen. „Ich hätte mir etwas zu essen holen sollen, bevor ich herkam. Ich hatte erwartet, dass du gastfreundlicher wärst."

„Ich betreibe hier kein Restaurant und auch keine Suppenküche. Ich habe nicht einmal etwas in meinem Kühlschrank, wenn du also Hunger hast, mach es kurz und verschwinde wieder."

„Vielleicht war es ein Fehler, herzukommen." Er stand auf und begann, auf die Tür zuzugehen. „Ich dachte nur, du würdest wissen wollen, dass ich Blake gefunden habe."

„Warte mal, was?!" Ich sprang auf die Füße und vergaß mein Abendessen. „Wo ist er?"

Er sah über seine Schulter und schenkte mir ein schiefes Lächeln. „Ich sage es dir ... wenn du deinen Burger mit mir teilst. Ich habe den ganzen Tag noch nichts gegessen. Ich war damit beschäftigt, diesen Mistkerl zu verfolgen und ihn an einem sicheren Ort zu verwahren."

„Verwahren?"

„Ja, er wartet auf uns." Als er das sagte, klang seine Stimme so bösartig, dass ich mich fragte, was er vorhatte.

Ich deutete auf meinen Burger. „Du kannst ihn haben. Die Zwiebelringe und der Shake reichen mir."

Jake schlenderte wieder zu dem Sessel hinüber und setzte sich. Er lächelte, als wäre er mit einem Mord davongekommen, zog den Burger zu sich heran und begann zu essen. Er verschlang das ganze Ding mit nur ein paar Bissen.

Ich beobachtete ihn genau und fragte mich, ob dies ein guter Zeitpunkt war, ihm von Stephen zu erzählen. Er musste wissen, dass der Mann, den er seinen Freund nannte, der Schweinehund sein könnte, der hinter dem drohenden Krieg zwischen Vampiren und Werwölfen steckte. Aber würde er mir glauben? Vielleicht wäre es besser, stattdessen Blake die Wahrheit zu entlocken.

Jake klopfte sich auf den Bauch. „Das war noch besser als die Pizza, die ich vorhin gegessen habe."

Ich hörte auf zu kauen. „Ich dachte, du hättest den ganzen Tag noch nichts gegessen."

„Ich habe gelogen. Du hast viel zu viel Spaß mit diesem Burger gehabt. Das konnte ich nicht erlauben."

„Du bist ein Mistkerl."

„So wurde ich schon mehr als einmal genannt." Er legte sein zufriedenes Lächeln ab und wurde ernst. „Ich bin gekommen, weil ich den Eindruck hatte, dass du deine Rechnung mit Blake begleichen willst, aber du musst nicht mit mir kommen. Ich kann mich selbst darum kümmern.“

„Oh, ich komme mit.“ Meine Stimme war ein schauriges Flüstern, das Jake dazu brachte, mich genau anzuschauen. Er sah gleichermaßen überrascht und besorgt aus, als er meinen Gesichtsausdruck sah.

Meine brodelnde Wut kochte bei dem Gedanken, mich an Blake für das zu rächen, was er meiner Mutter angetan hatte, regelrecht über. Der Bastard würde dafür bezahlen.

Es schien, als hätte ich endlich eine gute Verwendung für meinen Zorn.

KAPITEL 12

Die Grillen zirpten laut und eine abnehmende Mondsichel hing hoch im Himmel. Jake lief vor mir her und seine Stiefel zermalmten achtlos die Blätter und Zweige. Große Bäume ragten um uns auf, deren Äste beinahe nackt waren, da die Blätter gerade erst zu sprießen begannen. Es waren kühle 14 Grad, perfektes Wetter für einen Spaziergang durch den Wald.

Ich sah mich um und spürte ein furchtbares Gefühl von Déjà-vu.

„Warte", sagte ich. „Ich kenne diesen Ort. Hier haben wir Emily Garner gefunden, oder?"

„Du hast recht."

Der perverse Vampir, der das kleine Mädchen entführt hatte, brachte sie hierher und ließ sie gefesselt in einer Höhle zurück, um sie nach einem Abend auf der Jagd in der Stadt als Nachtisch zu verspeisen. Doch ich hatte sie gerade noch rechtzeitig aufgespürt und Jake und ich waren hergestürmt, um sie zu retten.

Ich erschauderte bei der Erinnerung daran. Wir waren fast zu spät gekommen, und nur die Schnelligkeit des Werwolfs hatte es möglich gemacht, den Vampir daran zu hindern, sie zu verletzen. Als wir die Höhle betraten, war das Monster kurz davor, sie auszusaugen. Jake stürzte sich auf ihn, schloss sein Maul um seinen Hals und schleuderte ihn gegen die Steinwand der Höhle. Der Vampir war Jake nicht gewachsen, doch der Blutsauger richtete sich auf, um mich anzugreifen, und kratzte mit seinen Klauen über meinen Bauch, bevor Jake ihn erledigen konnte.

Vor uns tauchte der Umriss eines zerklüfteten Hügels auf. Mein Körper begann vor Erwartung zu kribbeln und mein Wolf regte sich unruhig unter meiner Haut, bereit, auszubrechen.

Der Höhleneingang war stockfinster. Angst durchfuhr mich und ich nahm mein Handy heraus, um die Taschenlampe einzuschalten. Die Höhle war nicht tief und im schwachen Mondlicht, das hineinfiel, konnte ich mit meinen Werwolfsaugen genug sehen. Ich steckte das Handy weg.

Jake ging vor mir her und hob einen Arm, um mich lange genug aufzuhalten, um in die Höhle zu schauen und sich zu vergewissern, dass es sicher war, hineinzugehen. Nach einer kurzen Kontrolle ließ er den Arm sinken und ich folgte ihm.

Blake kniete auf dem Steinboden und zerrte an zwei dicken Ketten, die an der Wand verankert waren. Sein rechtes Auge war zugeschwollen und ich fragte mich, ob meine kleine Schwester es wirklich geschafft hatte, es ihm auszustechen. Schwarze Venen zeichneten sich auf seiner Brust ab, ein Zeichen dafür, dass Eisenhut in seinem Körper war, das Gift, das Jake benutzt hatte, um ihn zu überwältigen und hierherzubringen. Schweiß lief über seine Stirn und seine nackte Brust. Offensichtlich hatte er versucht, sich freizukämpfen.

„Ich habe dir gesagt, dass du deine Zeit nicht mit Fluchtversuchen verschwenden sollst. Das sind spezielle Ketten", zischte Jake.

„Du verfluchter Mistkerl. Dafür wirst du bezahlen."

„Ich glaube, du verstehst das falsch. Du bist derjenige, der sich immer mehr zuschulden kommen lässt und hilflose Frauen angreift, obwohl du eigentlich ein Problem mit uns hast."

Blake spuckte auf den Boden. „Sie hat ekelhaft geschmeckt."

Der Zorn, der mir mittlerweile so vertraut war, entfachte sich wieder in meinem Bauch. Ich trat vor und gab ihm eine Ohrfeige, die vier tiefe Kratzspuren hinterließ. Meine Krallen hatten sich von selbst ausgefahren und ich hatte ihn tranchiert wie eine Weihnachtsgans. Er zischte vor Schmerz.

„Leg dich nicht mit meiner Familie an." Ich packte sein Gesicht und drückte fest zu. „Vielleicht beende ich einfach, was meine Schwester begonnen hat." Ich drückte die Spitze einer meiner langen, scharfen Krallen an seinen Augenwinkel.

Blake versuchte, zurückzuweichen, doch ich hielt ihn fest und erhöhte langsam den Druck auf sein unteres Augenlid. Seine Brust begann sich schneller zu heben und zu senken, als seine Atmung unruhig wurde.

Ich spürte seine Angst, während sich eine Urinpfütze unter meinen Füßen bildete. Meine Nase zuckte, als ich den beißenden Geruch erkannte. Wie in dem Moment, als er dachte, er würde an der vergifteten Kugel sterben, sickerte Blakes Feigheit aus ihm heraus wie Eiter aus einer Wunde.

„Du bist erbärmlich", sagte ich, dann durchbrach meine Kralle seine Haut und ein Tropfen Blut sammelte sich unter seinem Auge.

„Tu das nicht", flehte er. „Ich wäre blind."

Also hatte Lucia es tatsächlich geschafft, seinen anderen Augapfel zu zerstören, und unter der Schwellung gab es nichts mehr. Gut.

„Du verdienst es nicht anders." Ich erhöhte den Druck und der Geruch von Blut stach mir in die Nase, als der dunkelrote Tropfen über seine Wange floss.

Jake kam einen Schritt näher und trat in mein Sichtfeld. Ich warf einen Blick in seine Richtung und sah, dass er nicht damit einverstanden war, was ich tat. Der Hauch von Überraschung in seinen Augen ließ mich innehalten. Verblüfft ließ ich Blake los und wich zurück. Plötzlich fühlte ich mich schmutzig und wischte meine Hände an meiner Jeans ab, um Blakes fauligen Gestank loszuwerden.

Blake sackte nach vorn und sank erleichtert zu Boden. Jake nickte und sah ebenfalls erleichtert aus. Ich drückte eine Faust an meinen Mund und mein Herz hämmerte gegen meinen Brustkorb, während der Geruch von Blut meine Wut nur noch verstärkte. Bilder von Blakes verstümmeltem Gesicht blitzten vor meinen Augen auf, als ich mir vorstellte, was ich ihm antun könnte.

Nein! Das bin nicht ich.

Ich war nicht die Art von Person, die jemandem ein Auge ausstach. Was passierte mit mir?

Ich dachte, es musste an Red liegen, doch ich fühlte mich mittlerweile so mit meiner Wölfin verflochten, dass es schwierig war, zu bestimmen, wo eine von uns begann und die andere endete.

„Sie ist wütend auf dich und sie hat guten Grund dazu“, sagte Jake. „Ich möchte nicht, dass sie sich mit jemandem wie dir die Hände schmutzig macht, aber ich habe kein Problem damit, wenn meine eigenen Hände Abschaum berühren. Wie wäre es also, wenn du anfängst zu reden und uns verrätst, wer dich im Lagerhaus gerettet hat?“

Blakes verbliebenes Auge bewegte sich und er blickte verächtlich zu Jake hoch. Er drückte seine Lippen zu einer dünnen Linie zusammen und sagte nichts.

„Das ist großes Gehabe für einen Feigling wie dich.“ Jake knackte seine Fingerknöchel und dann, ohne Vorwarnung, verpasste er Blakes Kiefer einen rechten Haken.

Sein Kopf flog zur Seite und der knirschende Widerhall der aufeinander treffenden Knochen, ließ die Bilder des Mannes, den Blake im Lagerhaus getötet hatte, vor meinen Augen aufflackern. Das Entsetzen über das, was ich erlebt hatte, überkam mich erneut. Ohne nachzudenken, legte ich eine Hand auf Jakes Schulter, als er sich bereitmachte, Blake einen weiteren Schlag zu verpassen.

„Hör auf“, sagte ich.

„Vielleicht solltest du draußen warten.“ Er nickte zum Eingang der Höhle.

„Du sollst dir auch nicht die Hände schmutzig machen.“

Jake öffnete seinen Mund, um mir zu widersprechen, doch ich zog ihn am Arm nach draußen, wo Blake uns nicht hören konnte. Der Gedanke daran, Blake bezahlen zu lassen, war mir nicht so verwerflich vorgekommen, bis sein Gestank sich auf uns übertragen hatte. Wenn wir ihn umbrachten, wären wir genau wie er. Nichts könnte schlimmer sein.

„Wir sollten ihn der Polizei ausliefern“, sagte ich.

Wind kam auf und rauschte durch die Blätter an den Bäumen über uns. Ein Schauer lief mir über den Rücken, der mich an Jakes warme Umarmungen erinnerte, und plötzlich sehnte ich mich danach.

„Das ist unsere Chance, herauszufinden, wer hinter all dem steckt“, argumentierte er. „Wenn wir ihm der Polizei übergeben, werden sie ihn wahrscheinlich gehen lassen, genau wie sie es mit Jenson Boyle getan haben.“

Da hatte er nicht unrecht, aber mir war in den Sinn gekommen, dass es vielleicht ein Vorteil für uns wäre, so zu tun, als wüssten wir es nicht. „Ich glaube, ich weiß schon, für wen Blake arbeitet.“

Jake runzelte die Stirn. „Woher?“

„Während er sich im Lagerhaus vor Schmerzen krümmte, nachdem ich ihn mit dem Eisenhut angeschossen hatte, rief er um Hilfe, ohne zu wissen, dass ich ihn hören konnte.“

„Verdammt! Du hast es die ganze Zeit gewusst und es mir nicht gesagt? Warum?“

„Lass mich dich etwas fragen“, sagte ich und umging seine Frage, weil ich noch eine letzte Information haben wollte, um mir die Gewissheit zu verschaffen, die mir noch fehlte. „Hast du Stephens Wolf schon mal gesehen, bevor Jenson uns in dem Restaurant angegriffen hat?“

„Warum fragst du mich das?“

„Hast du?“

„Nein, dazu kam es nie.“ Er hielt inne und dachte einen Moment lang nach. „Du willst mir doch nicht sagen, dass ...“

„Blake hat nach Stephen gerufen.“

„Nein.“ Er schüttelte den Kopf. „Das kann nicht sein.“

„Ich glaube, er war dort, Jake. Er war der zweite Wolf, der dich angegriffen hat. Er hat die Aufnahmen der Sicherheitskameras gelöscht und Blake zur Flucht verholfen.“

Sein Blick wanderte über das Unterholz. „Dieser Wolf war rostfarben, nicht braun wie Stephen im Restaurant.“

„Seine Farbe könnte er mit Magie ganz einfach geändert haben.“

„Aber das würde bedeuten ... dass er sich selbst entführt und seinen eigenen Vater ins Gefängnis gebracht hat. Er würde nie ...“ Er verstummte und sein Blick schweifte weiter umher, während er über diese neuen Informationen nachdachte.

„Ich will es auch nicht glauben“, sagte ich, „aber ich weiß, was ich gehört habe.“

„Es tut mir leid, aber ich brauche mehr Beweise. Stephen ist mein Freund.“

„Ich habe Freeman davon erzählt. Er sagt, es gibt Aspekte von Stephens Entführung, die nicht zusammenpassen. Er beschäftigt sich damit und ich bin sicher, er wird etwas finden. Vielleicht wird das Beweis genug für dich sein."

„Wenn das wahr ist ..." Seine Oberlippe zuckte, dann schüttelte er den Kopf. „Ich werde das überprüfen."

Ich nickte und war froh, dass er es überhaupt in Erwägung zog. „Ich werde Tom anrufen und ihm sagen, dass wir Blake haben. Falls Stephen wirklich hinter all dem steckt, finde ich es am besten, wenn er nicht weiß, dass wir ihn verdächtigen."

„Okay", stimmte Jake zu, allerdings nicht ohne Zögern.

Ich drehte mich um und begann, mich von Jake zu entfernen. Er kam mir nach. Das Terrain war steinig und uneben. Um das Gleichgewicht zu halten, streckte ich meine Hände aus, und er trat hinter mich und legte eine Hand an meine Taille, um mich zusätzlich zu stützen. Seine Berührung war wie immer elektrisierend. Ich blieb abrupt stehen. Er tat es mir gleich und sein Torso drückte sich an meinen Rücken. Einige Sekunden lang bewegte ich mich nicht und genoss einfach seine Wärme und seine starke Präsenz.

Er kam näher und atmete ein. Meine Augenlider flatterten.

Er gehört mir. Das besitzergreifende Gefühl war stärker als je zuvor. Niemand außer mir hatte ein Recht auf seine Berührung, seine Küsse, seine Liebe. Es spielte keine Rolle, dass sein Großvater Pläne für ihn hatte, dass er ihn an den Meistbietenden verkauft hatte. Pakt hin oder her, sein Herz schlug für mich, und ich konnte jetzt hören, wie es schneller schlug, um sich dem Rhythmus von meinem anzupassen.

Warum sollte ich zur Seite treten und jemandem erlauben, ihn mir wegzunehmen? Warum sollte ich ihn und mich zu einem unglücklichen Leben ohneeinander verdammen? Warum sollte ich es Walter und Allison einfach machen, oder sonst irgendjemandem, der ihn mir nehmen wollte?

Langsam, ganz langsam drehte ich mich zu ihm um. Er stand nur wenige Zentimeter von mir entfernt. Ich legte eine Hand auf seine Brust, direkt über sein Herz.

„Ich kann es hören", flüsterte ich mit halbgeschlossenen Augen. „Kannst du auch meins hören?"

Er schluckte und sein Adamsapfel wippte auf und ab.

Ich atmete tief ein. „Habe ich dir erzählt, dass mein Geruchssinn jetzt noch ausgeprägter ist?"

„Nein, hast du nicht."

Ich hob mein Kinn und leckte mir über die Lippen. „Du willst mich. Ich kann dein Verlangen riechen."

„Was tust du, Toni?"

Ich legte zwei Finger an seinen Mund und ließ sie langsam über seine Unterlippe gleiten. „Ich genieße deine Nähe."

Meine Stimme war tief, sinnlich und voller Selbstbewusstsein, das ich noch nie zuvor gespürt hatte. Jake war ein Meister der Verführung und hatte immer das Kommando übernommen, während ich seinen Reizen hilflos ausgeliefert war. Vielleicht war es an der Zeit, mich zu revanchieren und ihn so verrückt zu machen, wie er es schon so oft mit mir gemacht hatte.

Meine Finger erkundeten seinen Oberkörper, die Gipfel und Täler, die Stärke seines jungen, kräftigen Körpers. Auf dem Weg nach oben öffnete ich schnell ein paar Knöpfe seines Hemdes, dann kletterte meine Hand höher nach oben und erreichte seinen Hals, wo sein hellbraunes Haar so weich war wie das Fell eines Kätzchens.

Ich zog ihn sanft nach unten und brachte seine Lippen näher an meine. Einen Moment lang schien er sich zu sträuben, aber dann war er machtlos und fügte sich.

„Verrate mir", sagte ich, mein heißer Atem strich über seine Lippen und er erschauderte, während meine Finger weitere Knöpfe öffneten, ohne dass er es überhaupt bemerkte. „Warum sollte ich es dir einfach machen? Warum sollte ich nicht um dich kämpfen, hm?" Ich fand den letzten Knopf, machte mich schnell daran zu schaffen und sein Hemd fiel auf.

Seine Augen, die geschlossen gewesen waren, öffneten sich und blickten in meine. Er blieb stumm und gab keine Antwort.

„Sie kennt dich nicht so, wie ich es tue, Jake." Ich streichelte seine Brust und meine Finger bahnten sich einen sanften Weg über die Länge seiner geschmeidigen Bauchmuskeln. „Sie kann solche Gefühle nicht in dir auslösen." Ich strich mit den Lippen über sein Herz und platzierte eine Spur aus Küssen bis zu seinem Schlüsselbein, genoss seine Körperwärme und atmete seinen berauschenden Moschusduft ein.

Der Duft seiner Begierde verschlang mich plötzlich und er schloss mich in seine Arme. Eine seiner Hände glitt in mein Haar und zog mich näher an ihn. Unsere Lippen berührten sich für einen verzweifelten Kuss. Er drückte mich an sich, seine Zunge liebkoste meine, seine Zähne zwickten in meine Unterlippe und seine andere Hand packte meinen Hintern.

Ich fuhr mit meinen Fingernägeln über seinen Rücken. Er zischte und drückte seinen Mund an meinen Hals, knabberte daran und löste einen Schauer des Vergnügens auf meinem Körper aus.

Mein Herz schlug höher, vor Leidenschaft und noch so viel mehr.

„Ich liebe dich, Jake", sagte ich ohne nachzudenken.

Plötzlich wurde er ganz still und zog sich zurück, seine Augen musterten mein Gesicht. Er sah aus, als hätte ich ihm eine Ohrfeige verpasst. Er wandte sich von mir ab und begann, sein Hemd zuzuknöpfen.

„Das kannst du mir jetzt nicht sagen", murmelte er.

Ich rieb mir die geschwollenen Lippen und sehnte mich nach mehr. „Ich liebe dich", wiederholte ich. „Du kannst nicht so tun, als hättest du es nicht gewusst."

„Ich wusste es nicht. Du hast es nie gesagt. Ich dachte ..."

„Was dachtest du?"

„Ich dachte, es wäre alles nur körperlich. Verlangen. Als du mir dann gesagt hast, dass du eine Werwölfin bist, dachte ich, ich hätte die ganze Zeit recht gehabt, und dass es nichts mehr als Dämmergier war."

„Was ist das?"

„Es passiert manchmal, wenn ein Mann und eine Frau instinktiv wissen, dass sie starke Nachkommen zeugen werden, wenn sie sich paaren. Die Anziehung hört erst auf, wenn sie schwanger wird, dann ist sie weg. Aber wenn du mich liebst, dann ..."

„Dann was?"

„Dann bin ich ein toter Mann."

Jake war totenstill geworden und weigerte sich, mir zu erklären, was er damit meinte, ein toter Mann zu sein. Wir standen am Straßenrand. Neben meinem Camaro parkten vier Polizeiwagen, deren Lichter blau und rot blinkten und die Bäume und den Kies in ihre Farben tauchten.

Drei Polizisten führten Blake die Böschung hinauf in Richtung der Fahrbahn. Er wehrte sich, als hätte er eine Chance zu fliehen, trotz der Fesseln um seine Handgelenke und seinen Hals. Mit diesen hindernden Vorrichtungen konnte er sich nicht verwandeln. Sie strahlten mächtige Magie aus.

Der Geschmack von Jakes Haut lag noch immer auf meinen Lippen und einen Moment lang schloss ich meine Augen und stellte mir vor, mit meinen Fingern über seine glatte Brust zu fahren.

Tom Freeman entfernte sich von einem der Polizeiwagen und kam in unsere Richtung. Er trug eine lockere Krawatte um seinen Hals und ein langer Mantel flatterte hinter ihm.

„Es tut mir leid, dass ich dir nicht geglaubt habe, Kindchen. Dieser Fall wird die ganze Abteilung aufmischen und wahrscheinlich eine Untersuchung der Gerichtsmedizin nach sich ziehen. Gott weiß, wie sie glauben konnten, Blake sei ein toter Mann."

„Vielleicht hat er sie einfach bestochen", schlug Jake vor.

Tom schnaubte. „Ich kenne die Männer, die die Autopsie durchgeführt haben, und sie würden nie Bestechungsgeld annehmen."

„Meine Mutter wird ihn anzeigen", sagte ich. „Bitte sorge dafür, dass er nicht freigelassen wird, wie Jenson. Dieses Arschloch von Magier hat noch einmal versucht, mich umzubringen."

Die Augen des Detectives weiteten sich. „Das hast du nicht erwähnt."
Ich zuckte mit den Achseln.

„Ihn werden wir auch finden", sagte Jake.

„Wo wir gerade davon sprechen, ihr könnt nicht einfach losziehen und das Gesetz auf eigene Faust durchsetzen. Es ist nicht sicher und es ist unser Job, also ruft uns, statt euch in gefährliche Situationen zu stürzen, wie ihr es in letzter Zeit tut." Er zog einen kleinen Notizblock heraus und hielt einen Stift bereit, dann sah er mich an. „Wenn du noch weitere Informationen hast, die uns helfen können, Licht ins Dunkel zu bringen, dann spuck sie aus."

„Ich habe dir alles gesagt, was ich weiß. Ich glaube, Stephen steckt dahinter. Ich hoffe, dass du mir dieses Mal glaubst."

Ich sah in Blakes Richtung, der gerade auf den Rücksitz eines Streifenwagens gedrückt wurde. Wenn Tom mir die Sache mit Blake geglaubt hätte, wäre meine Mutter vielleicht nicht angegriffen worden. Ich konnte an der subtilen Veränderung der Miene des Detectives sehen, dass er verstand, was ich sagen wollte.

„Hast du irgendwas in deinen Fallakten gefunden?", fragte ich.

Tom schüttelte den Kopf. „Nichts Konkretes. Ein paar ungeklärte Aspekte beweisen gar nichts."

Ich schnaubte. „Dann gehe ich wohl besser. Ich habe morgen einen frühen Termin."

Jake kam mir hinterher, doch ich drehte mich um und hielt eine Hand hoch. „Ich glaube, du solltest lieber mit Tom fahren. Ich habe für heute genug von dir." Ich war ganz aufgekratzt und er schien nicht so willig zu sein, wie ich es war. Er hatte sich von mir abgewandt, verdammt noch mal! Er würde mich nur in Versuchung führen, wenn er in meiner Nähe war, und das brauchte ich nicht.

Er sah aus, als wollte er protestieren, doch dann sagte er nur: „Pass auf dich auf."

Ich drehte ihm den Rücken zu und ging weiter. „Keine Sorge, ich kann besser denn je auf mich selbst aufpassen."

KAPITEL 13

„Heiraten die meisten Werwölfe aus Liebe?", fragte ich Eric beinahe sofort, als ich am nächsten Morgen um vier Uhr in seinen Trainingsraum kam. Es war unser letztes Training und ich wollte alle Antworten, die ich kriegen konnte.

Er seufzte müde, drehte sich zur Spiegelwand und strich sein makelloses weißes Hemd glatt. „Du hast immer nur eins im Sinn, Sunder. Sag mir nicht, dass du dich in Jacob Knight verliebt hast." Er schnaubte, als wäre dieser Gedanke das Lächerlichste auf der Welt.

„Das habe ich", sagte ich. „Und er ist verliebt in mich."

Das wischte ihm den hämischen Ausdruck aus dem Gesicht, was einiges zu bedeuten hatte, da hämisch sein Standardausdruck zu sein schien.

„Hat er dir das gesagt?", fragte er einen Moment später.

„Das hat er."

„Und hast du ... hast du ihm auch gesagt, was du für ihn fühlst?"

„Ja, und direkt danach hat er mir gesagt, er sei ein toter Mann. Was hat er damit gemeint? Er wollte es nicht erklären."

Er dachte einen Moment darüber nach. „Du hast gesagt, er sei mit Allison Blackridge verlobt, richtig?"

Ich nickte. „Ja, und er sagte, dass sein Großvater irgendeinen Pakt eingegangen ist."

Eric überlegte. „Das muss ein Blutpakt sein."

„Ein was?"

„Ein Blutpakt. Es ist ein unumstößlicher Pakt, der zwischen zwei oder mehr Werwölfen geschlossen wird. In diesem Fall wahrscheinlich zwischen Craig Blackridge, seiner Tochter, Walter Knight und deinem Jake. Blutmagie ist die Grundlage für diese Art von Pakt, was bedeutet, dass die Parteien nicht aussteigen können, selbst wenn sie es wollen. Außer natürlich, sie sind bereit, zu sterben. Meistens gibt es eine Frist, und wenn der Pakt dann noch nicht erfüllt ist, werden diejenigen, die ihn brechen, ins Gras beißen."

Mein Herz begann zu hämmern, als mir die Wahrheit klar wurde.

„Meistens ist es kein schöner Tod", fügte Eric hinzu und befeuerte das Entsetzen noch, das meine Brust erfüllte.

Aber wenn du mich liebst, dann bin ich ein toter Mann. Jakes Worte hallten in meinem Kopf wider.

„Er muss planen, den Pakt nicht zu erfüllen", sprach ich meine Gedanken aus.

„Das musst du ihn fragen."

Oh Gott! Was hatte ich getan? Hatte das Geständnis meiner Liebe zu ihm ihn zum Tode verurteilt?

Eric atmete verärgert aus. „Können wir jetzt mit dem Training weitermachen?"

Ich schüttelte mich und hatte Mühe, den Wirbelwind der Emotionen und Gedanken zu verdrängen, der drohte, mich zu überwältigen. Dies war unser letztes Treffen. Nach dem heutigen Tag hatte Eric seine Abmachung mit Damien erfüllt und er wäre mich los. Ich runzelte die Stirn bei dem Gedanken, dass er mir fehlen würde.

Verdammt, was war nur los mit mir? Eric hasste mich und verhielt sich die ganze Zeit wie ein verdammter Arsch. Ich war wohl wirklich scharf auf Bestrafung.

„Klar, legen wir los", sagte ich.

Genau wie am Vortag verwandelten wir uns, sprangen aus dem Fenster in den Wald hinter seinem Haus und begannen unser Training.

Er brachte mir bei, Geräusche zu erkennen und ihre genauen Quellen zu bestimmen. Ich folgte seinen Anweisungen und benutzte mein Gehör, um einen winzigen Maulwurf in seinem Bau zu finden. Das

Kratzen der Krallen tief in der feuchten Erde seines Verstecks war kaum hörbar. Trotzdem konnte ich das Tier mit unfehlbarer Genauigkeit finden.

Ich lernte, die Unterschiede zwischen den vielen Tieren, die im Unterholz lebten, und den leisen Schritten eines Raubtiers zu erkennen. Er brachte mir bei, hochzuspringen, mich in der Luft zu verwandeln und in Menschenform zu landen.

Da ich wusste, dass es mein letztes Training mit ihm war, strengte ich mich mehr als je zuvor an, hörte ihm gut zu und befolgte seine Anweisungen genau. Ich lernte alles beim ersten Versuch und als es schien, als hätte er mir alles gezeigt, was er sich für diesen Tag vorgenommen hatte, fragte ich nach mehr. Ich glaubte sogar, einen Hauch von Stolz in ihm zu spüren, als ich ihn bei einer Sprungübung übertraf, bei der ich eine Distanz von sage und schreibe dreißig Metern zurücklegte.

Als wir fertig waren und wieder im Haus ankamen, zog ich mich schnell an, während er mit dem Rücken zu mir wartete. Trotz der unfreundlichen und schroffen Art hatte er mich gut behandelt, und ich hatte das Gefühl, viel besser auf mein Leben als Werwölfin vorbereitet zu sein. Ich wusste, dass ich noch viel über meine Wölfin und ihre Kräfte zu lernen hatte, und auch über die Geheimnisse meiner Artgenossen, doch ich würde Eric immer dankbar sein.

Ich nahm meine Sporttasche und schlang sie über meine Schulter. „Ich werde beim Rausgehen aufpassen, nicht gegen die Tür zu rennen", scherzte ich.

„Tu das."

Ich stieg die Stufen ins Erdgeschoss hinauf und musste stehenbleiben, als ein seltsamer Windstoß an mir vorbeizischte. Ich sah in jede Richtung, schnupperte an der Luft, doch ich roch nur Erics Geruch. Schulterzuckend ging ich die restlichen Stufen hinauf und musste zweimal hinsehen, als ich Eric erblickte, der neben dem Ausgang an der Wand lehnte und Schmutz unter seinen Fingernägeln wegkratzte.

Verwirrt sah ich in die Richtung, aus der ich gekommen war, und dann wieder zu ihm. „Wie hast du ...?"

Er lächelte, ohne zu mir aufzusehen. „Das ist ein weiterer Vorteil daran, ein Alpha zu sein."

„Du meinst Teleportation?"

Er schnaubte. „Teleportation ist Science-Fiction, Sunder. Nicht einmal Mitternachtsmagier können das. Ich bewege mich einfach … schnell. Es ist ein Alpha-Ding, das sich Flinkheit nennt. Nicht jeder Alpha kann es, aber ich glaube, du hast das Potenzial dazu."

„Du hast mich im Flur überholt", sagte ich und mir wurde klar, dass der Windstoß, den ich gespürt hatte, Eric gewesen war. „Du warst so schnell wie ein Vampir."

„Schneller." Er zuckte mit einer seiner Schultern. „Zumindest schneller als die meisten. Die richtig alten Vampire könnten sich genauso gut teleportieren."

„Ich hatte ja keine Ahnung."

„Wir hüten unsere Geheimnisse gut, Sunder."

„Das merke ich. Verdammt, du hast es mir vorenthalten und jetzt, an unserem letzten Tag, reibst du es mir unter die Nase."

Eric schenkte mir ein schiefes Lächeln, in dem eine große Portion Befriedigung mitschwang. Dieser Mistkerl.

„Was gibt es sonst noch?", fragte ich.

„Das wüsstest du wohl gerne, was?"

Ich knirschte mit den Zähnen und meine Wut brodelte in mir wie das Gebräu einer Hexe. „Arschloch", sagte ich leise, als ich an ihm vorbeiging.

„Wir sehen uns heute Nachmittag", sagte er und stieß sich von der Wand ab.

„Was?"

„Ich komme zu Damien. Er hat mir gesagt, dass du ihm helfen willst, die Zutaten für das Heilmittel zu finden."

Damien hatte mich gestern angerufen, um mir zu sagen, dass er meine Hilfe doch annehmen wollte. Ein unerwarteter Sinneswandel, aber ein willkommener.

„Wir haben auch darüber gesprochen, wie dein Training läuft", fuhr Eric fort. „Wir haben beschlossen, dass du tatsächlich gut in unser Team passen würdest, wenn ich dir noch ein paar Dinge beibringe. Also kannst du gerne jederzeit wieder herkommen. Aber denk dran, nur um vier Uhr morgens."

Mein Kiefer klappte aus den Angeln und fiel mir fast auf die Brüste. Eric Lone, der Werwolf mit dem schlimmsten Ruf in ganz St. Louis, wollte mich aus reiner Herzensgüte weiter trainieren? Und er wollte mich in seinem Team? Was für ein Team überhaupt? Ich hatte gedacht, Damien und Eric hassten einander.

Erics blaue Augen funkelten und zum ersten Mal lächelte er mich ohne Sarkasmus oder Überheblichkeit an. Viel zu schnell ernüchterte er. „Verschwinde von hier, bevor ich es mir anders überlege.“

Ich ging rückwärts auf die Tür zu und verkniff mir eine Million Fragen. Ich wollte sie alle gleichzeitig stellen, doch ich schaffte es, sie herunterzuschlucken. Eric wollte mir noch mehr beibringen, vielleicht sogar, mich so schnell zu bewegen wie ein Vampir.

Wow. Es fühlte sich irgendwie so an, als hätte ich im Lotto gewonnen.

KAPITEL 14

Mom hatte einen Berg von Kissen im Rücken. Die Fernbedienung und ein E-Reader mit genügend Büchern für den Rest ihres Lebens lagen auf ihrem Nachttisch. Wir hatten sie vor ungefähr zwanzig Minuten nach Hause gebracht und es ihr so gemütlich wie möglich gemacht.

Dani kam aus der Küche zurück und trug eine Teetasse, in der ein Löffel gegen das Glas klirrte, als sie umrührte. „Trink das. Es wird den Heilungsprozess beschleunigen."

Mom rümpfte die Nase. „Ist das eine deiner ekligen Brühen?"

„Ob es gut schmeckt oder nicht, spielt keine Rolle. Du willst doch gesund werden, oder?"

Mom starrte an die Decke und tat so, als würde sie ihre Optionen abwägen, dann sagte sie: „Gib her." Sie nahm einen kleinen Schluck und verzog das Gesicht. „Igitt, was ist denn da drin? Vogelmist?"

Dani verschränkte ihre Arme und kommentierte die Inhaltsstoffe des Tees nicht weiter.

„Wo ist Lucia hin?", fragte Mom.

„Ich weiß es nicht", sagte ich, während ich die Kommode meiner Mutter nach einem Nachthemd durchforstete. Sie wollte später duschen und hatte mich gebeten, ihr saubere Kleidung herauszusuchen.

Eine silberne Babyrassel lag ganz unten in der Schublade. Ich lächelte und erinnerte mich, wie Lucia damit gespielt hatte. Scheinbar hatten wir alle damit gespielt, und vor uns meine Mutter und ihre Geschwister. Ich wollte sie aufheben, doch sobald meine Finger den geschnitzten Griff berührten, schien mich ein elektrischer Schlag zu durchzucken, begleitet von einem brutalen Überfall auf meine Sinne. Das plötzliche Weinen vieler Babys, der Geruch von geronnener Milch und heftige Farbblitze warfen mich fast um. Ich riss meine Hand zurück, unterdrückte einen Schrei und schüttelte meinen Kopf, um wieder klar denken zu können.

Was zur Hölle war das?!

Ich sah mich um, aber glücklicherweise hatte niemand meinen Ausraster bemerkt. Ich atmete ein paar Mal tief durch und schob es auf Stress.

Mom griff nach ihrem Handy und begann, Knöpfe zu drücken. Sie machte ein Geräusch, dann sah sie zu Dani auf. „Kannst du bitte nachsehen, ob Lucia in ihrem Schlafzimmer ist? Die Ortungsapp zeigt an, dass sie hier ist, aber ich bezweifle es."

Eine Minute später kam Dani kopfschüttelnd zurück. „Sie ist nicht da, nur ihr Handy."

„Dieses Mädchen!", rief Mom. „Ich habe doch gemerkt, dass sie es kaum erwarten konnte, zu gehen."

„Wohin?", fragte ich.

Mom schüttelte eins ihrer Kissen auf und rückte es zurecht. „Sie hat neue Freunde gefunden und verbringt viel Zeit mit ihnen."

„Sollten wir uns Sorgen machen?", fragte Dani.

„Das weiß ich noch nicht. Deshalb versuche ich, sie im Auge zu behalten."

Dani sah zu mir herüber, dann wieder zu Mom. „Sag mir Bescheid, wenn du möchtest, dass ich mit ihr rede."

„Ja, mir auch", sagte ich, auch wenn ich genügend eigene Probleme hatte und die meiner Schwester nicht auch noch gebrauchen konnte.

Ich ging ins angrenzende Badezimmer und legte die sauberen Kleider, die ich gefunden hatte, auf eine freie Stelle neben dem Waschbecken. Ich überlegte einen Moment, dann beschloss ich, dass es der richtige Moment war, um meine große Frage zu stellen – die, die mir die ganze Zeit auf der Zunge gelegen hatte.

Mom fummelte an der Fernbedienung herum, als ich wieder ins Zimmer kam. Dani war nirgends zu sehen. Als Mom bemerkte, dass ich nach meiner Schwester suchte, legte sie die Fernbedienung ab und ließ die stumm geschalteten Nachrichten auf dem Fernseher weiterlaufen.

„Sie ist in die Küche gegangen und sieht nach, was sie uns zum Mittagessen machen kann. Du kannst gerne zum Essen bleiben."

Ich setzte mich ans Fußende des Bettes. „Ich kann nicht. Ich würde gerne bleiben, aber ich muss wieder ins Büro. Aber du bist in guten Händen. Niemand kann dich besser versorgen als Dani."

„Das ist wahr. Ihre Tees sind widerlich, aber sie funktionieren."

„Mom ..." Ihre braunen Augen blickten in meine und plötzlich sah sie besorgt aus, als sie das Gewicht bemerkte, das dieses eine Wort hatte. „Ich muss dich etwas fragen."

Sie ließ sich in die Kissen sinken und verschwand beinahe zwischen ihnen. Zweifellos wusste sie bereits, was ich fragen wollte, und ihrer Reaktion nach zu urteilen, hatte sie keine Lust zu antworten.

Ich atmete tief durch. „Wer ist er?"

Mom schloss ihre Augen, als könnte sie sich vor mir verstecken.

„Du hast schon genug vor mir verheimlicht", sagte ich. „Ich hoffe, du hast nicht vor, so weiterzumachen."

Ich spürte die Wut in mir aufsteigen, während ich mich darauf vorbereitete, dass sie sich weigern würde, mir zu gestehen, wer mein richtiger Vater war. Meine Hand ballte sich langsam zu einer Faust und ich legte sie auf meinem Bein ab, während die Sekunden vergingen und keine Antwort kam. Doch nach einer langen Minute sprach sie und überraschte mich mit ihren Worten.

„Du hast recht, Antonietta. Ich habe dich viel zu lange im Dunkeln gelassen und hätte es wahrscheinlich weiter so gemacht, wenn nichts dazwischen gekommen wäre. Ich hätte dir erspart, was du jetzt durchmachen musst."

Vor ein paar Tagen hätte ich ihr noch zugestimmt, dass ihre Lügen die beste Option gewesen waren, aber jetzt fühlte sich alles so richtig an, so perfekt abgestimmt, dass ich mir nicht vorstellen konnte, es nicht zu wissen und nicht die Person zu sein, zu der ich geworden war.

„Und wenn ich könnte", fuhr sie fort, „würde ich dir die Identität deines echten Vaters ersparen, aber ich weiß, dass das nicht richtig wäre, selbst, wenn dir dieses Wissen noch mehr Schmerzen bereitet." Sie hielt inne und sah tief in meine Augen, als wollte sie in meine Seele blicken und mir klarmachen, dass ich dieses Thema ruhen lassen sollte.

Aber ich blieb standhaft. Ich hatte schon genug Überraschungen erlebt, und das hier wollte ich von ihr erfahren, statt es irgendwann zufällig irgendwo zu hören.

Mom seufzte. „Ich hätte gerne, dass du mir alles erzählst. Wie sich dein Leben verändert hat, wie du damit zurechtkommst ... mit den Veränderungen. Dir scheint es gutzugehen, aber du warst schon immer stolz und wolltest allein mit so etwas fertigwerden."

„Es war eine Weile lang sehr schwierig, aber Damien hat jemanden gefunden, der mir hilft."

„Damien?", fragte sie überrascht.

„Ich schätze, er hat mir etwas geschuldet, also ..." Ich zuckte die Achseln. „Mach dir keine Sorgen, Mom. Mit geht es gut und ich werde dir alles erzählen, was du wissen willst, aber zuerst ..."

„Zuerst möchtest du den Namen deines Vaters erfahren", beendete sie meinen Satz und sah niedergeschlagen aus.

„Genau."

„Und wirst du versuchen, zu ihm zu gehen?"

„Ich weiß es nicht. Ich weiß nur, dass ich bereit bin, es herauszufinden." Ich hielt inne. „Warum hast du gelogen? Warum hast du es Dad nicht gesagt? Ich glaube, er hätte dir vergeben."

„Ich habe viel darüber nachgedacht, aber am Ende erkannte ich, wie dumm es von mir war, ihn zu betrügen. Er war noch immer derselbe tolle Mann, den ich geheiratet hatte. Ich war diejenige, die versagt hatte. Er verdiente den Schmerz nicht, den die Wahrheit ihm zugefügt hätte. Es war nicht einfach, die Lüge aufrechtzuerhalten und diese Last war die Bestrafung für meine Fehler. Aber ich glaube, es hat unsere Familie gerettet. Unser Glück wurde durch meine Fehler nicht getrübt."

Ich wollte sagen, dass ich jetzt diejenige war, die für ihre Fehler bezahlte und dass sie die Schmerzen nur hinausgezögert hatte, doch ich war nicht hier, um zu streiten. Außerdem würde ich jeden Schmerz auf mich nehmen, der meinem Vater erspart worden war.

„Ich weiß, dass ich nicht das Recht habe, etwas von dir zu verlangen", fuhr Mom fort, „aber vielleicht ist es besser, wenn du dich von ihm fernhältst. Er hat sich sehr verändert, seit wir ..." Sie senkte ihren Kopf und konnte den Satz nicht beenden. Sie legte ihre Hände in ihren Schoß und zupfte an der Decke herum.

„Woher weißt du das?"

„Er ist ein Alpha, der Anführer einer bedeutenden Familie. Sein Name ist oft in den Nachrichten, und nicht unbedingt aus positiven Gründen."

Ich spürte, wie mir die Farbe aus dem Gesicht wich, als mir eine Liste von bekannten Werwölfen durch den Kopf schoss. Ich zuckte zusammen, als der Name Ulfen Erickson ganz nach oben rutschte. Schwer schluckend wartete ich darauf, dass ihre Lippen die Silben formten, die mir zahlreiche Gründe geben würden, diesen Mann nicht aufzusuchen. Doch Mom verblüffte mich mit einem anderen Namen.

„Dein Vater ist Travis Hillworth."

KAPITEL 15

Das Wissen um die Identität meines Vaters fühlte sich an wie ein schwerer Stein in meinem Bauch. Ich hatte den Namen Travis Hillworth schon oft gehört, und wie Mom gesagt hatte, stand er selten in gutem Licht da. Je mehr ich darüber nachdachte, klang Ulfen Erickson besser als er.

Benommen verließ ich das Haus meiner Mutter. Sobald ich in meinem Auto am Straßenrand saß, durchforstete ich das Internet und sah mir Bilder des Mannes und seiner Familie an. Er war groß, etwa 1,90 m. Seine Haare und Augen waren dunkelbraun. Er trug eine Hornbrille und Pullis, in denen er gar nicht mal schlecht aussah. Sein Gesicht war lang und seine Adlernase sah krumm aus. Er war verheiratet und hatte eine Tochter und einen Sohn – meine Halbschwester und meinen Halbbruder. Bei diesem Gedanken wurde mir übel. Ich hatte noch mehr Geschwister, die beide älter waren als ich, was bedeutete, dass er seine Frau mit meiner Mutter betrogen hatte. Was in aller Welt hatte ihn dazu getrieben? Und wie war meine Mutter schwanger geworden, wenn das zwischen Werwölfen und Nicht-Werwölfen nur selten vorkam?

Konnte es das gewesen sein, wovon Jake gesprochen hatte? Wie hatte er es genannt? Dämmergier?

Als ich zum Büro zurückfuhr, kämpfte ich mit dem Gedanken, dass meine Mutter meinen Dad mit einem Werwolf betrogen hatte. Es ergab absolut keinen Sinn und sah ihr absolut nicht ähnlich. Mom hatte Dad geliebt, und sie waren glücklich zusammen gewesen. Als er starb, war sie untröstlich gewesen, weil sie die Liebe ihres Lebens verloren hatte. Wenn sie so für ihn empfand, warum zur Hölle hatte sie ihn dann betrogen?

Es gab noch so viel mehr, das Mom und ich besprechen mussten, so viele Fragen, die es zu beantworten galt, aber das Leben wartete nicht auf mich, also würde ich das verschieben müssen.

Im Büro angekommen, wartete ich auf Rosalina. Sie war untypischerweise spät dran und schien sich zu schämen, als sie endlich ankam.

Wir arbeiteten ein wenig, erledigten Anrufe, verschoben Termine und machten neue Pläne. Sie verstand, dass Damien bei der Suche nach einem Heilmittel zu helfen Priorität hatte, damit wir Josh retten konnten, aber ich merkte, dass es sie stresste, unsere Geschäfte mal wieder zu verschieben. Wir hatten genügend Geld, um unsere anstehenden Kreditraten und andere Rechnungen zu bezahlen, aber unsere Gehälter würden darunter leiden und danach müssten wir an unser Erspartes gehen, das wir erst kürzlich angesammelt hatten. Ein Monat und es wäre nichts davon übrig und die ganze Arbeit wäre umsonst gewesen.

Verdammt! Dani hatte recht gehabt. Ich hätte keinen Vertrag für eine Eigentumswohnung unterzeichnen sollen – nicht, ohne mir vorher ein bequemes finanzielles Polster aufzubauen. Wenn ich doch nur so vernünftig wäre wie meine ältere Schwester.

Nach einem schnellen Mittagessen in der Pizzeria auf der anderen Straßenseite machten wir uns auf den Weg zu Damiens Haus. Als ich unsere Bürotür abschloss, schärften sich plötzlich alle meine Sinne und ich erstarrte auf der Stelle.

„Was ist los?", fragte Rosalina.

„Ich weiß es nicht." Ich drehte den Schlüssel um und schaute mich um, um herauszufinden, was meine plötzliche Wachsamkeit verursacht haben könnte, aber die Straße war ungewöhnlich leer, nur ein paar Jungs liefen auf dem gegenüberliegenden Bürgersteig in Richtung Cup o' Java.

Ich schüttelte den Kopf. „Ich schätze, es ist nichts. Meine Sinne sind in letzter Zeit etwas hyperaktiv. Ich glaube, meine Wölfin hat sich noch nicht eingewöhnt."

„Was auch immer Damien für einen Zauber bei dir angewendet hat, es muss eine Wucht gewesen sein."

Wir gingen auf meinen Camaro zu, als der Motorenlärm um die Ecke bog. Ich erkannte das Geräusch von Jakes Harley sofort. Ich sah in Richtung des Lärms, und als ich ihn erblickte, beruhigten sich meine hyperaktiven Sinne und kehrten auf ein angenehmes Niveau zurück.

Was zur Hölle?

„Ist er der Grund, warum du dich so seltsam verhalten hast?", fragte Rosalina, die sofort eins und eins zusammenzählte.

„Ich glaube schon."

„Also wusstest du, dass er auf dem Weg ist? Als hättest du einen Spinnensinn?"

„Ich wusste nicht, dass er in der Nähe ist, aber vielleicht hätte ich es wissen müssen. Verschwinden wir." Ich wollte nicht mit Jake sprechen. Es war zu schwer, in seiner Nähe zu sein. Außerdem hatten wir zu tun.

Leider erspähte er uns, bevor wir es zum Auto schafften, und raste mit seinem Motorrad in unsere Richtung. Verdammt, wenn mir Eric doch schon beigebracht hätte, mich zu teleportieren. Jake hielt an, trat den Ständer heraus, stieg ab und kam zielstrebig auf uns zu.

„Er war es", sagte er durch zusammengebissene Zähne. „Der andere Wolf im Lagerhaus, es war Stephen. Du hattest recht." Er blieb vor mir stehen und ich spürte die Wut aus seinem Körper strömen wie ein Energiefeld. „Dieser verdammte Bastard. Ich sollte ihn umbringen."

Besorgt, dass ihn jemand hören könnte, sah ich mich um. „Beruhig dich und tu nichts Dummes."

„Wie kannst du dir so sicher sein?", fragte Rosalina.

„Ich habe Kaden angerufen, unseren Freund aus New Orleans. Er hat mir dieses Foto geschickt." Er zog sein Handy heraus und öffnete ein Foto eines knurrenden Wolfs, der auf einem ungemachten Bett stand, und einer Frau, die wie ein Burrito in die Laken eingewickelt war und verängstigt aussah. Der Wolf hatte rötliches Fell und glühende blaue Augen. Er war mittelgroß, nur ein wenig größer als Erics Wolf.

„Kaden hat dieses Foto bei einer feuchtfröhlichen Party geschossen", erklärte Jake. „Sie hatten eine Droge namens Grim Shaggy genommen oder irgendeinen anderen Mist, und Stephen beschloss, sich zu verwandeln und sämtlichen Frauen auf der Party Angst einzujagen. Er fand es witzig."

Das klang wie etwas, das Stephen in seiner Collegezeit getan haben könnte. Angeblich war er damals ein echter Partylöwe gewesen, aber als ich ihn traf, schienen alle seine Freunde überzeugt zu sein, dass er sich geändert hatte. Aber vielleicht war es nicht so. Vielleicht war das alles nur eine Fassade für seinen Vater gewesen.

Jake steckte sein Handy weg, seine Hände ballten sich zu Fäusten und öffneten sich dann wieder, um mit seiner Wut und seiner Enttäuschung umzugehen.

„Es tut mir so leid", sagte ich, als mir klar wurde, dass ihn diese Entdeckung verletzt hatte.

Er hatte Stephen als seinen Freund betrachtet. Als Stephen verschwunden war, hatte Jake Himmel und Hölle für ihn in Bewegung gesetzt und sogar mich überzeugt, ihm zu helfen, trotz seines persönlichen Ziels, sich von mir fernzuhalten. Und Jakes Leben hatte sich seither wohl genauso zum Schlechten gewendet wie meines. Vielleicht konnten wir beide Stephen für unsere derzeitige Misere verantwortlich machen, und für das Drecksloch, in das sich St. Louis verwandelt hatte.

Bei den Hexenlichtern! Wollte Stephen wirklich einen Krieg? Oder rebellierte er nur gegen Ulfen?

„Wie konnten wir uns so in ihm irren?", fragte ich. „Er muss durch und durch verdorben sein."

„Ich kann nicht glauben, dass ich meine Zeit damit verschwendet habe, mir Sorgen um ihn zu machen", sagte Jake und seine Nasenlöcher blähten sich auf, während die Wut ihn weiter durchströmte. „Ich dachte, ich würde ihn retten, und die ganze Zeit habe ich diesen perversen Plan unterstützt. Noch dazu habe ich dich in die ganze Sache hineingezogen. Toni, es tut mir leid."

„Es ist nicht deine Schuld", sagte Rosalina. „Du hast nur versucht, Gutes zu tun."

Jake schüttelte den Kopf. „Ich hätte ihn durchschauen müssen."

„Er hat uns alle reingelegt", sagte ich. „Rosalina hat recht. Es ist nicht deine Schuld."

„Wir müssen ihn aufhalten", sagte er und holte tief Luft, wodurch sich seine Enttäuschung aufzulösen schien. „Der Zustrom von Rhabo in die Stadt hat nicht nachgelassen und jeden Tag sterben mehr Vampire.

Bernadetta Fiore hat ihre Generäle einberufen. Sie rüsten sich für einen Krieg gegen uns.“

„Woher weißt du das?“, fragte ich.

„Alle Rudelführer stehen in Kontakt, einschließlich meines Großvaters. Ihre Kundschafter brachten Berichte, die besagen, dass ein Krieg unmittelbar bevorsteht.“

„Verdammt. Das ist gar nicht gut.“ Ein Adrenalinstoß durchflutete meinen Körper, als müsste ich mich zwischen Flucht oder Kampf entscheiden und würde nicht einfach auf dem Bürgersteig stehen.

„Ähm ...“ Rosalina sah auf ihrem Handy auf die Uhr. „Ich will ja nicht unterbrechen, aber wir sind spät dran, Toni.“

Ich dachte einen Moment lang nach, dann traf ich eine Entscheidung. Ich hatte keine Ahnung, ob Damien und Eric wütend auf mich sein würden, aber die Informationen, die Jake hatte, könnten nützlich sein.

„Warum kommst du nicht mit?“, sagte ich zu ihm.

„Wohin?“

„Wir treffen uns mit Damien Ward und Eric Cross. Damien arbeitet an einem Heilmittel, das die Auswirkungen von Rhabo aufheben kann. Ich weiß genau, dass sie auf unserer Seite sind und uns helfen können.“

KAPITEL 16

„Wer ist das?", wollte Damien wissen und sah Jake von Kopf bis Fuß an.

Wir standen vor seiner Tür, während er den Eingang versperrte und sich wie Zorro mit seinen Fäusten auf den Hüften und in einem langen schwarzen Umhang vor uns aufbaute.

Das Einzige, was nicht dazu passte, war sein Zylinder. Er sollte ihn gegen eine Maske tauschen.

„Das ist Jacob Knight", sagte ich. „Er ist ein ... Freund von mir. Du kennst ihn von dem Tag, an dem du ein Loch in mein Büro geschossen hast."

Damiens linkes Auge zuckte. „Es tut mir leid, aber ich fürchte, ihr müsst gehen."

„Aber ich dachte, wir würden ...", begann ich zu protestieren.

„Nein", unterbrach mich Damien. „Der Plan hat sich geändert."

Er begann, die Tür zu schließen, doch ich blockierte sie mit meinem Fuß. „Ist Eric da?"

Damien hob eine Hand in Richtung meines Fußes und Magie begann zwischen seinen Fingern zu knistern.

„Ich bin hier", rief Eric aus dem Inneren des Hauses. „Lass sie rein, Damien. Sei nicht so paranoid."

„Paranoid? Wir haben es hier nicht mit Kinderkram zu tun."

Eric tauchte hinter Damien auf und seine blauen Augen blickten in Jakes silberne. „Ich verbürge mich für ihn."

„Du kennst ihn?", fragte der Magier.

„Ich habe viel von ihm gehört."

Damien schnaubte. „Das reicht nicht."

„Er hat die Bestätigung für mich besorgt, Damien", sagte ich. „Ich hatte recht, Stephen Erickson steckt hinter allem. Jake hat mit mir gekämpft und mir geholfen, zu verhindern, dass diese Riesenladung Rhabo in die Stadt gelangt."

Eric legte eine Hand auf Damiens Schulter. „Wir brauchen jede Hilfe, die wir kriegen können. Was wir vorhaben, wird nicht einfach werden."

Der Magier hob seine Hände in die Luft. „Okay, aber keine weiteren Überraschungen." Er wirbelte herum und schob sich an Eric vorbei, dann stampfte er mit wehendem Umhang davon.

„Was für eine Dramaqueen", sagte Jake leise, als wir eintraten.

„Das habe ich gehört", knurrte Damien, während er durch eine Tür verschwand, die mir noch nicht aufgefallen war. Sie befand sich unter der großen Treppe und die Oberfläche war so gestrichen, dass sie perfekt zur Wand passte. Wenn sie geschlossen wurde, wäre sie kaum noch zu sehen.

„Er hat schlechte Laune", bemerkte ich.

„Die hättest du auch, wenn deine Tochter sterben würde", sagte Eric.

„Was?! Seine Tochter?", rief Rosalina.

„Ja, hat er euch das nicht erzählt? Seine Tochter ist eine Vampirin und süchtig nach Rhabo."

„Nein, das hat er nicht erwähnt", sagte ich, fühlte mich plötzlich schrecklich und verstand endlich Damiens Frust und Wut, als er entdeckt hatte, dass Jenson und Blake seine Trankküche zerstört hatten.

„Er hat eine Tochter", wiederholte Rosalina und sah ein wenig verblüfft aus.

„Ja", sagte Eric. „Er mag nicht so aussehen, aber Damien ist schon verdammt lange auf dieser Welt. Er war einst verheiratet."

Ich blinzelte Eric an. Für jemanden, der sein eigenes Privatleben so geheim hielt, verriet er ganz schön viel über das von Damien.

Erstaunt über all diese Informationen runzelte Rosalina die Stirn. Sie mochte Damien, aber vielleicht würden die persönlichen Details von jemandem, der schon wer weiß wie lang am Leben war, ihr Interesse schwächen. Eine so alte Person musste viel mit sich herumschleppen. Ich war erst zwanzig Jahre alt, und selbst mein Leben war ein einziges Durcheinander.

Jake streckte Eric eine Hand entgegen. „Es ist schön, Sie endlich kennenzulernen."

Eric schüttelte sie. „Gleichfalls. Aber hör mit dem Sie auf."

Plötzlich erfüllte ein starker Geruch von Aggression die Luft und meine Haut begann zu kribbeln. Ihre beiden Hände drückten so fest, als wollten sie Knochen brechen. Sie hielten Blickkontakt und musterten sich gegenseitig. Obwohl Jake Eric um zehn Zentimeter überragte, wirkte der kleinere Mann mindestens genauso einschüchternd. Sie hielten sich einen Moment zu lange fest und das Händeschütteln wurde unangenehm.

Rosalina trat von einem Fuß auf den anderen und warf mir einen nervösen Blick zu.

Meine Nackenhaare stellten sich auf und ich fühlte mich seltsam hin- und hergerissen zwischen Jake und Eric. Ich fragte mich, auf wessen Seite ich wäre, wenn es zu einem Kampf käme, doch gerade, als ich dachte, sie würden sich verwandeln und ihre Schwanzlängen in ihrer Wolfsform vergleichen, lösten sich ihre Hände und sie senkten respektvoll den Kopf voreinander.

„Ich habe nicht den ganzen Tag Zeit", hallte Damiens Stimme durch das Haus, wie durch einen Lautsprecher. Rosalina und ich sahen uns um und fragten uns, wo sie herkam, doch wahrscheinlich war es Magie.

„Wir gehen wohl besser da runter." Eric ging durch die unauffällige Tür und bedeutete uns, ihm zu folgen.

Rosalina ging zuerst. Mit Jake an meiner Seite folgte ich ihr.

„Was zur Hölle war das?", fragte ich ihn.

„Ein Moratorium."

„Ein was?"

„Ein Moratorium. So einigen sich zwei Alphas, friedlich zu kommunizieren und versprechen, nicht zu versuchen, sich gegenseitig zu überwältigen."

„Interessant."

Verdammt, ich hatte noch so viel zu lernen. Würde ich je hinterherkommen?

Hinter der Tür führte eine Treppe in einen düsteren Keller. Im Gegensatz zum Rest des Hauses, das wirkte, als sei es vor Kurzem renoviert worden, sah er alt aus. Die Wände bestanden aus freiliegenden Ziegeln, deren Mörtel an einigen Stellen bröckelig aussah. Ein feuchter Geruch lag in der Luft und erinnerte mich daran, dass dieses Haus trotz des äußeren Anscheins vor weit über hundert Jahren erbaut worden war. Ich fragte mich, ob Damien der Bauherr war.

Der Magier wartete in einem großen, schwach beleuchteten Raum auf uns. Die Ecken lagen im Schatten und das schwache Leuchten der Kerzen reichte nicht weit genug, um zu bestimmen, wie groß die Fläche wirklich war. Einige der Möbel, die ich oben in der Trankküche gesehen hatte, standen jetzt hier. Mehrere lange Arbeitstische und der große Schrank mit den geschnitzten Türen und Metallgriffen. Mehrere leere Regale säumten eine Wand, auf denen eigentlich Zutaten stehen sollten, um diesen Raum wie eine richtige Trankküche eines Magiers aussehen zu lassen.

Damien stand hinter einem der langen Arbeitstische. Als wir uns näherten, verengte er seine Augen beim Anblick von Jake, da er ihm offensichtlich noch immer nicht traute.

„Er ist sauber, Damien", sagte Eric. „Wir haben uns ausgetauscht und uns geeinigt."

Der Magier nahm seinen Zylinder ab und legte ihn auf den Tisch. Sein weißes Haar lag flach an seiner Kopfhaut an und ließ ihn so aussehen, als bräuchte er dringend einen Kamm. „Vergib mir, wenn mich Übereinkünfte zwischen Alphas nicht sonderlich beeindrucken."

Eric machte ein kehliges Geräusch, doch er sagte nichts.

„Danke, dass du uns helfen lässt", sagte ich.

Damien zwang ein Lächeln auf seine Lippen, das seine Augen nicht erreichte. „Du bist plötzlich ... nützlich geworden", sagte er.

Ich runzelte die Stirn, denn ich wusste nicht, was das bedeuten sollte.

Sein Mund verzog sich zu einem Grinsen. Jake sah mich an und in seinen silbernen Augen funkelte Belustigung. Wahrscheinlich war er sehr zufrieden damit, den Magier als Dramaqueen bezeichnet zu haben.

„Eric hat mir erzählt, dass du Kalyll Adanorin kennst, den Seelie-Fae-Prinzen." Damien hob seine Augenbrauen und wartete auf eine Erklärung.

Nur, dass ich diejenige war, die eine brauchte. Wie zum Teufel hatte Eric herausgefunden, dass ich den Prinzen getroffen hatte? Ich hatte es ihm nie erzählt. Wir hatten nie über Kalyll gesprochen. Ich drehte mich um und sah meinen Wichtigtuer von Lehrer an.

„Wer hat dir das gesagt?", wollte ich wissen.

„Du." Er tippte sich gegen die Schläfe.

„Du meinst, du hast es in meinem Kopf gesehen?"

Er nickte.

„Das ist einfach falsch!" Es war ein eklatanter Eingriff in meine Privatsphäre.

„Die ersten Male, als du dich während unseres Trainings verwandelt hast, warst du ungeschützt. Das ist ein weiterer Vorteil daran, ein Alpha zu sein."

„Was du nicht sagst!", rief ich. „Hört das jemals auf? Ich hasse diese ganzen Überraschungen und dass ich sie nicht stoppen kann. Vielleicht musst du mir eine Liste mit allen Alphakräften anfertigen und mir noch mehr beibringen."

„Noch mehr beibringen?", wiederholte Jake. „Was meinst du damit?"

Ups! Das hätte ich nicht erwähnen sollen.

„Und wann hast du den Fae-Prinzen getroffen?"

Doppeltes Pech!

„Ja", sagte Eric. „Toni ist meine Schülerin. Ich bringe ihr die Sitten der Werwölfe bei."

Jake holte tief Luft und sah aus, als wollte er etwas sagen, doch überraschenderweise hielt er sich zurück. Vielleicht hatte das mit dieser Moratorium-Sache zu tun, die sie abgezogen hatten. Hmm, darüber musste ich unbedingt mehr erfahren. Es wäre schön, sich nicht ständig mit Jake zu streiten.

„Wie auch immer", sagte Damien und klang verärgert. „Du musst für uns nach Elf-hame reisen und mit Prinz Kalyll sprechen. Die königliche Familie der Seelies lagert Gerüchten zufolge Bitterdorn im Palast."

„Bitterdorn?", fragte ich.

Der Magier nickte. „Eine der Zutaten, die ich brauche, um das Heilmittel herzustellen.“

„Ihr seid verrückt“, sagte ich. „Ich kenne den Prinzen kaum und er wird sicher nicht in die königlichen Lager der Seelies eilen, um mir dieses Bitterdorn zu besorgen.“

„Du hast gesagt, du willst helfen“, sagte Damien sehr langsam, als sei ich so dumm wie Brot, „und das ist die Aufgabe, die wir für dich haben.“

„Ich wüsste nicht einmal, wo ich ihn finden sollte“, sagte ich. „Ich bezweifle, dass er sich an mich erinnert.“

„Wie auch immer“, sagte Eric. „Du musst es zumindest versuchen, wenn du deinen Freund retten willst.“

Ich tauschte einen Blick mit Rosalina. Nach Elf-hame zu reisen, um Kalyll zu suchen, klang wie eine riesige Zeitverschwendung. Ich hatte nur Zugang zu einem kleinen Handelsposten am Rand der Faewelt, wenn der Prinz also nicht durch ein Wunder zufällig dort war, könnte ich auch gleich einen Metzgergang machen und dort nach einem Salat fragen.

Aber vielleicht ... ich sah mich um und hob eine Augenbraue. „Hat einer von euch Zugang zu mehr als einem Handelsposten? Denn mehr habe ich nicht.“

„Natürlich.“ Damien verdrehte die Augen. „Du glaubst doch nicht, dass wir erwarten, dass du ihn auf einem öden Markt antriffst. Ich habe Zugang zu der Hauptstadt der Seelies mit einer Begleitperson, also reisen wir beide zusammen hin.“

„Du machst Witze“, sagte ich, und meine Stimme klang beinahe wimmernd.

„Ganz und gar nicht. Wir sollten uns sofort auf den Weg machen. Wir haben keine Zeit zu verlieren.“

Heilige Hexenlichter. Ich würde nach Elyndell reisen.

KAPITEL 17

"Das gefällt mir nicht", sagte Jake und zog mich zur Seite, als Eric und Damien sich gerade in der anderen Ecke des Raumes besprachen. „Ich mag diesen Magier nicht und sich mit den Fae einzulassen bedeutet meistens nichts Gutes."

Ich zog meine Hand aus seiner. „Ich ziehe das durch, Jake, und du kannst nichts tun oder sagen, um mich aufzuhalten."

Ich verengte meine Augen und erwartete, dass er mir widersprechen würde, doch er senkte nur seinen Kopf und nickte einmal. Ich beäugte ihn von Kopf bis Fuß und fragte mich, ob es ihm gut ging. Vielleicht hatte er sich etwas eingefangen und es war ihm in den Kopf gestiegen. Mir zu sagen, was ich zu tun hatte, und dann darauf zu bestehen, wenn ich mich weigerte, war seine Lieblingsbeschäftigung.

„Ich wünschte, du würdest es nicht tun, aber es ist deine Entscheidung", sagte er.

Ich wollte gerade an seine Stirn fassen und prüfen, ob seine Temperatur gestiegen war, als Rosalina näherkam. „Was denkst du, wie lang du weg sein wirst?"

„Ich habe keine Ahnung." Ich war noch nie in Elyndell gewesen und hatte keinen Schimmer, wie wir Prinz Kalyll finden sollten.

Rosalinas Miene verfinsterte sich und sie sah aus, als würde ihr schlecht werden. Hatte sie sich mit demselben Virus angesteckt, den Jake hatte?

„Was ist los?", fragte ich.

Sie schüttelte den Kopf. „Nichts, ich sorge mich nur um alles, aber das Wichtigste ist, dass du unversehrt zurückkommst."

Und mit alles meinte sie höchstwahrscheinlich die Agentur. Tat ich das Richtige? Wir hatten darüber gesprochen und waren uns einig, dass wir Josh und Aaron helfen mussten, aber hatte sie es sich anders überlegt?

Jakes Blick wanderte zwischen Rosalina und mir hin und her, als unser Gespräch seine Aufmerksamkeit erregte. Ich warf ihm einen bösen Blick zu und zog Rosalina zur Seite.

„Bist du sicher, dass es für dich okay ist, dass wir das tun?", fragte ich. „Bekommst du kalte Füße?"

„Nein. Nicht, wenn ich an den armen Josh denke, und daran, wie verzweifelt Aaron aussah, als wir es ihm gesagt haben. Ich könnte nicht damit leben, ihnen nicht zu helfen. Wir können unsere Seriosität nicht für finanziellen Gewinn opfern."

Es ging allerdings um mehr als Geld. Es war unser Traum, für den wir so hart gearbeitet hatten. Wir wollten nicht mehr als die meisten Leute – nur einen Weg, unabhängig und erfolgreich zu sein. Aber wenn unser Geschäft den Bach runterging, würden wir nicht verhungern. Im schlimmsten Fall würde sie wieder als Barista arbeiten müssen und ich würde wieder unter die Obdachlosen gehen, aber wir würden beide überleben. Im Gegensatz zu Josh.

„Okay", sagte ich. „Wir müssen uns einig sein. Ohne deine Zustimmung kann ich das nicht tun. Wir sind Partnerinnen." Ich wollte sichergehen, dass sie das verstand. Wir durften später nichts bereuen, egal, wie es ausging.

„Bist du bereit?" Damien näherte sich, gefolgt von Eric.

„So bereit, wie ich nur sein kann", sagte ich.

Er streckte mir eine große Tasche entgegen. Sie sah aus wie etwas, das eine alte Oma mit sich herumschleppen würde. Sie hatte die Größe eines Rucksacks und bestand aus schwarzem Samt mit einem Muster aus goldenen Blumen. Sie hatte ein seidenes Zugband und leuchtend gelbes Futter.

Ich nahm die Tasche zögernd an mich, weil ich befürchtete, sie könnte mir einen weiteren Stromschlag verpassen, wie es die Rassel getan hatte. Doch es passierte nichts. „Was ist das?"

„Das ist unsere Ausrüstung", sagte Damien. „Essen und so weiter. Wir dürfen nichts essen, was uns die Fae anbieten – jedenfalls nicht in Elyndell."

Ich funkelte ihn an. Was dachte er, was ich war? Sein Packesel? Ich stellte die Tasche auf den Arbeitstisch, und gerade, als ich sie loslassen wollte, schlug mir der starke Geruch von Mottenkugeln entgegen, gefolgt von einem Geräusch, das wie eine Sirene an mein Ohr dröhnte. Ein Regenbogen aus Farben blitzte vor meinen Augen auf. Ich wich zurück und blinzelte. Ernsthaft? Schon wieder?! Was war hier los? Diese Anfälle fühlten sich viel zu sehr so an, als wäre ich in Trance. Veränderten sich meine Kräfte? So schien es jedenfalls. Was sonst würde ich sehen können, wenn ich die Tasche weiter festhielt? Ich musste mit Damien über diese neue Entwicklung sprechen, aber es schien gerade kein guter Zeitpunkt zu sein.

„Ich trage dieses hässliche Ding nicht", sagte ich und täuschte ein Erschaudern vor, um meine Reaktion zu verbergen.

„Hässlich?!", rief Damien. „Sie gehörte meiner Mutter."

„Kein Wunder. Sie könnte wahrscheinlich die Nonna meiner Nonna sein." Wenn ich raten müsste, wäre die Frau wahrscheinlich im frühen 19. Jahrhundert geboren worden, vielleicht sogar noch früher, also etwa fünfzig Jahre früher als Nonna.

Der Magier zeigte mit dem Finger auf mein Gesicht. „Du solltest wissen, dass—"

„Damien", unterbrach Eric. „Ich bin sicher, dass du die Tasche tragen kannst." In seinen blauen Augen lag etwas, das ihm zu sagen schien, dass er sein Glück bei mir nicht herausfordern sollte. Damien grummelte etwas vor sich hin, hob aber die Tasche auf.

Ich grinste.

Der Magier griff nach seinem Umhang und mit geschickten Fingern band er ihn um seinen Hals. Als Nächstes setzte er den seidenen Zylinder auf seinen Kopf. Er warf einen verstohlenen Blick in Rosalinas Richtung. Bis jetzt hatte er so getan, als wäre sie nicht da, aber er war sich ihrer Anwesenheit durchaus bewusst.

„Viel Glück, Damien", sagte Rosalina als sie erkannte, dass er nicht so doppelgesichtig war, wie er sie glauben machen wollte.

„Danke", platzte er heraus. Er riss seinen kupfernen Blick von meiner Freundin und straffte die Schultern. „Gehen wir."

Ich ging auf die Stufen zu, die aus dem Keller führten.

„Wo willst du hin?", fragte der Magier.

„Hmm, ich schätze, zu deinem Zugang zu Elf-hame." Meiner war im Tower Grove Park. Ich musste mich in den Turkish Pavilion setzen und die mir zugewiesene Rune auf einem der Tische nachzeichnen, und eine Sekunde später war ich in Pharowyn.

„Mein Zugang befindet sich da, wo ich ihn haben will", sagte Damien und hielt eine glatte Holzschnitzerei in Form einer Münze in die Höhe. Sie hatte die ungefähre Größe von einem Silberdollar und darauf waren winzige Muster zu sehen, die ich so schnell nicht entziffern konnte. Er steckte den Talisman in die Tasche und beugte seinen Ellbogen, damit ich seinen Arm nehmen konnte.

„Ernsthaft? Das ist nicht fair." Ich verschränkte meinen Arm mit seinem und wünschte, ich hätte selbst einen Passierschein, mit dem ich von überall Zugang zu Elf-hame hätte.

„Pff, die verteilen sie nicht einfach an jeden."

Ich starrte ihn an. Dieser arrogante Mistkerl! Wenn ich nicht das Heilmittel von ihm bräuchte, würde ich seinen verdammten Zylinder platt treten.

„Wir kontaktieren dich, wenn wir zurück sind", sagte Damien zu Eric, dann drehte er sich zu mir um und fügte hinzu: „Wir sehen uns auf der anderen Seite."

Das Letzte, was ich sah, war Jakes besorgter Blick.

Die Welt wurde weggespült. Die Farben an den Wänden, die mich umgaben, verflüssigten sich wie Farbe auf einer Leinwand und verschmolz zu einer Pfütze auf dem Boden. Es war nur noch Finsternis übrig, was mich an den Ort erinnerte, den ich besuchte, wenn ich in einer Trance war.

Ich klammerte mich an Damien, aus Angst, von ihm getrennt zu werden und mich im unendlichen Nichts zu verlieren. Als würde der Raum umgedreht werden, begann die Farbe, die sich unter unseren Füßen gesammelt hatte, wieder aufzusteigen, blaue, rote und gelbe Schlieren flossen aufwärts, verwoben sich zu einem neuen Hintergrund und bildeten Formen, die ich nach und nach erkannte.

Riesige Bäume in der Größe von Wolkenkratzern. Weit entfernte Berge mit schneebedeckten Spitzen. Wolken, die so flauschig waren wie Zuckerwatte und ein blauer Himmel, der mehrere Töne dunkler war, als ich es je gesehen hatte. Eine Wiese erstreckte sich vor uns, übersät mit Blumen in allen Farben und Formen. Ich blinzelte, als ich die Pracht beäugte, und fühlte mich, als wäre ich in einer impressionistischen Malerei gelandet. Die Farben waren leuchtend und ich hatte keinen Namen für die meisten Farbtöne, die ich sah.

„Es ... es ist wunderschön", sagte ich keuchend.

„Ich schätze schon." Damien zuckte mit den Achseln. „Aber wir sind nicht hier, um die Natur zu bewundern." Er drehte sich um, zwang mich, in die andere Richtung zu blicken und schüttelte meinen Arm ab, als sei ich ein unerwünschtes Anhängsel.

Der Anblick, der mich auf der anderen Seite begrüßte, machte mich noch sprachloser, als es der in meinem Rücken getan hatte. Eine magische Stadt breitete sich vor mir aus. Es war ein Ort wie aus fantastischen Märchen, mit Prinzessinnen und Königinnen, Drachen und Einhörnern.

Elyndell war gewaltig und fügte sich perfekt in die umliegende Landschaft ein. Gebäude in Erdtönen standen unter Bäumen, auf Hügeln und an Flussufern. Moosige Pfade schlängelten sich zwischen den Bauwerken hindurch und schienen keine besondere Ordnung zu verfolgen, wodurch ich mich fragte, ob diese Straßen und Häuser tatsächlich gewachsen waren, statt erbaut zu werden.

In der Mitte des Ganzen erhob sich ein weißer Turm, an dessen Seiten Ranken emporwuchsen und sich in den vielen Fenstern verloren. Die Stadt schien vom Turm ausgehend zu wachsen und sich in alle Richtungen auszudehnen, so weit das Auge reichte. Der Ort war so groß wie jede andere Stadt in meiner Welt, nur ohne den Lärm der Motoren und deren Abgase.

„Was ist das?", fragte ich und zeigte auf den Turm.

„Der Rankenturm. Dort wohnt die königliche Familie."

Meine Augen weiteten sich, als ich mir das Innere des Gebäudes vorzustellen versuchte.

„Wenn du genug geglotzt hast ...", sagte Damien und begann auf den nächstgelegenen moosbewachsenen Weg zuzugehen.

Ich stolperte ihm nach, denn ich war noch lange nicht damit fertig, zu glotzen. Alles, was ich sah, erregte meine Aufmerksamkeit. Verwachsene Bäume, deren Äste sich in den Mauern oder Fenstern kleiner, malerischer Häuschen verloren. Schaukeln aus Lianen. Plätschernde Springbrunnen, die aus dem Boden zu wachsen schienen. Schöne Fae-Männer und -Frauen, aber am überraschendsten waren die Fae-Kinder. Ich hatte noch nie ihren Nachwuchs gesehen, und wenn die Erwachsenen schön waren, waren die Miniaturversionen von ihnen liebreizende kleine Engelchen, die von Himmel gefallen waren, mit ihren großen Augen und der glatten Haut, als seien sie geradewegs dem Traum eines Künstlers entsprungen.

Nach einem kurzen Marsch, während dem ich jeden anstarrte und uns alle schlichtweg ignorierten, als wären wir unsichtbar – offensichtlich wollten sie uns nicht hier haben – drängte mich Damien in ein Haus, das eine Art Taverne zu sein schien. Das Gebäude schien aus Millionen von winzigen Ästen zu bestehen, die alle miteinander verwachsen waren. Fenster in Form von Honigwaben zogen sich um die Struktur. Im Inneren war es taghell. Ich blickte nach oben und erkannte, dass es über unseren Köpfen kein Dach gab, und dass der Boden mit kurz geschnittenem Gras bedeckt war. Ein Baum, der so breit wie ein Haus war, stand mittendrin. Seine ausladenden Wurzeln ragten aus dem Boden und bildeten Stühle und Tische, an denen verschiedene Fae saßen und aus Holzschüsseln aßen und aus Keramikkrügen tranken.

Damien ging auf eine Theke zu, die ebenfalls aus Baumwurzeln bestand und deren Oberfläche poliert worden war, bis sie perfekt glänzte. Eine Frau stand dahinter. Sie hatte volles rotes Haar und türkisfarbene Augen, die in einem Winkel von fünfundvierzig Grad schräg standen. Ihre Ohren ragten aus ihrem Haar und endeten in einer scharfen Spitze, etwa sieben Zentimeter von ihrem Kopf entfernt. Eine Schlange, die eher wie ein Drache aussah, schlängelte sich um ihren Hals und kostete die Luft mit ihrer gespaltenen Zunge.

Zuerst tat sie so, als wären wir gar nicht da, doch dann veränderte sich ihre Haltung drastisch, als Damien sprach.

„Ven konodin, gute Frau", sagte Damien und neigte den Kopf.

Die Frau lächelte nicht, doch scharfe Reißzähne blitzten auf, als sie ihren Kopf ebenfalls neigte. „Darf ich Ihnen behilflich sein?", fragte sie mit einem starken, lallenden Akzent.

„Sie dürfen. Ich suche nach Rosia Wynthas, wissen Sie, wo ich ihn finden kann?"

„Verzeihen Sie, ich kenne die Person nicht, von der Sie sprechen." Sie entblößte erneut ihre Zähne. „Ich würde fragen, ob Sie etwas trinken oder essen möchten, doch ich habe das Gefühl, Sie würden ablehnen." Ihre türkisfarbenen Augen funkelten bösartig.

Ich kratzte mich am Hals und holte tief Luft, um meine Wölfin zu beruhigen.

Der Blick der Frau richtete sich plötzlich auf mich. „Eine Wandlerin", sagte sie. „Ihre Art ist hier nicht willkommen. Bitte gehen Sie."

Bei diesem feindseligen Kommentar war meine Wölfin sofort bereit für einen Kampf, doch zum Glück ließ sie sich mittlerweile zur Vernunft bringen. Es war nicht der richtige Zeitpunkt, um aggressiv zu werden.

„Kein Problem", sagte ich. „Ich werde draußen warten."

Ich wandte mich zum Gehen und war auf dem Weg zur Tür, als sie plötzlich aufschlug und jemand hereinstampfte, der wie ein dickes Kind aussah. Bei genauerer Betrachtung sah ich den dichten, geflochtenen Bart, der über einen ausladenden Bauch ragte, und fragte mich, ob die Fae wohl auch hässliche Kinder hatten. Doch als er mit einer Stimme wie polternde Felsen sprach, waren auch die letzten Zweifel verschwunden. Der kleine Mann war kein Kind. Er trug einen dicken, gewebten Waffenrock und klobige, mit Pelz gefütterte Stiefel. Er hatte eine Knollennase und Knopfaugen.

Das Geräusch des Holzbestecks und das sanfte Plaudern, das die Taverne erfüllt hatte, verstummte mit einem Mal.

„Weißer Damien", tönte der Neuankömmling. „Ich wollte meinen Ohren nicht trauen, als ich hörte, dass du hier bist, aber ich schätze, du bist ebenso unklug wie eingebildet."

Damien zuckte zusammen und drehte sich langsam zu dem Neuankömmling um. „Ven konodin, Glimlock", sagte Damien und seine Grimasse verwandelte sich schnell in ein selbstzufriedenes Grinsen, als er den kleineren Mann ansah.

„Von wegen ven konodin", sagte Glimlock, und mit einer geschmeidigen Bewegung zog er ein Kurzschwert aus der Schwertscheide auf seinem Rücken, wobei seine wettergegerbten Züge eindeutig verrieten, dass er Mord im Sinn hatte.

Der Magier seufzte, als wäre der kleine Mann nichts weiter als ein Erstklässler, der einen Wachsmalstift schwang. Ich für meinen Teil trat mehrere Schritte zurück, bis mein Rücken gegen die Wand stieß. Was auch immer das hier war, ich wollte kein Teil davon sein. Nur die Hexenlichter wussten, was zwischen diesen beiden vorgefallen war. Allerdings sagte mir irgendetwas, dass der Fae nicht daran schuld war.

Glimlock drehte sein Schwert, dann richtete er es auf Damiens Mitte und stürzte sich auf ihn. Ich hielt den Atem an, während der Magier teilnahmslos dastand und im letztmöglichen Moment eine Hand hob. Abrupt kam sein Angreifer zum Stehen, als würde ihn jemand an seinem Waffenrock zurückhalten.

Glimlock beugte sich vor und streckte seinen Arm so weit er konnte. Er schlug sein Schwert nach links und rechts und versuchte, Damien zu erreichen, aber er war ein paar Zentimeter zu weit weg.

„Kämpfe, du Feigling", brummte Glimlock und seine gestiefelten Füße rutschten über das Gras, als er scheinbar auf der Stelle rannte und verzweifelt versuchte, sein Ziel zu erreichen. Der Anblick war lustig und traurig zugleich.

Der Magier verschränkte die Arme und betrachtete ihn mit gerümpfter Nase. Einige der Gäste um uns herum betrachteten die Szene mit finsteren Mienen, doch andere lachten. Keiner von ihnen mischte sich ein.

„Bist du bald fertig?", fragte Damien mit gelangweiltem Tonfall.

Zu meiner Überraschung wuchs meine Verärgerung über den Magier immer mehr an. Der kleine Mann verausgabte sich, rannte auf der Stelle und schwang sein Schwert wie ein Verrückter, womit er hoffnungslos seine Energie verschwendete, während Damien sich wie ein totales Arschloch verhielt.

„Hey, Schluss damit", hörte ich mich sagen.

Der Magier sah in meine Richtung und schien überrascht, zu sehen, dass ich ihn anstarrte und nicht seinen Möchtegern-Angreifer.

„Wie bitte?", blaffte er und sah genervt aus. „Meinst du mich?"

Ich ging zu ihm hinüber und stemmte meine Hände auf die Hüften. „Ja, du! Lass ihn in Ruhe."

„Meinst du das ernst?"

Glimlock beendete sein Laufbandtraining und blinzelte zu mir hinauf. „Ich kann mich selbst behaupten", grummelte er mich an.

„Daran habe ich keinen Zweifel, guter Mann", sagte ich. „Aber dieser Magier kämpft nicht mit fairen Mitteln. Eigentlich kämpft er überhaupt nicht."

„Halt dich da raus", schnaubte Damien. „Dieser streitlustige Gartenzwerg belästigt mich, seit sich unsere Wege gekreuzt haben. Er ist ein Ärgernis und eine Plage."

„Da muss ich ihm zustimmen", sagte die Frau hinter dem Tresen, während sie die bereits saubere Oberfläche mit einem Tuch abwischte.

„Ich bin kein Gartenzwerg", blaffte Glimlock und setzte seine nutzlosen Versuche fort, Damien zu erstechen. „Ich habe dich und all deine Nachfahren mit einem Fluch belegt, weißer Damien."

„Was auch immer du ihm angetan hast ...", sagte ich. „Entschuldige dich einfach. Wir verschwenden hier unsere Zeit."

Damien runzelte die Stirn. „Was auch immer ich ihm angetan habe?"

„Ja, irgendetwas sagt mir, dass du die Schuld trägst."

„Ich habe ihm überhaupt nichts angetan. Es war alles ein großes Missverständnis."

Glimlock hielt inne und ließ sein Schwert wieder sinken. Er sah erschöpft aus. „Es war kein Missverständnis. Deinetwegen hat mich meine Frau verlassen."

Was?! Das hatte ich nicht kommen sehen.

Ein leises Keuchen ertönte unter den Zuschauern. Sie hatten sich von ihrem Essen abgewandt und ihre Aufmerksamkeit auf uns gerichtet. Es schien, als käme dies ohne Fernsehen einer Seifenoper so nahe wie nur möglich.

„Damit hatte ich nichts zu tun", protestierte Damien.

„Du hast ihr schwarze Chrysantheme gegeben", sagte Glimlock, als würde das alles erklären.

Damien rieb sich die Stirn. „Ich habe versucht, dir zu erklären, dass ich nicht wusste, was ich tat. Ich wollte einfach nur nett zu ihr sein."

„Ich wollte einfach nur nett zu ihr sein", ahmte Glimlock ihn mit nasaler Stimme nach. „Jeder Idiot weiß, dass schwarze Chrysantheme dazu führt, dass Frauen anderen Männern nachschauen!"

War das so? Gab es dieses Zeug überall? Oder nur hier in Elf-hame? Hmm, ich begann zu verstehen, dass es vielleicht wirklich ein Missverständnis gewesen sein könnte – wahrscheinlich ein Kulturkonflikt.

„Als sie den erstbesten strammen Burschen sah", fuhr Glimlock fort, „war sie auf und davon und jagte ihm nach. Jetzt lebt sie mit meinem Nachbarn zusammen und kümmert sich um seine Hühner und seine Feldfrüchte, während meine Feldarbeit unverrichtet bleibt."

Also, wenn das der einzige Grund war, warum er eine Frau wollte, war sie ohne ihn vielleicht besser dran.

„Ich vermisse sie so sehr." Glimlock begann zu weinen und große Tränen liefen über seine rosigen Wangen und verloren sich in seinem dichten Bart. Während er schluchzte, quoll eine Rotzblase aus einem Nasenloch hervor.

Oh je!

Damien warf mir tödliche Blicke zu und gab mir offensichtlich die Schuld an dieser kläglichen Szene.

„Aber es tut dir leid, oder, weißer Damien?", sagte ich in hilfsbereitem Tonfall.

Der Magier schüttelte ganz leicht seinen Kopf. „Ja, es tut mir sehr leid."

„Eine Entschuldigung bringt mir meine Ennora nicht zurück", heulte Glimlock.

Was für eine hoffnungslose Situation. Einen Moment lang wusste ich nicht, was ich sonst noch tun sollte, doch dann kam mir eine Idee.

„Ähm, Glimlock, was wäre, wenn ... du deiner Frau eine weitere schwarze Chrysantheme gibst, und dann vorbeiläufst, damit sie dich als ersten strammen Burschen sieht?"

„Wenn es so einfach wäre, hätte ich sie bereits zurückerobert, aber schwarze Chrysantheme sind beinahe unmöglich zu finden. Ich weiß ehrlich gesagt nicht, wo dieser Idiot eine gefunden hat und wieso er sie benutzt hat, um mein Leben zu ruinieren."

Ich drehte mich zu Damien um. „Wo hattest du sie her?"

Er hob eine seiner weißen Augenbrauen und sprach dann mit Glimlock. „Wenn ich dir verspreche, dir eine zu holen, lässt du mich dann in Ruhe?"

Glimlock wischte sich die Tränen aus den Augen. „Das würdest du tun?"

Damien öffnete seinen Mund, um zu antworten, doch dann hielt er inne und ließ den Blick durch den Raum schweifen. Mehrere Männer hörten aufmerksam zu. Der Magier beugte sich zu Glimlock herunter und flüsterte mit kaum hörbarer Stimme.

„Ja, aber nur unter einer Bedingung."

„Du hast kein Recht, Bedingungen zu stellen, du unehrenhafter Mensch."

„Shh." Damien drückte einen Finger an seine Lippen. „Willst du deine Frau zurück oder nicht?"

Glimlock schnaubte und dachte einen Moment lang nach. Schließlich sagte er: „Na schön, was ist deine Bedingung?"

„Lass uns hier verschwinden und einen Deal aushandeln."

KAPITEL 18

Ein kleiner Bach mit türkisfarbenem Wasser und weißem Schaum plätscherte vor uns dahin. Goldene, silberne und blaue Fische schwammen darin herum und versteckten sich zwischen Schilf und glatten Steinen. Der Duft der Blumen erfüllte die Luft und mir wurde klar, wie verpestet die Luft in unserer Welt war.

Wir standen bei einer Anhäufung von großen Felsbrocken am Ufer des Bachs. Glimlock hatte sein Schwert nicht wieder weggesteckt, und ich bezweifelte, dass Damien seinen schützenden Zauber aufgehoben hatte.

Der Fae sah mich von Kopf bis Fuß an. „Du trägst wirklich komische Kleidung. Was ist das?" Er zeigte auf meine Turnschuhe.

„Das sind meine Treter", sagte ich. „Sie sind ziemlich bequem." Ich wackelte mit den Zehen.

Der Fae schien skeptisch zu sein. Er fuhr sich mit einem seiner Stummelfinger in den Bart, kratzte sein Kinn und richtete seine Aufmerksamkeit dann auf Damien. „Raus damit, wie lautet deine Bedingung?"

„Du lieferst Waren zum Rankenturm, richtig?", fragte Damien.

„Jawohl, aber was geht dich das an?"

„Ich würde gern mit Prinz Kalyll sprechen", sagte Damien. „Es geht um Leben und Tod."

Glimlock schnaubte. „Wenn du glaubst, dass ich dir dabei helfe, in den Rankenturm zu gelangen, dann bist du wirklich übergeschnappt."

„Wir müssen nicht in den Turm gelangen", unterbrach ich, weil ich spürte, dass Glimlock in dieser Angelegenheit nicht nachgeben würde.

Damien funkelte mich an und sein Gesichtsausdruck schien zu sagen: „Was zur Hölle tust du da?"

„Ich kenne Prinz Kalyll", sagte ich. „Ich möchte nur einen kurzen Moment lang mit ihm sprechen. Vielleicht könntest du mir stattdessen verraten, wo ich ihn finden kann."

„Wenn du ihn kennst ..." Glimlock hob eine seiner buschigen Augenbrauen, „... bitte um eine Audienz, wie jeder andere auch."

„Das würde unheimlich viel Zeit kosten, die wir nicht haben", sagte Damien. „Die Ausländer stehen immer ganz hinten in der Schlange und werden gebeten, am nächsten Tag wiederzukommen, um sich dann in eine ganz neue Schlange einzureihen."

„So soll es sein", sagte Glimlock mit einem überzeugten Nicken.

„Bitte, Glimlock", flehte ich. „Wenn du uns irgendwie helfen kannst, wären wir dir auf ewig dankbar."

Der Fae drückte sich von dem Felsen ab und als er neben mir stand, sah er mir direkt ins Gesicht. „Bitte?", wiederholte er. „Das ist ein Wort, das ich noch nie aus dem Mund eines Menschen gehört habe."

„Wirklich nicht?" Ich blinzelte überrascht. „Das ist schade. Wie viele von uns hast du schon getroffen?"

„Nur den einen." Er zeigte auf Damien.

„Oh. Na ja, das erklärt es." Ich rümpfte meine Nase und sah Damien an. „Er wirft ein schlechtes Licht auf uns alle."

„Ich weiß vielleicht, wo Prinz Adanorin ist", sagte Glimlock nach einem Moment des Nachdenkens.

Ich spitzte die Ohren. „Wirklich?"

Er nickte entschieden. „Aber zuerst", er streckte eine Hand aus, „meine Chrysantheme."

Damien bewegte sich nicht und blieb mit verschränkten Armen gegen den Felsen gelehnt. „Können wir ihm vertrauen?"

„Lass es gut sein, Damien", platzte ich heraus, als die Wut die Oberhand gewann. „Ich würde sagen, er ist vertrauenswürdiger als du." Ich drehte mich zu dem Fae um. „Bitte, Glimlock, bewerte uns nicht alle anhand von Damien dem Weißen. Das wäre so, als würde man alle Vögel verurteilen, weil man ein Huhn getroffen hat."

„Wie kannst du es wagen?", rief Damien. „Mit mir hat er einen Adler getroffen. Ihr anderen seid Hühner."

Ich verdrehte die Augen.

Glimlock fing an zu lachen. „Was für ein erbärmlicher Adler", brachte er heraus, dann lachte er weiter und legte eine Hand an seinen dicken Bauch. Sein Lachen war so herzlich und ansteckend, dass ich nicht anders konnte, als mich ihm anzuschließen.

Damien hob die Hände in die Luft. „Genug von diesem Unsinn." Er fuchtelte mit seinen Händen herum und zwischen seinen Fingern erschien eine schwarze Chrysantheme.

Glimlock blieb das Lachen in der Kehle stecken und seine Knopfaugen weiteten sich auf die Größe von Golfbällen und fielen ihm fast aus dem Kopf. Er entriss Damien die Blume und drückte sie an seine Brust, als wäre sie ein zartes Baby.

„Oh, Ennora, ich werde dich noch heute Abend in meinen Armen halten." Tränen glitzerten in seinen Augenwinkeln und ich freute mich aufrichtig für ihn.

„Jetzt sag uns", sagte Damien, „wo wir Prinz Kalyll finden können."

Glimlock erklärte es uns genau, während Damien und ich unser Bestes taten, um uns seine Anweisungen einzuprägen. Als wir uns auf den Weg machten, legte der Fae eine Faust auf seine Brust.

„Junge Wandlerin", sagte er und neigte den Kopf. „Ich muss sagen, du hast viel dazu beigetragen, meine Meinung über deine Art zu ändern. Lebe wohl."

Eine Stunde später saßen Damien und ich noch immer auf den zwei gepunkteten Ponys, die Glimlock uns geliehen hatte – allerdings hatte er uns dafür zwei Goldmünzen abgeknöpft. Damien hatte das Gold zögerlich aus seiner Omatasche gezogen und dem Fae versprochen, die Tiere zurückzubringen.

„Wenn uns deine Wegbeschreibung nicht direkt zum Prinzen führt", hatte der Magier gedroht, „komme ich zurück und bringe Ennora wieder zu deinem Nachbarn."

„Hör nicht auf ihn", sagte ich und funkelte Damien an. „So etwas wird er nicht tun."

Wir befanden uns nun auf der östlichen Straße, die aus Elyndell herausführte, wie es Glimlock uns beschrieben hatte, und jedes Mal, wenn ich in Damiens Richtung sah, musste ich ein Lachen unterdrücken. Auf dem Pony sah er drollig aus, mit seinen langen Beinen, die fast den Boden berührten, und seinem Mantel, der sich über das Hinterteil des Tieres spannte.

„Das sind gar keine Ponys, oder?", fragte ich und versuchte, ein Gespräch zu beginnen. „Ich meine, sie sind klein, aber nicht so klein, wie die Ponys, die ich von zu Hause kenne."

„Es sind andere Ponyrassen. Diese können von Erwachsenen geritten werden. Mehr oder weniger", antwortete er kühl. Er schien abgelenkt und nicht sehr an einem Gespräch interessiert zu sein.

Wir sollten dreißig Minuten lang auf dieser Straße reiten, und dann eine weitere Stunde nach Norden, wenn sich die Straße gabelte. Die Wegbeschreibung gab mir nicht gerade ein gutes Gefühl bei der Suche nach Kalyll. Sie war zu vage und ich wünschte mir die beruhigende Stimme meines GPS, die mir sagte, dass ich „in zwanzig Metern rechts abbiegen" sollte, da ich sonst auf der falschen Seite der Stadt landen würde.

Alle paar Minuten schoss Damien einen kleinen Blitz in den Hintern des Ponys, wodurch das Tier quietschte und vorwärts preschte, bis es langsamer wurde und er das Ganze wiederholen konnte.

Ich spornte mein Pony an, um ihn einzuholen. „Hör auf, das arme Pferd zu quälen."

„Wir haben nicht den ganzen Tag Zeit. Ich würde es gerne hinter mich bringen, bevor die Nacht einbricht. Wir sollten uns nicht in diesen Wäldern aufhalten, wenn es dunkel wird."

„Ach ja?" Ich sah mich um und fragte mich, was er meinte. Ich wusste nicht genug über die Fae und überhaupt nichts über ihre Welt, also beschloss ich, dass es das Beste war, Damien zu vertrauen.

Danach fielen mir seltsame Geräusche auf, die aus den Bäumen um uns herumzukommen schienen. Meine Augen bewegten sich in ihren Höhlen wie Kugeln auf einem Billardtisch. Meine Wölfin war nervös und bereit, bei der kleinsten Bedrohung auszubrechen. Als mein Rücken zu schmerzen begann, weil ich so steif und wachsam saß, versuchte ich, ein weiteres Gespräch zu beginnen, um mich abzulenken.

„Wie alt ist deine Tochter, Damien?", fragte ich.

Er kratzte sich am Hals und brauchte so lange, um zu antworten, dass ich dachte, er würde meine Frage ignorieren. Schließlich sagte er: „Sie war vierunddreißig, als man sie zur Vampirin machte. Jetzt ist sie fast fünfzig."

„Wie heißt sie?"

„Liliana."

„Es tut mir leid, dass sie krank ist, und ich hoffe wirklich, dass wir Prinz Kalyll überzeugen können, uns den Bitterdorn zu geben."

„Ich auch. Ich auch."

Nach einer Stunde Reiten fing mein Hintern an, unglaublich wehzutun. Ich rutschte in meinem Sattel herum und zuckte vor Schmerz zusammen. „Ich wünschte, ich hätte einen dieser Wandlerringe, dann könnte ich mich in meine Wolfsgestalt verwandeln", beschwerte ich mich. „Das wäre viel bequemer als das hier."

Ich überraschte mich mit meinen eigenen Worten. Es war das erste Mal, dass ich vier Beine den zwei vorzog, und ich hatte das Gefühl, es würde nicht das letzte Mal sein. Je wohler ich mich mit meiner Wölfin fühlte, desto mehr bekam ich das Gefühl, ich würde die Zeit als Wölfin genießen. Es hatte definitiv seine Vorzüge, besonders in waldigem Terrain wie diesem hier.

„Das wäre eine schlechte Idee", sagte Damien. „Dein Wolfsgestank würde die Kreaturen um uns herum bedrohen und ich kann dir sagen, dass das nicht gut für uns ausgehen würde."

Die Kreaturen um uns herum?

Bisher hatte ich nichts außer den Vögeln gesehen, die herumflatterten, doch ich wusste, dass ich mich von Äußerlichkeiten nicht täuschen lassen durfte, besonders, wenn es um die Fae ging. Es könnte jede Art von Kreatur in diesem Wald leben. Die Fae hatten so viele verschiedene Spezies, wie die Menschen verschiedene Stufen der Verblödung hatten.

Ich hatte von Sprites, Goblins, Pucas, Kelpies, Gnomen, Heinzelmännchen und mehr gehört. Nur die Hexenlichter wussten, was es da draußen noch gab.

Plötzlich stellte ich mir winzige Teufel mit besteckgroßen Heugabeln vor, die von den Baumkronen herabregneten und versuchten, uns mit ihren Waffen die Augen auszustechen. Ich trieb mein Pony näher an Damiens heran und hoffte, er hatte eine Art magisches Schild, dass diese teuflischen Kreaturen fernhalten konnte.

„Das muss der Hügel sein, den Glimlock uns als Markierung genannt hat", sagte der Magier und zeigte mit einem langen Finger auf einen Hügel mit einem einzigen Weidenbaum, der darauf wuchs.

„Ja, das passt zu seiner Beschreibung."

Der Weg, der auf den Hügel zuführte, war von Bäumen gesäumt. Ihre Äste trafen sich über uns und gaben nur einen lückenhaften Blick auf den Himmel frei. Wir waren fast da, als die Blätter über uns raschelten, Kreaturen aus dem Himmel fielen und uns von unseren Pferden stießen.

Ich schrie und kam auf dem Bauch auf dem Boden auf. Ein schweres Gewicht krachte auf meinen Rücken. Ein Messer berührte meine Kehle. Ich knurrte und das Adrenalin, das in jeden Teil meines Körpers rauschte, machte mich bereit zur Verwandlung. Meine Krallen fuhren sich aus.

„Kontrolliere dich, Toni", rief Damien mit angestrengter Stimme. „Verwandle dich nicht, sonst ruinierst du alles."

Ich biss die Zähne zusammen und drehte mich so, dass ich Damien sehen konnte. Er lag ebenfalls auf seinem Bauch, mit dem Gesicht am Boden und einem Messer an seiner Kehle. Eine weibliche Fae saß auf ihm. Sie war blond und trug eine Rüstung, in deren Mitte ein vertrautes Wappen aufgemalt war. Ein Paar grüner, katzenartiger Augen in einem blassen Gesicht starrten mich an. Ich versuchte angestrengt, hinter mich zu blicken, aber alles, was ich aus dem Augenwinkel wahrnehmen konnte, war eine große Gestalt, die sich über mir abzeichnete.

Ich trat um mich, als sich die Wölfin kampfbereit in mir aufbäumte.

„Hör mir zu", sagte Damien und sein kupferner Blick bohrte sich in meinen. „Sie sind königliche Wachen. Wenn wir gegen sie kämpfen, werden wir nie mit Prinz Kalyll reden können."

Königliche Wachen? Woher wusste er das?

Wegen der Rüstung, du Dummerchen.

Ich hatte dieses Wappen schon einmal an Kalylls Wachen gesehen, oder?

Königliche Wachen. Königliche Wachen, wiederholte ich wieder und wieder in meinem Kopf, und versuchte, meiner Wölfin die Bedeutung dieser Worte zu vermitteln. Sie war bereit, auf diese Fae loszugehen, blinde Wut verzehrte sie, aber sie musste zuhören.

„Atme tief durch", wies mich Damien an. „Du hast die Kontrolle."

Ich konzentrierte mich auf seine Stimme und tat, was er sagte. Schritt für Schritt nahm ich mich zusammen, redete leise mit meiner Wölfin und ergriff sanft die Kontrolle über sie.

„Das machst du gut", sagte der Magier beruhigend, als sich meine Krallen zurückzogen, und ich stieß einen zittrigen Atemzug aus.

„Was wollt ihr von unserem Prinzen?", wollte die Fae wissen, die auf Damien hockte.

„Wir möchten nur mit ihm sprechen, sonst nichts", antwortete Damien.

Unsanft zogen uns die Wachen auf die Beine und hielten uns die Messer an die Kehle.

„Fessle sie", sagte die Frau.

Königliche Wachen. Königliche Wachen, sang ich wieder, um meine Wölfin daran zu erinnern, die sich unbedingt zeigen wollte.

Wir tun es für Josh und Aaron. Reiß dich zusammen.

Das schien zu funktionieren, zumindest für den Moment. Aber wenn sie mich weiter bedrängten, wusste ich nicht, wie lange ich noch durchhalten würde.

„Sie ist eine Wandlerin, Misra", sagte der Wächter hinter mir mit dunkler Stimme. „Seile reichen bei ihr nicht aus."

„Fessle sie trotzdem", gab Misra zurück.

Der Wächter nahm das Messer von meinem Hals weg, dann bewegte er meine Arme nach oben und unten, während er ein Seil um meine Handgelenke band. Als er fertig war, stieß er mich vorwärts. Ich stolperte in Damiens Richtung und konnte endlich einen Blick auf meinen Angreifer werfen. Zu meiner Überraschung sah er seiner weiblichen Begleiterin sehr ähnlich. Dasselbe blonde Haar. Dieselben katzenartigen grünen Augen.

Misra und ihr männlicher Doppelgänger richteten ihre scharfen Messer direkt auf unsere Herzen.

Ich atmete tief durch, um mich zu beruhigen, während ich Schulter an Schulter mit Damien stand und die imposanten Faewachen beäugte, deren passende Rüstung noch eindrucksvoller war als Thors Outfit in den Avengers-Filmen. Ihr langes blondes Haar passte ebenfalls zu der Mähne von Odins Sohn, nur war es glatt wie Seidenlaken.

„Prinz Kalyll hat nichts mit Menschen zu tun", sagte Misra. „Warum seid ihr wirklich hier?"

„Wir wollen ihn um einen Gefallen bitten", sagte ich. „Ich habe den Prinzen schon einmal getroffen und hoffe, er kann mir helfen."

Die Wachen tauschten einen Blick, dann lachten sie. Misra hatte gerade ihren Mund geöffnet, um etwas zu sagen, als ein schreckliches Kreischgeräusch von der anderen Seite des Hügels ertönte.

„Es beginnt", sagte der männliche Wächter. „Was tun wir mit diesen beiden?"

„Vielleicht werfen wir sie den Erntemaden zum Fraß vor", antwortete sie und sah zufrieden mit ihrer Idee aus.

„Den was?", fragte ich und warf einen Seitenblick auf Damien. „Wovon sprechen sie?"

„Erntemaden sind eine Landwirtschaftsplage", sagte Damien. „Sie müssen einen Befall haben."

Misra kam einen Schritt näher und drückte ihr Messer an Damiens Hals. „Vielleicht hast du sie geschickt."

„Das habe ich nicht", antwortete der Magier ruhig, trotz der scharfen Waffe an seiner Kehle. „Aber ich kann euch helfen, sie loszuwerden."

Die Wachen schnaubten. „Was kann ein Mensch gegen einen Schwarm Erntemaden ausrichten?"

Das Kreischen hinter dem Hügel würde lauter und hektischer. Es wurde von Poltern, Schreien und Fluchen begleitet. Vielleicht war ein Kampf ausgebrochen. Die Wachen traten von einem Fuß auf den anderen und sahen aus, als ob sie am liebsten losrennen würden, um zu helfen.

„Ich bin nicht nur irgendein Mensch", sagte Damien. „Ich bin ein Kupfermagier."

„Ein Magier?", wiederholte Misra und klang überrascht.

„Das ist eine Lüge", sagte der Mann.

„Er hat seltsame Augen, Ladresel", bemerkte Misra. „Ich glaube, ich habe gehört, dass die Magie ihre Pupillen beeinflusst." Sie hielt inne und nach einiger Überlegung sagte sie: „Beweise es."

Damien lächelte, dann hob er seine Hände langsam in die Luft. Das Seil, das sie benutzt hatten, um ihn zu fesseln, hing nun schlapp zwischen seinen Fingern.

„Das beweist gar nichts", sagte Ladresel. „Das kann jeder."

„Was ist damit?" Der Magier senkte seine Hände und bot der Wache eine zischende Kobra an, deren Haube ausgebreitet war und deren schwarze, glänzende Augen den Wächter fest im Blick hatten.

Mit angsterfüllten Augen sprang Ladresel zurück. „Ich hasse Schlangen!"

Mit einer schnellen Handbewegung ließ Damien die Schlange verschwinden, und nichts blieb zurück, auch nicht das Seil. „Zufrieden?", fragte er.

„Vielleicht kann er wirklich helfen", sagte Ladresel.

Misra verengte ihre Augen und kämpfte offensichtlich mit der Entscheidung. Sie vertraute uns nicht, überhaupt nicht.

„Sie hätten uns beide angreifen können", überlegte Ladresel. „Aber das haben sie nicht."

Misra zuckte die Schultern. „Und was, wenn ihr Ziel der Prinz ist?"

„Er kann es selbst beurteilen. Er hätte keine Angst vor ihnen."

Misra nickte zustimmend und deutete mit dem Messer in Richtung des Hügels. „Los."

Wir taten, wie uns geheißen. Die Wachen blieben dicht hinter uns und hielten ihre Messer bereit. Als wir uns näherten, wurden die Kampfgeräusche immer lauter. Ein schriller Schrei ertönte, der klang, als stammte er von einer Todesfee auf dem Weg in die Hölle. Ein Schauer lief mir über den Rücken und ich musste all meine Kraft aufbringen, um mich nicht zu verwandeln. Ich biss mir auf die Unterlippe und zuckte bei dem Schmerz zusammen, aber ich musste zugeben, dass ich mich viel besser schlug, als ich erwartet hätte. Es war das erste Mal, dass ich meine Wölfin mit Schmerzen in Schach halten musste, was eine große Verbesserung im Vergleich zu vor einer Woche war.

Als wir um die Ecke bogen, flog etwas durch die Luft und schlug direkt vor mir auf dem Boden auf. Ich schrie auf, sprang zurück und starrte auf die scheußliche grüne Kreatur, der vor meinen Füßen lag. Sie war so groß wie ein Chihuahua, hatte spindeldürre Gliedmaßen mit rasiermesserscharfen Krallen und war mit schleimigen Warzen bedeckt. Seine Ohren waren lang und schlaff und Reihen scharfer Zähne waren in seinem Maul zu sehen. Ich bedeckte meine Nase, als ein schrecklicher Gestank von der Kreatur aufstieg; eine Mischung aus Schwefel und Fäulnis.

Obwohl das kleine Biest mausetot aussah, hatte ich Angst, dass es wieder aufspringen würde, und sah deshalb zögernd zu der tobenden Rauferei auf, die sich vor uns ausbreitete. Auf einem weiten Feld kämpften königliche Wachen mit Langschwertern und Schilden gegen Hunderte, wenn nicht Tausende, dieser grünen Schädlinge. Wie ein Heuschreckenschwarm stürzten sich die Erntemaden mit ihren dünnen Gliedmaßen voran auf ihre Gegner. Ihre Krallen waren ausgefahren und bereit, jeden zu entstellen, der sich ihnen in den Weg stellte. Während sie auf sie herabregneten, schlugen die Wachen mit ihren Schwertern zu und versuchten, sie in zwei Hälften zu schneiden – mit unterschiedlichem Erfolg.

Prinz Kalyll sah in seiner glänzenden Rüstung prächtig aus und verstümmelte seine Gegner mit einer solchen Präzision, dass es keinem von ihnen gelang, ihn mit ihren dürren Fingern zu berühren.

Trotz ihrer Bemühungen schlug sich die Gruppe als Ganzes nicht gerade gut und es würde nicht mehr lange dauern, bis sie von der schieren Anzahl der Gegner überrannt wurden.

„Tu etwas, Magier!", zischte Misra.

Das ließ sich Damien nicht zweimal sagen, trat einen Schritt vor und verengte die Augen, während er die Situation beurteilte. Mein ganzer Körper erstarrte und ich hoffte, er hatte ein gutes Ass im Ärmel. Nach einem langen Moment, in dem ich begann anzuzweifeln, ob er überhaupt helfen konnte, hockte er sich neben die tote Kreatur vor meinen Füßen und schob seine Hände in die klaffende Wunde in seinem Bauch.

Galle stieg in meiner Kehle hoch, als der schreckliche Gestank der Erntemaden noch stärker wurde.

Unbekümmert wühlte der Magier in der Bauchhöhle des Tieres, als ob er nach einem Schatz suchen würde.

„Was in Oorus' Namen tut er da?", wollte Misra wissen. „Er ist wahnsinnig. Absolut wahnsinnig."

Als Damien auf die Füße kam, tropfte Schleim von seinen Händen und seine Augen glühten in einem intensiven Rotton. Da bemerkte ich, dass sich seine Lippen mit ungeheurer Geschwindigkeit bewegten. Offensichtlich sprach er eine Art Zauber aus, obwohl ich keine Ahnung hatte, was für einen.

„Vielleicht sollten wir zurücktreten", sagte ich und entfernte mich vorsichtshalber von dem Magier.

Die Fae-Wachen schienen zu zögern, aber als rote Energie zwischen Damiens schleimigen Fingern zu knistern begann, brachten die beiden etwas Abstand zwischen sich und den Magier.

Als die Energie um Damiens Finger heller wurde und zu seinen Ellbogen hinunterwanderte, hob er seine Hände in Richtung Himmel und setzte ein Spinnennetz aus Blitzen frei. Eine Sekunde später brauten sich mehrere Wolken über dem fortwährenden Kampf zusammen. Sie brodelten vor roter Energie und versprachen einen elektrischen Sturm aus der Hölle.

Prinz Kalyll sah auf, als er gerade einer Erntemade ins Auge stach. Sein wilder Blick schweifte umher, bis er uns entdeckte. Seine ohnehin schon entschlossene Miene wurde schärfer und selbst aus der Ferne schaffte er es, mich einzuschüchtern.

„Beim Licht von Tresta!", rief Ladresel. „Das wird alle umbringen."

Mit ausgestreckten Armen stürzte er auf Damien zu.

„Nein!", schrie ich und versuchte, ihn aufzuhalten, doch es war zu spät.

Der Wächter prallte gegen Damien und schlang seine Arme um die Taille des Magiers. Doch selbst während er zu Boden stürzte, bewegte Damien seine Handgelenke in Richtung der Wolken und sprach mit gebieterischer Stimme.

„Decursus incitatus!"

Sobald die Worte seine Lippen verlassen hatten, begannen rote Blitze vom Himmel zu stürzen. Ihr Dröhnen war ohrenbetäubend und hallte über das offene Feld, und ihre grelle Energie blendete uns alle.

KAPITEL 19

Das Feld verwandelte sich in eine Plasmakugel, als elektrische Blitze auf den Boden trafen. Ich drückte meine Hände auf meine Ohren, die Haare auf meinen Armen stellten sich auf und ich sah entsetzt zu, wie der Höllensturm über die Erntemaden, die königlichen Wachen und Kalyll selbst hinwegfegte.

Oh mein Gott! Was hatte Damien nur getan? Er hatte den Seelie-Prinzen, den Sohn von Eithne und Beathan Adanorin auf dem Gewissen. Kalyll würde verbrennen wie eine vergessene Pizza im Ofen, und wir würden in Elf-hame sterben; wahrscheinlich würden der König und die Königin selbst uns foltern und zerstückeln.

Ich versuchte, zu entscheiden, ob ich wegrennen oder mich meinem Schicksal stellen sollte, als die Erntemaden begannen zu Boden zu fallen, wie Mücken in einer Mückenlampe. Die roten Blitze trafen alle auf dem Feld, auch den Prinzen, doch sie verletzten nur die krabbelnden Teufel.

Ihre abscheulichen Körper krümmten sich und zuckten. Ihr Kreischen wurde lauter und war voller Verzweiflung. Sie zuckten noch eine ganze Minute lang, während die königlichen Wachen entgeistert starrten und vorsichtig vor den kleinen Quälgeistern zurückwichen.

Plötzlich breitete sich Stille auf dem Feld aus und nur das Rascheln der Feldfrüchte störte die Ruhe.

Ladresel stand mit vor Überraschung geöffnetem Mund auf und sein blondes Haar fiel ihm um die Schultern, als er Damien auf die Füße half.

Der Prinz und seine Wachen steckten ihre Schwerter weg und machten sich daran, ihren gefallenen Freunden zu helfen und die Erntemaden von ihren verletzten Körpern zu entfernen.

Ich trat neben Damien. „Einen Moment lang, dachte ich, du wärst wahnsinnig geworden, aber du hast es geschafft."

Er antwortete mit einem Brummen, während er zusah, wie der Prinz auf dem Schlachtfeld herumlief und den Verwundeten half, ihnen die Schultern tätschelte und mit einer Faust über seinem Herzen salutierte.

Wir blieben am Rand des Feldes stehen, doch immer wieder sah der Prinz in unsere Richtung, als wollte er sichergehen, dass wir noch da waren. Ladresel und Misra blieben bei uns und warfen Blicke auf Damien. Schließlich löste sich Prinz Kalyll von seinen Wachen und kam auf uns zu. Seine Bewegungen waren elegant und selbstbewusst. Seine Rüstung glänzte in der Sonne und ließ ihn aussehen wie eine Art Gott. Seine Schönheit überwältigte mich von Neuem. Zum ersten Mal hatte ich ihn vor ein paar Wochen in Yalgruns Laden gesehen, doch sein gemeißeltes Gesicht hatte sich in mein Gedächtnis eingebrannt.

Als er vor uns stehen blieb, senkte Damien respektvoll seinen Kopf. „Prinz Kalyll Adanorin, was für eine Ehre."

Die kobaltblauen Augen des Prinzen wanderten von Damien zu mir, und was er als Nächstes sagte, machte mich so sprachlos wie beim letzten Mal, als ich ihn gesehen hatte.

„Antonietta Sunder, ich bin verwirrt und dankbar für deine Gegenwart an diesem Ort. Du und dein Freund habt uns einen schwierigen, wenn nicht sogar unmöglichen Kampf erspart." Er legte eine Hand an seine Brust und verbeugte sich. „Ich danke dir für deine Hilfe. Würdest du mich deinem Begleiter vorstellen?"

„Ähm, äh, j-ja, natürlich", stammelte ich. „Dies ist Kupfermagier Damien Ward."

Kalyll verbeugte sich noch einmal vor Damien. „Ich muss mich für diese Hilfe erkenntlich zeigen."

Der Magier und ich tauschten einen Blick. Also, wenn das nicht praktisch war! Ich konnte nur hoffen, dass der Preis für das, was Damien für den Prinzen getan hatte, dem entsprach, um was wir ihn bitten würden.

Damien nickte und ermutigte mich, zu sprechen. Ich sah ihn stirnrunzelnd an. Er war derjenige, der alle gerettet hatte. Vielleicht sollte er derjenige sein, der sprach, nicht ich. Der Magier verengte beharrlich die Augen.

„Prinz Kalyll", sagte ich. „Es gibt tatsächlich etwas, mit dem Ihr uns helfen könntet."

„Ich werde alles in meiner Macht Stehende tun." Der Prinz wandte sich an Ladresel und Misra. „Macht euch nützlich und helft den Verletzten."

„Ja, mein Prinz", sagten sie beide im Chor, dann schlugen sie sich auf die Brust und rannten los, um den Befehl zu befolgen.

„Du darfst nun frei sprechen", sagte Kalyll.

Ich nickte einmal. „Ich muss damit beginnen, zu erklären, dass wir auf der Suche nach Euch nach Elf-hame kamen", sagte ich und merkte, dass ich sehr formell sprach, als hätte ich einen Englischprofessor verschluckt.

Der Prinz hob seine Augenbrauen, doch er sagte nichts.

„Ein Bauer, der Waren an den Rankenturm liefert, verriet uns, wo wir Euch finden würden", fuhr ich fort, „und wir machten uns auf geborgten Ponys auf den Weg hierher, in der Hoffnung, Euch anzutreffen und um eine Audienz bitten zu dürfen, nur für die geringe Chance, dass Ihr Euch an mich erinnert."

„Ich erinnere mich sehr gut an dich", sagte er und seine Augen funkelten. Ich hatte das Gefühl, dass er weit mehr über mich wusste, als er bei unseren zufälligen Begegnungen herausfinden konnte, doch das war unwahrscheinlich.

„Ich bin froh, dass es so ist." Ich neigte meinen Kopf, um meine Dankbarkeit und Erleichterung auszudrücken. „Das, um was wir Euch bitten möchten, ist nicht für uns bestimmt, sondern für andere in unserer Welt, die krank sind. Seht Ihr, Damien braucht Bitterdorn, um ein Heilmittel herzustellen, um sie vor dem sicheren Tod zu bewahren."

„Bitterdorn?", sagte Prinz Kalyll und seine tiefe Stimme stieg vor Überraschung ein paar Oktaven in die Höhe.

Er klang ungläubig, als hätte ich ihn gerade darum gebeten, seine Rüstung gegen ein Spitzenbustier einzutauschen, bevor er sich stachligen Drachen im Kampf stellte. Er brauchte einen Moment, um sich davon zu erholen. „Es ist keine Lappalie, um die du bittest, Antonietta

Sunder, aber bei meiner Ehre und für die Tat, die du heute für uns vollbracht hast, werde ich dich weiter anhören und anhand deiner Antwort entscheiden, ob deine Bitte gerechtfertigt ist."

Mit dem Herzen in der Hand und der Hoffnung auf Aarons und Joshs Glück und Lilianas Leben, erzählte ich Prinz Kalyll alles.

Der Seelie-Prinz gab uns genau zwei Bitterdorn-Blätter. Nicht mehr und nicht weniger.

Zehn Stunden, nachdem wir in Elf-hame angekommen waren, erschienen wir wieder in Damiens Keller. Der Raum war stockfinster, bis er mit den Fingern schnipste und die Kerzen zum Leben erwachten.

Es war niemand dort, und der Keller war unheimlich, aber nachdem wir in der Faewelt gewesen waren, fühlte es sich gut an, zurück zu sein. Ich fühlte mich sicher.

„Ich werde sofort anfangen, an dem Heilmittel zu arbeiten", sagte Damien, der sich bereits durch den Raum bewegte und die Utensilien für seine Arbeit zusammensuchte.

„Hier?", sagte ich. „Hast du keine Angst, dass Stephen wieder jemanden schicken wird, der alles zerstört?"

„Ich habe das Haus mit weiteren Schutzzaubern verstärkt. Sie werden eine große Überraschung erleben, falls sie zurückkommen."

Ich nahm an, dass es nichts bringen würde, mit ihm zu diskutieren. Außerdem tat er es für seine Tochter, ich wusste also, dass er sein eigenes Leben dafür geben würde, die einzige Chance zu schützen, die sie auf ein Leben hatte – oder auf den Tod, je nachdem, wie man es als Vampir betrachtete.

„Es war ein langer Tag", sagte ich, währen dich die Treppe hinaufging. „Ruf mich an, wenn du fertig bist."

„Toni", rief Damien, als ich die Hälfte der Stufen hinter mich gebracht hatte.

Ich sah über meine Schulter.

„Danke für deine Hilfe", sagte er mit einer leichten Verbeugung.

Ich zuckte mit den Schultern. „Ich habe gesehen, was du mit den Erntemaden gemacht hast, also glaube ich nicht, dass du mich gebraucht hast."

„Da wäre ich mir nicht so sicher. Eric hat gesagt, er hat deine Treffen mit Prinz Kalyll in deinen Gedanken gesehen, und sie schienen ... mit irgendetwas aufgeladen zu sein."

„Was soll das heißen?"

„Die Fae haben ihre eigene Art von Magie, Toni. Sie sind besonders talentiert darin, die Zukunft zu sehen. Vielleicht weiß er etwas, das wir nicht wissen."

„Das ist lächerlich."

Damien zuckte mit den Achseln. „Vielleicht, aber ich hatte recht damit, dich reden zu lassen, oder?"

„Ja, aber das bedeutet nicht, dass er ‚Nein' gesagt hätte, wenn du geredet hättest."

Er lächelte, was eine Seltenheit für ihn war. „Na schön. In zwei oder drei Tagen sollte ich etwas haben."

Wow, das war schnell. Ich atmete erleichtert auf, als ich an Aaron und Josh dachte, doch konnte es trotzdem nicht erwarten, ihnen die guten Nachrichten zu überbringen.

Mein Camaro war vor der Tür geparkt und Erleichterung durchströmte mich, als ich mich auf den Fahrersitz sinken ließ und die vertrauten Gerüche von Lederpflege und Lavendel-Lufterfrischer in meine Nase sog. Ich nahm auch Rosalinas und Jakes Gerüche wahr und fühlte mich noch mehr zu Hause. Es war fast elf Uhr abends und mein Magen knurrte vor Hunger. Damien hatte mir einen Müsliriegel aus seiner Omatasche angeboten, doch in diesem Moment war der Gestank des Erntemadenbluts in meiner Erinnerung noch zu lebhaft gewesen und ich hatte ihn abgelehnt. Jetzt wünschte ich, ich hätte ihn verschlungen.

Bevor ich zu Rosalinas Wohnung fuhr, schrieb ich ihr und Jake eine Nachricht mit ein paar Daumen-Hoch-Emojis. Sie hatten seit unserer Abreise sicher auf heißen Kohlen gesessen. Ich hätte wahrscheinlich meine Fingernägel abgekaut und mehrere Tüten Chips verschlungen. Mein unersättlicher Appetit war nur noch schlimmer geworden, seit meine Wölfin frei war, und Stressessen war ein größeres Problem als je zuvor. Tatsächlich musste ich im Laden vorbeischauen, um Snacks zu besorgen. Ich fing an zu glauben, dass eine Mitgliedschaft in einem Großhandel sinnvoll sein könnte.

Einen Moment später antwortete Jake ebenfalls mit einem Daumen Hoch und mehr nicht, und ich fragte mich, ob er sich überhaupt gesorgt hatte.

Als ich bei Rosalina ankam, zog sie mich in eine warme Umarmung, sobald ich durch die Tür trat.

„Ich habe mir solche Sorgen um dich und Damien gemacht." Sie trat zurück und sah mich von Kopf bis Fuß an. „Geht es ihm auch gut?"

„Ja, und warte nur, bis ich dir erzähle, was er getan hat."

Wir sprachen darüber, während ich ein spätes Abendessen aus aufgewärmtem Rindfleischeintopf mit Reis verschlang, den Rosalina am Wochenende gekocht hatte.

„Oh wow, das war ja ein ganz schönes Abenteuer", sagte sie, als ich ihr alles berichtet hatte. „Er muss seine Tochter wirklich lieben."

„Ja, das Gefühl habe ich auch."

„Glaubst du, er wird es wirklich schaffen, ein Heilmittel für sie und Josh herzustellen?"

Ich tunkte ein Stück Brot in meinen Eintopf. „Er scheint sich seiner Sache ziemlich sicher zu sein."

„Du glaubst doch nicht, dass er sich aus purer Verzweiflung etwas vormacht, um seine Tochter zu retten, oder?"

„Er kommt mir nicht vor wie ein Mann, der sich etwas vormacht."

„Ja, ich schätze, du hast recht", fügte sie hinzu, während ich mein schmutziges Geschirr aufsammelte.

Ich räumte den Tisch ab und schaltete die Spülmaschine ein, danach setzten wir uns mit großen Gläsern Wein vor den Fernseher und schauten alte Folgen von Charmed. Es schien, als müssten wir uns beide ein wenig entspannen. Hoffentlich könnten wir uns morgen auf die Arbeit konzentrieren.

KAPITEL 20

Am nächsten Morgen wurde meine Hoffnung zerstört, mich auf die Arbeit konzentrieren zu können, als Ulfen Erickson durch die Tür der Agentur schritt. Sein rotes Haar war zurückgegelt und glänzte makellos. Er trug einen Anzug mit Krawatte und polierte Schuhe, die das Licht reflektierten. Sein sonst so arroganter Gesichtsausdruck war nirgends zu sehen, was mich noch mehr schockierte als seine Anwesenheit.

„Guten Morgen, Miss Sunder und ...“ Seine blauen Augen richteten sich auf Rosalina.

„López“, sagte meine Freundin.

„Guten Morgen, Miss López.“

Ulfens Nase zuckte und er sah mich mit einem merkwürdigen Gesichtsausdruck an, als er offensichtlich meinen Geruch bemerkte und wahrscheinlich annahm, ich hätte mit Werwölfen geschlafen. Ganz bewusst schob er seine Verwunderung beiseite und versteckte sie hinter einer distanzierten Fassade.

„Ich dachte, Sie wären glücklich verheiratet“, sagte ich. „Oder vielleicht haben Sie Ihre Frau verloren und wollen, dass ich sie aufspüre.“ Ich hatte diesen Mann nie gemocht und er schaffte es immer, meine innere Zicke herauszulocken.

„Nicht ganz“, sagte er und belohnte meine Überheblichkeit mit einem leichten Lächeln. „Ich bin aus mehreren anderen Gründen hier. Zuerst möchte ich Ihnen dafür danken, dass Sie Blake aufgespürt haben." Er fasste in seine Brusttasche und zog ein Scheckheft heraus. „Ich würde Sie gerne für Ihre Dienste bezahlen."

Ich schüttelte den Kopf. „Das ist nicht nötig. Ich will Ihr Geld nicht." Ich sagte nicht ‚schmutziges Geld', doch das musste ich nicht. Mein Tonfall hatte es deutlich gemacht.

„Wie Sie wünschen." Er steckte sein Scheckheft weg. „Das macht es etwas schwieriger, Ihnen den zweiten Grund für mein Kommen zu erklären."

„Sie wollen, dass ich noch jemanden aufspüre", sagte ich und sprach damit das Einzige an, das schwieriger wurde, weil ich sein Geld abgelehnt hatte. Er war es wahrscheinlich gewohnt, jeden zu bezahlen und dann alles zu bekommen, was er wollte. Aber nicht mit mir.

„Sie sind sehr intuitiv, Miss Sunder."

„Wenn Sie keine Gefährtin suchen, fürchte ich, dass ich Ihnen dieses Mal nicht helfen kann."

Er öffnete seinen Mund, um etwas zu sagen, doch die Tür hinter ihm öffnete sich mit einem Klingeln und mein Nachbar von nebenan kam herein.

„Ist alles in Ordnung, Toni?", fragte Jake und musterte Ulfen, als wäre er ein Kauspielzeug, das er mit seinen scharfen Zähnen in Stücke reißen wollte.

„Alles okay", sagte ich. „Mr. Erickson wollte gerade gehen."

„Ich weiß, dass Sie mich nicht mögen", sagte Ulfen. „Ich weiß, dass Sie mit Stephen befreundet sind, und das trägt zu Ihrer Abneigung gegen mich bei. Er und ich waren uns schon lange nicht mehr einig, aber mein Sohn ist vielleicht nicht der, für den Sie ihn halten."

Jakes Augenbrauen zogen sich nach oben und verrieten seine Überraschung. Ich versuchte, meine eigene Verblüffung zu verbergen, doch ich schaffte es nicht ganz. Ulfen bemerkte es und kam einen Schritt näher.

„Sie wissen etwas, oder nicht?"

Ich schürzte die Lippen und weigerte mich, etwas zu sagen. Ich vertraute Ulfen nicht. Er könnte mit seinem Sohn zusammenarbeiten, um die ganze Stadt mit einem ausgeklügelten Plan zum Narren zu halten.

„Er hat versucht, mir seine Entführung und den Mord an Blake anzuhängen", sagte Ulfen. „Aber Blake ist am Leben, und Sie haben dabei geholfen, es zu beweisen. Dank Ihnen ist er hinter Gittern und wir wissen, dass er mit der Verbreitung von Rhabo zu tun hat."

„Er wollte es Ihnen nicht anhängen", sagte ich, nicht, um Stephen zu verteidigen, denn ich wusste, dass er schuldig war, sondern um herauszufinden, warum Ulfen glaubte, dass sein Sohn hinter all dem steckte. „Er hat sich Sorgen um Sie gemacht."

„Sie können sich sicher sein, Miss Sunder: Mein Sohn hat diesen Magier Jenson angeheuert, um einen Angriff auf ihn vorzutäuschen. Er ist ein guter Schauspieler, finden Sie nicht?"

„Was für Beweise haben Sie?"

„Seit er aus New Orleans zurückgekehrt ist, ist Stephen nicht mehr derselbe. Sein Verhalten war unberechenbar und seltsam. Bevor ich verhaftet wurde, ließ ich ihn beschatten, um ihn zu schützen – zumindest dachte ich das. Aber ich wurde überrascht und entdeckte, dass er eine organisierte Kampagne führt, um Unruhe zwischen Werwölfen und Vampiren zu stiften. Der Rhabo-Handel ist nur ein Teil seines gestörten Plans."

Überrascht stellte ich fest, dass Ulfen die gleiche Meinung über Stephen hatte wie wir und wusste nicht, was ich sagen sollte.

Als er merkte, dass er meine gesamte Aufmerksamkeit hatte, fuhr Ulfen fort. „Irgendetwas stimmt nicht mit ihm, und ich befürchte, dass ihn jemand manipulieren könnte."

„Jetzt", sagte Jake, „klingt es wie Wunschdenken. Zuerst halten Sie ihn für einen Kriminellen und plötzlich nicht mehr."

„Vielleicht, aber es ist nicht unmöglich. Er hat einen ... Anhänger getragen." Er deutete auf seinen Hals. „Ich hatte ihn noch nie gesehen, bevor er nach New Orleans ging, und er scheint ihn zu hüten."

Jake machte ein kehliges Geräusch und hob eine Augenbraue.

„Weißt du, wovon er spricht?", fragte ich.

Jake nickte. „Ich habe ihn gesehen. Stephen hatte ihn schon, als ich ihn kennengelernt habe, und ja, er hütet ihn wie seine Westentasche. Er nimmt ihn nie ab. Er hat mir erzählt, er sei ein Familienerbstück."

„Das ist er nicht", versicherte Ulfen uns.

„Wollen Sie damit sagen, dass ihn jemand mit diesem Anhänger kontrolliert?", fragte Rosalina.

„Ja, genau das will ich sagen."

Sie rutschte auf ihrem Schreibtischstuhl herum. „Haben Sie eine Ahnung, wer es sein könnte?"

„Nein, aber ich hatte gehofft, dass Sie mir helfen könnten, es herauszufinden. Wenn ich ihm diesen Anhänger abnehmen kann und ihn hierher bringe, können Sie vielleicht die Person aufspüren, die es ihm gegeben hat."

„Wie soll das funktionieren, wenn er ihn nie abnimmt?", fragte ich.

„Ich weiß es nicht." Ulfen schüttelte den Kopf und zwei tiefe Sorgenfalten erschienen auf seiner Stirn. „Ich werde mir etwas einfallen lassen."

Ich dachte einen Moment lang darüber nach, während ich mir Stephen als das Opfer eines bösen Genies vorstellte. Wenn er kontrolliert wurde, musste ich ihm helfen.

„Vielleicht ist das nicht nötig", sagte ich leise. Alle drehten sich zu mir um.

„Was meinen Sie?", fragte Ulfen.

„Ich kann es nicht wirklich erklären."

Rosalina und Jake sahen mich stirnrunzelnd an, doch sie wussten, dass sie mir vor Ulfen keine Fragen stellen sollten. Sie würden es sicherlich tun, sobald er weg war, doch das bedeutete nicht, dass ich Antworten für sie hatte. Ich hatte nur Vermutungen, weil ich nicht genau verstand, wie sich meine Kräfte veränderten.

„Wissen Sie, wo ich ihn finden kann?", fragte ich.

„Er verbringt viel Zeit im Chained Wolf. Das wäre ein guter Startpunkt." Das Chained Wolf war Ulfens Nachtclub, ein angesagter Laden für alleinstehende Yuppies.

Rosalina ließ merklich die Schultern sinken und ich drehte mich zu ihr um. Sie sagte nichts, doch ich konnte mir denken, was ihr durch den Kopf ging. Sie wollte nicht, dass ich mich in diese Sache einmischte – es war noch etwas, das mich von der Arbeit ablenken würde.

„Ich gehe davon aus, dass er nachts dort ist", sagte ich. „Während der Öffnungszeiten, richtig?"

Ulfen nickte.

„Gut, dann unterbricht es wenigstens nicht meinen Arbeitstag. Ich habe ein Geschäft zu führen, Mr. Erickson, und ich kann meine Arbeit nicht jedes Mal fallen lassen, wenn Sie Familienprobleme haben.“

Ulfen tippte auf seine Brusttasche. „Genau deshalb möchte ich Sie für Ihre Dienste bezahlen.“

„Und ich habe Ihnen bereits gesagt, dass ich Ihr Geld nicht will.“

„Nun, wenn Sie Ihre Meinung ändern, sagen Sie mir einfach Bescheid. Noch einmal, ich danke Ihnen.“ Er wandte sich zum Gehen, doch dann blieb er stehen und musterte Jake ausgiebig. „Ich hörte, dass ihr Knights der Blackridge-Familie beitretet. Gratulation.“ Er sagte das letzte Wort, als würde er eigentlich „mein Beileid“ meinen.

Jake sagte nichts, er reagierte auf die Beglückwünschung nicht einmal mit einem Nicken. Stattdessen sah er beim Gedanken an seine bevorstehende Hochzeit angewidert aus. Mein Magen machte einen Salto, als ich mir vorstellte, wie er durch die Kirche auf diese alberne Blondine zuschritt.

Sie hatte kein Recht, sich mit meiner Wölfin anzulegen.

Bei diesem Gedanken und dem besitzergreifenden Gefühl, das mich überkam, musste ich blinzeln. Ich begann mich zu fragen, was ich tun würde, wenn ich Allison Blackridge wiedersah.

Mord schien nicht allzu abwegig zu sein, und wenn ich so weitermachte, war es eine lebenslange Gefängnisstrafe auch nicht.

„Nicht der klügste Schritt“, sagte Ulfen. „Craig Blackridge ist kein Mann, dem man vertrauen sollte.“

„Natürlich sagen Sie das“, antwortete Jake. „Sie haben kein Bündnis mit diesem Rudel. Sie stehen lieber auf der Seite von Travis Hillworth.“

Bei diesem Namen bildete sich ein Kloß in meinem Hals. Ulfen und mein Werwolf-Vater hatten ein Bündnis? Das hatte ich nicht gewusst, und so wie es sich anhörte, schien Jake gerade einen Pakt mit einem Rudel geschlossen zu haben, das gegen die Ericksons und Hillworths war. Meine Gedanken kreisten nur um diese Information und was es bedeuten könnte.

„Nimm dich in Acht, Jacob“, sagte Ulfen. „Verrat ist die wichtigste Karte in Craig Blackridges Deck.“ Er öffnete die Tür, um zu gehen, drehte sich dann in meine Richtung und fügte hinzu: „Ich werde heute Abend im Chained Wolf sein, Miss Sunder. Stephen weiß nicht, dass ich sein Geheimnis gelüftet habe, also belassen Sie es bitte dabei, wenn Sie mit ihm sprechen.“

Als er ging, starrten mich sowohl Rosalina als auch Jake an, mit einer Million Fragen, die sich auf ihren besorgten Gesichtern abzeichneten.

„Was ist hier los?“, fragte Rosalina, sobald die Tür ins Schloss fiel. „Was meinst du damit, du musst den Anhänger nicht haben?“

Jake kam näher und sah genauso neugierig aus wie Rosalina.

Ich sammelte meine Gedanken und versuchte einen Weg zu finden, all die seltsamen Dinge zu erklären, die ich erlebt hatte. „Ich verstehe es noch nicht ganz, aber meine Kräfte verändern sich. Ich muss noch mit Damien darüber sprechen. Es ist so ... ich erlebe seltsame Visionen, wenn ich beliebige Objekte berühre, Dinge, die mit den Objekten selbst verbunden zu sein scheinen. Es ist so ähnlich wie das, was ich erlebe, wenn ich in einer Aufspürtrance bin. Ich sehe Dinge, aber ich nehme auch bestimmte Gerüche und Geräusche wahr.“

„Was ist mit den Nebenwirkungen?“, fragte Rosalina. „Machst du sie danach durch?“

„Nein.“

„Wow. Das ist toll.“

Jake runzelte die Stirn. „Also glaubst du, dass du vielleicht etwas siehst, wenn du Stephens Anhänger berührst.“

Ich nickte. „Zumindest ist es einen Versuch wert.“

„Du müsstest ihm nahe kommen“, sagte Jake.

„Ja, sehr nahe“, stimme Rosalina zu.

Ich zuckte mit den Schultern. „Ich glaube nicht, dass das ein Problem sein wird. Ich bin ihm schonmal nahe gekommen.“

„Habt ihr ...“, sagte Rosalina mit einer Sing-Sang-Stimme.

Jake ballte seine Hände zu Fäusten. „Dieser Plan gefällt mir nicht. Stephen ist gefährlich.“

„Für mich klingt es, als würde die Eifersucht aus dir sprechen, Jakie“, sagte ich.

„Nenn mich nicht so.“

„Warum nicht?"

Er hob seine Hände in die Luft und begann, im Raum herumzu-
laufen.

„Ich gehe heute Abend hin", sagte ich.

„Warum konzentrierst du dich nicht auf eure Agentur?" Er breitete
die Arme aus und deutete auf den Raum um sich. „Vergiss den ganzen
anderen Mist."

„Das kann ich nicht", gestand ich ihnen und auch mir selbst. „Ich
muss helfen. Ich kann nicht die Augen davor verschließen, was in der
Stadt vor sich geht, vor allem, wenn es etwas ist, das ich vielleicht verhindern kann."

„Das habe ich immer an dir bewundert, Toni, dein Wunsch, anderen
zu helfen und für Gerechtigkeit zu kämpfen, aber je mehr ich mich damit
beschäftige, desto tiefer wird dieser Kaninchenbau. Du willst dich nicht
darin verlieren."

„Aber du beschäftigst dich trotzdem damit", sagte ich. „Und so, wie
es sich anhört, verstrickst du dich mit jedem Tag mehr darin."

„Ich habe keine andere Wahl, aber du schon. Bitte, Toni. Kannst du
nicht einmal auf mich hören?"

„Das habe ich gerade. Ich habe alles gehört, was du gesagt hast. Aber
ich treffe meine eigenen Entscheidungen."

Er schien zu überlegen, was er als Nächstes sagen sollte und sah Rosalina an. „Selbst, wenn du deine Freunde mit dir in den Abgrund ziehst?"

Autsch! Er wusste, wo er mich treffen musste, um mir richtig wehzutun.

Zu meiner Überraschung wies Rosalina ihn in seine Schranken.

„Lass mich da raus, Knight. Ich bin eine erwachsene Frau und auch
ich kann meine eigenen Entscheidungen treffen, wie du weißt. Niemand
zieht mich irgendwo hin. Ich gehe freiwillig."

Ähm, bedeutete das, dass sie sich freiwillig von mir runterziehen ließ?
Verdammt!

Jake richtete seine Aufmerksamkeit auf mich und änderte seine Tak-
tik. „Ich bin sicher, dass Blake Stephen erzählt hat, dass du eine Werwölfin bist, und er soll es nicht wissen. Du willst es ihn ‚herausfinden‘
lassen?" Er machte Anführungszeichen in der Luft.

„Ich bin es satt, zu verstecken, wer ich bin“, sagte ich. „Also schätze ich, die Antwort ist Ja.“

„Das ist vielleicht keine gute Idee.“

„Warum nicht?“

„Ach, ich weiß nicht. Es gibt viele Gründe. Zum Beispiel hast du kein Rudel, also könnte er versuchen, dich in seins hineinzuziehen.“

„Vielleicht, aber ich bin ein Alpha, Jake. Er kann mich zu nichts zwingen, das ich nicht will. Außerdem gibt es keinen Grund, zu versuchen, etwas zu verheimlichen, das er schon weiß.“

„Ich schätze nicht.“ Er seufzte frustriert.

„Worüber machst du dir solche Sorgen?“

„Um dich, ich sorge mich um dich. Die Situation ist komplexer, als du es dir je vorstellen könntest. Du hast keine Ahnung von den Tücken des Rudellebens und der Bedeutung von Bündnissen. Wenn du etwas falsch machst, machst du dir vielleicht ganze Rudel zum Feind.“

„Das klingt nicht gut“, sagte Rosalina, stand von ihrem Stuhl auf und setzte sich auf den Schreibtisch.

„Ich bin bereit, dieses Risiko einzugehen, wenn es bedeutet, Stephen und denjenigen aufzuhalten, der ihn kontrolliert, wenn das wirklich der Fall ist.“

„Ich weiß nicht.“ Jake schüttelte seinen Kopf. „Irgendetwas daran fühlt sich nicht richtig an.“

„Da hast du wohl recht.“

Er rieb sich die Stirn und seine Frustration über mich war deutlich zu sehen. „Ich komme heute Abend mit dir.“

„Wird Stephen nicht misstrauisch werden, wenn du nicht mit Blondie zusammen bist? Wird dir das nicht Ärger mit deinen neuen Verbündeten einbringen?“

„Sehr gutes Argument“, sagte Rosalina.

„Lass das meine Sorge sein.“

„Das klingt nach keinem schönen Start für eure idyllische Romanze, oder, Jakie?“

„Halt die Klappe.“ Er zeigte mit seinem langen Zeigefinger auf mich und sah stinksauer aus. „Schreib mir deine Pläne für heute Abend als Nachricht. Wir sehen uns im Club.“ Er drehte sich auf dem Absatz um und ging. Sein berauschender Duft hing in der Luft und ich wollte ihm nachrennen, ihn festhalten, doch egal, wie sehr wir zusammen sein wollten, unsere Wege schienen uns in unterschiedliche Richtungen zu führen.

KAPITEL 21

Ich sah in meinen kurzen schwarzen Shorts, dem seidigen weißen Top und den Stiefeln, die mir bis zu den Oberschenkeln reichten, echt heiß aus. Ich spürte, wie ich Selbstbewusstsein ausstrahlte und hatte die Bestätigung, dass es funktionierte. Die Blicke von sowohl schrägen als auch faden Männern folgten mir auf dem Weg zur Bar. Ich lief im Rhythmus der Musik. Mein Haar mit den rosafarbenen Spitzen schwang hinter mir und umspielte meine Schultern.

Als ich die Theke erreichte, bestellte ich einen Whisky Sour und nahm kleine Schlucke, während ich die Menge beobachtete. Die Szene war so ziemlich dieselbe wie beim ersten Mal, als ich mit Jake hergekommen war. Eine große Tanzfläche, ein DJ in der Mitte und professionelle Tänzer auf Podesten. Auf der nächstgelegenen Plattform wogte einer der männlichen Tänzer aufreizend, beinahe wie eine Schlange. Er war mit Fell bedeckt, sein Gesicht war teilweise verwandelt und er sah mehr nach Werwolf als nach Mensch aus. Als er meinen Blick sah, streckte er die Zunge heraus und wackelte damit. Ich spürte den Moment, als Jake in mein Blickfeld kam. Fast wie von selbst schweifte mein Blick über die Menge, bis ich ihn entdeckte. Sein Blick traf sofort meinen und er kam in meine Richtung, wobei auch seine selbstbewusste Haltung viele Blicke auf sich zog. Sein ganzes Auftreten strahlte Stärke und Entschlossenheit aus, und die Leute nahmen Notiz davon.

Er war ein Prachtexemplar von Mann, groß und breitschultrig, mit schmaler Taille und Hüfte. Sein Gesicht war bis zur Perfektion gemeißelt und seine Augen – diese silbernen Augen, die nichts glichen, das ich je zuvor gesehen hatte – zogen mich in ihren Bann, wie ein Liebestrank, dem niemand widerstehen konnte, vor allem ich nicht. Er trug eine ausgeblichene Jeans, ein weißes Hemd, das er bis zu den Ellbogen hochgekrempelt hatte und das seine kräftigen Unterarme betonte, und eine schwarze Weste, die eng an seinem Oberkörper anlag. Zwei Knöpfe seines Hemdes standen offen und enthüllten glatte, gebräunte Haut, die ich sehnlichst berühren wollte. Bei seinem Duft nach Kiefern und Regen, vermischt mit dem Geruch von frischer Seife, kam mir der Gedanke an unsere Körper, die sich unter dem Strahl einer heißen Dusche aneinanderpressten. Wir hatten uns schon ein paar Mal auf diese Weise vergnügt und meine Knie wurden bei der Erinnerung daran weich.

Er blieb ein paar Schritte vor mir stehen und sein Blick wanderte an meinem Körper entlang, wobei er für einen langen Moment an meinen Brüsten hängen blieb. Dann fuhr er langsam an meinem Hals hinauf, um mir schließlich in die Augen zu sehen.

„Du siehst wunderschön aus“, sagte er.

„Du siehst auch gar nicht schlecht aus.“

Er kam näher und stellte sich neben mich, um einen Drink zu bestellen.

„Scotch. Pur.“ Als der Drink kam, kostete er davon und lehnte sich dann näher zu mir, um mir ins Ohr zu flüstern. „Hast du ihn schon gesehen?“

Ich schüttelte meinen Kopf und atmete den Geruch von Alkohol ein, der von seinem Atem ausging. Es war dumm, Geld für Drinks zu verschwenden, wenn wir nicht betrunken werden konnten, doch es schmeckte trotzdem gut. Auf seinen Lippen würde es noch besser schmecken.

„Was ist mit Ulfen?“, fragte ich.

Jake nickte mit dem Kopf zu einem erhöhten Bereich hinüber, der mir bisher noch nicht aufgefallen war. Es war eine Art in Glas eingefasstes Loft, von dem man den ganzen Club sehen konnte. Dort saß Ulfen und überblickte sein Territorium. Seine Aufmerksamkeit schweifte über uns hinweg, als ob wir nicht da wären, obwohl ich das Gefühl hatte, dass er jede einzelne Person in Sichtweite wahrnahm, besonders Jake und mich.

Ich stieß mein Glas gegen Jakes. „Auf deine bevorstehende Hochzeit."

„Bitte tu das nicht." Seine Augen verdunkelten sich und seine Miene wurde mürrisch, was mir klarmachte, dass er mit dieser Situation wirklich unglücklich war.

„Vielleicht kann ich dir dabei helfen, herauszufinden, wie—"

„Jake! Toni!" Eine enthusiastische Stimme erklang hinter uns.

Wir drehten uns um und sahen Stephen, der uns anlächelte und seine Arme ausbreitete, als wollte er uns beide in eine große Umarmung ziehen.

„Was macht ihr zwei hier?", fragte er.

„Ich habe gehört, dass du in letzter Zeit oft hier bist", sagte Jake, „und habe Toni überredet, dich hier zu besuchen, weil wir dich länger nicht gesehen haben. Sie arbeitet zu viel und braucht dringend etwas Spaß."

„Ich bin so froh, dass ihr hier seid." Er schüttelte Jakes Hand, dann umarmte er mich kurz, wobei er die ganze Zeit lächelte und wirklich glücklich wirkte, uns zu sehen. Seine blauen Augen verrieten nichts.

Als er unsere Umarmung löste, hielt er mich eine Armlänge von sich entfernt fest und seine Nasenlöcher weiteten sich, als er meinen neuen Geruch aufnahm.

„Was ...?"

Ich lächelte verlegen. „Es ist eine verdammt lange Geschichte, aber es stellt sich heraus, dass ich eine Werwölfin bin."

Sein Mund klappte auf und schloss sich dann wieder. „Du bist was?"

„Eine ziemliche Überraschung, oder?", sagte Jake.

„Wie ist das überhaupt möglich?"

„Ich kann dir alles bei ein paar Drinks und einem langsamen Tanz erzählen." Ich zwinkerte ihm zu und strich mir dabei eine Haarsträhne hinter das Ohr, um die volle Macht meiner weiblichen Reize auszuspielen.

„Das klingt gut und ... interessant. Na klar!", fügte er mit einem charmanten Lächeln hinzu, das mir in einem anderen Leben wahrscheinlich das Höschen ausgezogen hätte.

„Ich habe die ganze Geschichte schon einmal gehört", sagte Jake in gelangweiltem Tonfall. „Ich lasse euch beide allein und gehe diesen heißen Rotschopf suchen, den ich beim Hereinkommen gesehen habe."

Stephen verschränkte die Arme und warf Jake einen Seitenblick zu. „Bist du nicht eigentlich verlobt?"

Jake zwinkerte ihm zu. „Genau. Ich sollte Spaß haben, solange ich noch kann."

Er schlenderte davon und nippte an seinem Scotch, während er die Menge durchsuchte.

„Es gibt eine ruhige Sitzecke im hinteren Teil des Clubs", sagte Stephen.

„Perfekt."

Er lächelte mit seinen perfekten weißen Zähnen, dann winkte er den Barkeeper heran. „Sag dem Koch, er soll ein paar seiner besten Häppchen schicken."

„Wird gemacht." Der Barkeeper salutierte wie beim Militär und verschwand durch eine Tür hinter der Bar.

„Das sind wohl die Vorteile davon, der Sohn des Besitzers zu sein, was?", neckte ich ihn.

„Ich kann mich nicht beschweren."

Wir gingen zu der Sitzecke und machten es uns bequem, dann beobachteten wir die Menge für eine Weile. Er konzentrierte sich auf eine dunkelhäutige Tänzerin, die sich um eine Stange wand und ihren wunderschönen, athletischen Körper zur Schau stellte. Sie war ein Kunstwerk.

„Sie ist wirklich toll", sagte ich.

„Nicht wahr? Ich habe sie erst vor kurzem eingestellt."

Ich schwenkte die Flüssigkeit in meinem Glas und sah zu, wie sie das Licht reflektierte. „Es scheint, als würdest du dich langsam an deine Aufgaben als Erbe gewöhnen. Hast du nicht mehr das Gefühl, dass dein Vater versucht, dich zu kontrollieren?"

„Nein. Er hatte die ganze Zeit recht. Ich musste erwachsen werden. Außerdem ist es nicht so, als könnte ich dabei keinen Spaß haben." Er ließ einen Finger kreisen, um auf unsere sehr spaßige Umgebung hinzuweisen.

„Du Glückspilz."

„Ja, ich kann mich sehr glücklich schätzen. Sieh mal." Er hielt beide Hände in die Höhe und wackelte mit allen zehn Fingern. „Sie haben es geschafft, meinen Finger nachwachsen zu lassen."

„Wow", brachte ich mit einem kleinen Keuchen heraus. Ich musste mich einfach fragen, ob er überhaupt abgeschnitten worden war. Vielleicht war das alles ein Trick gewesen.

Einen Moment lang waren wir still, dann wurde er ernst und sagte: „Sie haben Blake gefunden, hast du davon gehört?"

Ich verschluckte mich fast und musste mich sehr zusammenreißen, um ihm in die Augen zu sehen und ihm zu antworten. Seine Miene war offen und ehrlich, er sah nicht aus wie jemand, der mich bei einer Lüge ertappen wollte. Aber er musste wissen, dass Jake und ich für Blakes Gefangennahme verantwortlich waren. Blake musste es ihm gesagt haben.

„Ähm, ich habe es in den Nachrichten gesehen. Verrückt. Wie kann er am Leben sein? Ich habe seine Leiche gesehen ..." Ich verstummte und hoffte, dass ich nicht zu dick auftrug.

Er wusste, dass ich wusste, dass Blake nicht tot war, aber er wusste nicht, dass ich wusste, dass er wusste, dass Jake und ich Blake im Lagerhaus bekämpft hatten. Heilige Hexenlichter! Das bereitete mir Kopfschmerzen.

Er kratzte sich am Kopf. „Ich verstehe es auch nicht. Die Polizei ermittelt. Hoffentlich finden sie heraus, warum er das alles getan hat. Ich habe ihm vertraut, Toni. Mein Vater hat ihm vertraut und Blake hat uns alle verraten."

Das war also die Geschichte, die er mir verkaufen wollte – Blake hatte alles allein durchgezogen und Stephen war das Unschuldslamm.

„Was für ein Mistkerl", sagte ich. „Solche Leute ... man sollte ihnen eine Kugel in den Kopf jagen."

Ich untersuchte sein Gesicht auf die kleinste Andeutung, die seine Taten verraten könnte. Er wusste, dass ich es war, die seine Handlanger fast getötet und seine Rhabo-Lieferung ruiniert hatte, aber er verriet nichts, ich sah nicht das kleinste Zucken seines Mundes oder eine Spur von Ärger in seinem Blick. War er wirklich ein so guter Schauspieler? Oder könnte Ulfen recht haben? Könnte ihn jemand kontrollieren? Vielleicht wusste er nichts von seinen Taten. Vampire konnten Fade mit ihren Kräften manipulieren, aber Wandler jeglicher Art nicht, also musste ein Magier hinter der Manipulation stecken.

„Aber genug davon." Stephen winkte mit einer Hand in der Luft. „Erzähl mir von dir. Wie ist das alles möglich?" Seine Nase zuckte, während er meinen Wolfsgeruch einatmete.

„Daran trägt meine Mutter die Schuld."

Ein riesiger Teller mit Häppchen wurde in unsere Sitzecke gebracht – Bruschetta, gebratene Calamari, gefüllte Champignons und Tomaten-Mozzarella-Spieße.

Wir aßen etwas, bevor ich ihm von meiner Entdeckung berichtete, verriet jedoch so wenig Details wie möglich. Am Ende sah er schockiert aus, sein Mund war leicht geöffnet und seine Worte blieben ein paar Momente lang aus. Wieder bewies er sein Schauspieltalent.

Schließlich sprach er. „Es tut mir leid, das zu sagen, Toni, aber deine Mutter hat dir großes Unrecht getan."

„Ich weiß. Je mehr ich herausfinde, desto klarer wird es mir."

Ich hatte das Gefühl, erst an der Oberfläche meiner Werwolfskräfte zu kratzen. Noch dazu veränderten sich meine Aufspürfähigkeiten. Es war unmöglich, zu sagen, wie mein Leben aussehen würde, wenn meine Mutter von Anfang an ehrlich gewesen wäre. Vielleicht wären Jake und ich zusammen und nicht dazu verdammt, für immer voneinander getrennt zu sein, während er jemanden heiratete, den er nicht liebte.

Ein düsterer Schleier schien sich über mich zu legen, als meine Gedanken dem dunklen Pfad dessen folgten, was hätte sein können. Stephens Gesicht verzog sich zu einem mitfühlenden Ausdruck, in dem ein Hauch von Mitleid mitschwang. Das riss mich zurück in die Gegenwart und ich schüttelte den Kopf, um mich an den Grund zu erinnern, warum ich hier war.

„Aber genug von mir." Ich winkte mit der Hand, so wie er es getan hatte. „Was ist mit dem Tanz, den du mir versprochen hast?"

„Bist du sicher, dass du nicht noch weiter darüber sprechen möchtest?", fragte er, als wäre er eine Art Therapeut und kein Drogenboss, ob er es nun freiwillig war oder nicht.

„Ich bin sicher." Ich tanzte im Sitzen und bewegte meinen Oberkörper und meine Arme. „Ich bin hier, um Spaß zu haben."

Sein besorgter Gesichtsausdruck wechselte zu etwas leicht Raubtierhaftem und seine Stimme war eine Oktave tiefer, als er antwortete. „Mit dir habe ich sehr gerne Spaß."

Wir gingen zur Tanzfläche. Die Leute machten uns Platz, als sie Stephen erkannten. Sie glotzten ihn an, als wäre er eine Art Prominenter, und ich bemerkte die eifersüchtigen Blicke, die sowohl Männer als auch Frauen in meine Richtung warfen.

Der DJ spielte irgendeinen Dubstep-Song mit starkem Bass, der in meiner Brust vibrierte. Ich begann, mich zum Rhythmus des Beats zu bewegen, wiegte die Hüften und schwang die Arme, als wäre ich eine Magierin, die einen Zauber bereitmachte. Aus dem Augenwinkel sah ich Jake mit der Rothaarigen tanzen, die er erwähnt hatte. Sie klebte praktisch an ihm und rieb ihre gesamte Vorderseite an seinem Körper, als sei sie ein menschlicher Scheibenwischer.

Meine Wut, die ich in den letzten Tagen im Zaum gehalten hatte, zeigte ihr hässliches Gesicht. Ein Kribbeln breitete sich von meinen Schultern bis hinunter zu meinen Händen aus und scharfe Krallen sprangen aus meinen Fingerspitzen.

Ich ballte meine Hände zu Fäusten, um meine Reaktion vor Stephen zu verbergen. Er neigte den Kopf und lehnte sich an mich heran. „Es scheint unmöglich", sagte er mit grollender Stimme, „aber du bist noch heißer als vorher."

Er schlang einen Arm um meine Taille und zog mich an ihn. Ich legte meine Fäuste auf seine Brust und breitete langsam meine Finger aus. Die Krallen waren verschwunden, und ich tat mein Bestes, nicht in Jakes Richtung zu sehen.

„Und ich kann spüren, dass du stärker als je zuvor bist." Ich erforschte seine festen Brustmuskeln mit meinen Fingern und berührte seine Brustwarzen auf dem Weg nach oben zu seinem Hals.

Er erschauderte, seine Augen waren halb geschlossen und er lächelte, während ich eine dicke Kette unter seinem Hemd befühlte. Er drückte seine Nase an mein Haar, atmete tief ein und bewegte seine Hüfte gegen meine. Ich fühlte seine Härte durch den dünnen Stoff meiner Shorts und bekämpfte den Drang, ihn von mir zu stoßen. Stattdessen legte ich eine Hand in seinen Nacken, während die andere an der Kette entlangfuhr.

Endlich fanden meine Finger den Anhänger, von dem Jake und Ulfen gesprochen hatten.

Während ich versuchte, das Schmuckstück durch sein Hemd zu befühlen, fiel mir auf, dass Jake von der Tanzfläche lief. Die Rothaarige war ihm dicht auf den Fersen und wirkte verwirrt. Er sah stinksauer aus. Ich lächelte. Offensichtlich war ich nicht die Einzige, die einen Anflug von Eifersucht verspürte, nur dass er es vorgezogen hatte, zu gehen, anstatt ihn zu unterdrücken.

Geschieht ihm recht.

Ich schüttelte alle Gedanken an Jake ab und versuchte, mich darauf zu konzentrieren, den Anhänger durch Stephens Hemd zu berühren, doch es gab mir überhaupt nichts. Ich musste ihn direkt anfassen. In der Hoffnung, er würde es nicht bemerken, öffnete ich einen Knopf seines Hemdes – doch er übersah nichts und machte ein kehliges Geräusch, als er meinen gewagten Schritt bemerkte. Natürlich fasste er es falsch auf und schloss, dass ich scharf auf ihn war.

Da lag er komplett falsch.

Tatsächlich stieg Galle in meiner Kehle auf. Er hatte Blake dabei geholfen, Jake im Lagerhaus zu verletzen. Sie hatten ihn beinahe getötet. Wenn ich nicht dort gewesen wäre, könnte Jake jetzt tot sein, und wir hätten keine Spur seiner Leiche gefunden, um sie zu begraben oder nach Beweisen auf den Täter zu untersuchen.

Meine Wut flammte wieder auf, wie ein hartnäckiger Waldbrand, der sich nicht löschen ließ.

Ich wusste noch nicht, ob ich Stephen hassen sollte oder nicht, doch als er seinen Körper an meinen drückte, wollte ich ihm nur ins Gesicht schlagen.

Ich zügelte meine Wut und schob meine Finger durch den Spalt, den ich in seinem Hemd geschaffen hatte. Sie berührten etwas Kaltes und Filigranes. Ich schloss die Augen und versuchte, mich zu konzentrieren, aber Stephen schnappte sich meine Hand und presste sie an seine Lippen.

„Ich bin so froh, dass du hier bist“, sagte er. „Ich wollte dich sehen, aber ich war so beschäftigt. Seit ich aus New Orleans zurück bin, ist mein Leben das reinste Chaos.“

Ich lächelte zuckersüß zu ihm hinauf. „Warum?“

„Als mein Vater im Gefängnis war, musste ich mich auf das Familiengeschäft konzentrieren. Aber jetzt, wo er raus ist, hoffe ich, dass ich mehr Zeit habe, dich zu sehen, wenn du das möchtest, und ich habe das Gefühl, dass es so ist."

Mein zuckersüßes Lächeln wurde noch breiter. „Ich hatte auch viel zu tun, aber ich freue mich schon darauf. Wir sollten beide versuchen, uns Zeit zu nehmen, um—"

Ohne Vorwarnung senkte Stephen seine Lippen auf meine und küsste mich. Seine Zunge glitt in meinen Mund und ich schmeckte Alkohol und Basilikum. Ich unterdrückte den Drang zu würgen und küsste ihn eine Millisekunde lang zurück, dann löste ich mich von ihm. Ein Knurren drang tief aus seiner Kehle und er machte sich bereit, mich wieder zu küssen, aber das eindeutige Geräusch von zerbrechendem Glas übertönte den Bass der Musik.

Stephen sah auf und ich folgte seinem Blick. Durch die Masse der tanzenden Körper konnten wir nicht genau sehen, was passiert war, doch es schien, als hätte einer der Mitarbeiter ein Tablett mit Gläsern fallen lassen und als seien sie auf dem Boden zersplittert. Jake stand in der Nähe und überragte alle, sein Blick glühte vor Wut. Irgendetwas sagte mir, dass er den Kuss gesehen hatte und einen Tumult verursachte, um für Ablenkung zu sorgen.

Ich nutzte den Moment, ließ meine Finger noch einmal unter Stephens Hemd gleiten und berührte den Anhänger.

Eine Flut von Bildern schoss mir durch den Kopf, sie prallten aufeinander und überwältigten mich mit schwindelerregender Geschwindigkeit. Ihre Farben waren schrill und unharmonisch wie eine Symphonie von Regenbögen auf Steroiden. Hinter all den aufeinanderprallenden Farben erkannte ich die Umrisse von Formen. Gegenstände, Gesichter, Gebäude, aber die Bilder verschwammen, waren nicht zu unterscheiden und unbrauchbar.

Selbst nachdem der Ansturm hätte aufhören müssen, hämmerte er weiter und drohte, meinen Schädel zu spalten. Ich riss meine Hand von dem Anhänger weg, presste sie an meine Stirn und taumelte rückwärts, kraftlos und benommen. Stephen fing mich gerade noch rechtzeitig auf, bevor ich fiel.

„Toni!" Er riss mich von den Füßen und trug mich von der Tanzfläche.

Ich blinzelte verdattert, als sich das Meer von Körpern teilte, um uns durchzulassen. Einige von ihnen glotzten, während andere die Ritterlichkeit meines Retters in der Not zu bewundern schienen. Er brachte mich zurück zu der Sitzecke, setzte mich ab und hockte sich vor mich. Er hielt eine meiner Hände in seiner und blickte besorgt zu mir hoch.

„Geht es dir gut?"

„Alles in Ordnung", log ich und holte tief Luft, während ich mir einzureden versuchte, dass der Club sich nicht drehte.

„Du kannst nicht betrunken sein", sagte er und klang ein wenig misstrauisch.

„Oh nein. Das ist es nicht. Ich … es gibt noch ein paar Nebenwirkungen von … dem Zauber."

„Verdammt. Wie ätzend."

„Absolut."

Ich legte meine Hand über meine Augen und atmete tief durch, während ich darauf wartete, dass die letzten Bilder meiner Vision verschwanden. Die Farben mischten sich ineinander, als ob ein psychedelischer Künstler meinen Geist als Leinwand benutzte und mich mit jedem bekannten Farbton des Universums blenden wollte.

„Toni, was ist passiert?" Jake stieß zu uns, doch ich konnte ihn nicht ansehen, also hielt ich mir weiter die Hand über die Augen.

„Sie sagt, es sind die Nebenwirkungen des Zaubers", erklärte Stephen. „Sie ist einfach umgekippt. Ich habe sie in letzter Sekunde aufgefangen."

Jake war so schlau, nicht nachzufragen, welche Nebenwirkungen er meinte, und spielte mit. „Wie schlimm ist es diesmal, Toni?"

Als ‚Warte mal kurz'-Geste hielt ich meine freie Hand hoch und sagte nichts. Ich befürchtete, mich übergeben zu müssen, wenn ich sprach, und das wäre ebenso unschön wie all die verschmelzenden Farben in meinem Kopf. Regenbogenkotze vom Feinsten.

Langsam verflüchtigten sich die Farben und als sie alle weg waren, blieb ein einziges Bild übrig.

Es war ein Symbol, das in groben schwarzen Linien gezeichnet war und eine dreieckige Form darstellte, in der sich etwas befand, das wie ein Messer oder ein Dolch aussah. Die Waffe durchbohrte den unteren Teil des Dreiecks und wurde von einem auf dem Kopf stehenden Kreuz gekrönt.

Ich öffnete blinzelnd die Augen und starrte direkt in Jakes silbernen Blick. Sein Gesicht war vor Sorge verzogen, seine vollen Lippen konzentriert geschürzt, als wollte er dafür sorgen, dass es mir sofort besser ging. Ich nickte ihm zu und schenkte ihm ein schnelles Lächeln, dann richtete ich meine Aufmerksamkeit auf Stephen, der noch immer vor mir hockte und seine Hand auf meinem Knie abgelegt hatte.

Ich drückte seine Finger. „Es geht mir jetzt besser. Danke. Es tut mir leid, dass ..." Ich winkte mit der Hand um mich herum.

„Es muss dir nichts leidtun. Ich hoffe nur, dass es dir gut geht."

„Das tut es. Es ist der—"

Plötzlich gab es einen lauten Knall und Schreie ertönten im vorderen Bereich des Clubs. Stephen sprang auf die Füße und wirbelte herum. Jake hatte sich bereits umgedreht und seine Knie waren leicht gebeugt. Der DJ und die Unterhalter erstarrten, während die Clubgäste plötzlich auf den hinteren Teil des Gebäudes zustürmten und über einander trampelten.

Ich stand auf und sah mich nach dem Auslöser der Massenpanik um. Mein Blick richtete sich auf eine blasse Gestalt, die eine Frau am Hals packte und ihre Kehle aufriss. Hinter ihm stürmten weitere Gestalten herein, die wahllos Gäste angriffen.

Eine Armee von Vampiren auf einem Beutezug stürmte das Chained Wolf.

KAPITEL 22

Laute Musik dröhnte aus den riesigen Lautsprechern, während sich das Chaos entfaltete. Stroboskoplicht und Scheinwerfer unterstrichen fröhlich das Massaker.

Die Bewegungen der Vampire verschwammen, als sie eine Person nach der anderen angriffen, während die Gäste versuchten, über einander zu klettern, um den Notausgang zu erreichen, wobei sie schrien und stolperten wie betrunkene Kleinkinder.

Die Türsteher, die unauffällig in verschiedenen Ecken des Clubs gestanden hatten, lösten sich von ihren Posten und verwandelten sich von Beschützern in Menschenform zu riesigen Werwölfen.

Auch Ulfen stand von seinem Platz in dem Beobachtungsraum auf, sprang die Stufen hinunter und verwandelte sich in der Luft. Sein Wolf war groß und rötlich; das Fell passte zu der Farbe seines Menschenhaars. Runde blaue Augen blickten in meine Richtung, während er auf dem Weg zu dem Vampirschwarm über mehrere Tische hinwegsprang.

Ohne ein Wort zu sagen, verwandelte sich auch Jake und stürzte sich ins Getümmel. Als er die Tanzfläche erreichte, machte er einen letzten Sprung und verschwand in der Menge, wobei sein Schwanz wie eine Kriegsflagge hinter ihm wehte.

Stephen drehte sich zu mir und packte mein Handgelenk. „Ich muss dich hier rausbringen“, sagte er und versuchte, mich zum Ausgang zu ziehen, wo sich die Leute drängten, schubsten und auf jeden traten, der ihnen im Weg war, um zuerst dorthin zu gelangen.

Ich riss meinen Arm zurück. „Wir müssen helfen."

„Nein, Toni, du hast keine Chance gegen einen Vampir. Ich muss dich in Sicherheit bringen." Er versuchte wieder, mich zu packen, doch ich wich zurück und verwandelte mich mit einer geschmeidigen Bewegung. Meine Hände wurden zu Pfoten, als ich mich auf den Boden fallen ließ und mein Outfit zerriss im Rücken und verschwand unter einem Tisch, als ich es mit einem Biss meiner Zähne und einer Kopfbewegung zur Seite warf.

Ich warf einen kühlen Blick auf Stephen und projizierte beinahe mit meinen Alphafähigkeiten einen Gedanken in seinen Kopf.

Kämpfe, du Feigling, wollte ich sagen, doch er durfte nicht wissen, dass ich ein Alpha war. Wenn er das herausfand, würde er erkennen, dass ich sein Spiel durchschaut hatte, dass ich Blake im Lagerhaus nach ihm rufen gehört hatte. Stattdessen folgte ich also Jake, sprang über mehrere Tische hinweg und stürzte mich ins Chaos.

Als ich mitten auf der Tanzfläche landete, ließ ich meinen Blick auf der Suche nach einem Ziel umherschweifen. Ich wurde schnell fündig: ein Vampir in einem schwarzen Tank-Top mit nackten, von dunklen Adern durchzogenen Armen. Er hatte einen der Tänzer gepackt, einen Mann in nichts als glitzernden Shorts und silberner Farbe, die seine Muskeln betonte.

Der Vampir beugte sich über den Tänzer und versenkte seine Zähne in seinem Hals. Seine Augen rollten in seinem Kopf zurück, während er das Blut seines Opfers trank und sich in Ekstase verlor.

Ich fürchtete, dass es für den Tänzer bereits zu spät war, und sprang vorwärts, bereit, das Monster entzweizureißen. Ich schloss meinen Kiefer um den Oberschenkel des Vampirs und biss die Zähne zusammen. Er brüllte und ließ sein Opfer los, das zu Boden fiel und sich an den Hals fasste. Ich warf einen Blick in seine Richtung und war froh, dass er noch am Leben war.

Als der Vampir seine Aufmerksamkeit auf mich richtete, riss ich meinen Kopf nach unten und schaffte es fast, ihn zu Boden zu bringen, doch er war stark und blieb auf den Beinen. Mit einem Fauchen entblößte er seine Zähne und stürzte sich mit seinen blutbefleckten Klauen auf meine Kehle.

Ich wich mit einem Sprung zurück, knurrte und sah der Bestie direkt in die Augen. Wir umkreisten einander einen Moment lang, dann stürmte er auf mich zu. Ich sprang aus dem Weg und als er vorbeiflog, biss ich ihm mit aller Kraft in den Unterarm. Sehnen und Knochen knirschten wie Holz, als sein Arm vom Ellbogen abwärts abbrach und einen splitternden Stumpf hinterließ. Ich erwartete, dass Blut aus ihm spritzen würde, wie Wasser aus einem Schlauch, doch trotz der dunklen Venen, die sich über seinen Bizeps zogen, fielen nur wenige Tropfen auf den Boden.

Er sank auf die Knie und schrie wie ein Irrer, während er zuerst den Stumpf und dann seinen Arm ansah, der noch immer zwischen meinen Zähnen steckte.

Angewidert spuckte ich den Körperteil aus. Ein saurer Gestank stieg von dem abgetrennten Arm auf und ich erkannte diesen schrecklichen Geruch sofort. Es war der Gestank von Vampirfleisch, das mit Rhabo infiziert war – wenn man das, was ich abgebissen hatte, überhaupt so nennen konnte.

Der Vampir zischte vor Wut und kroch auf seinen abgetrennten Arm zu. Mit zitternden Fingern nahm er ihn auf, drehte ihn in diese und jene Richtung und führte ihn dann an den splittrigen Stumpf. Ich starrte ihn entsetzt an, während sich die wulstigen Adern mit dem dunklen Blut der Kreatur wanden, die Verbindung zu ihrem abgetrennten Stück fanden und es wieder befestigten. Vor meinen Augen war der Arm mit einem nassen Geräusch wieder angewachsen und mit einem zufriedenen Lächeln wackelte der Vampir mit seinen Fingern.

Ein Stuhl flog über meinen Kopf hinweg und schlug hinter mir gegen die Wand. Schnell sah ich mich im Raum nach Jake um. Die Hälfte der Gäste schien aus dem Club entkommen zu sein, während die andere Hälfte noch immer darum kämpfte, zu dem Notausgang zu gelangen. Endlich entdeckte ich Jake im Kampf mit einem Vampir, dessen Glatze mit Tattoos bedeckt war. Jakes silberner Blick traf einen Moment lang meinen, als er gegen eine Betonsäule sprang, auf seinen Gegner zu sauste und mit seinen scharfen Krallen den Hals des Vampirs aufschlitzte.

Ich richtete meine Aufmerksamkeit wieder auf meinen eigenen Gegner, der noch immer auf dem Boden kniete und grinste wie ein Verrückter. Blut bedeckte seine scharfen Reißzähne. Mit großer Geste fuhr er sich mit den Krallen über die Brust, riss sich sein schwarzes Tanktop vom Leib und warf es auf den Boden. Er spannte beide Arme gleichzeitig an und schüttelte seinen Kopf mit einem zufriedenen Knurren, dann starrte er mich an, wobei Hass und Mordlust in seinen Augen funkelten.

Mist! Ich hatte ihn stinksauer gemacht.

Er schien in eine stehende Position zu schweben. Ich schüttelte den Kopf und schenkte ihm ein wölfisches Grinsen, um ihm zu zeigen, dass ich bereit für Runde zwei war. Er stieß ein markerschütterndes Brüllen aus. Ich verdrehte die Augen. Es war ziemlich cool, dass ich das auch in meiner Wolfsgestalt konnte.

Wollte der Vampir mich mit hohen Dezibelwerten umbringen? Hatte er nicht gemerkt, dass wir uns in einem Nachtclub befanden, an dessen beiden Enden Lautsprecher standen, die so groß wie Kühlschränke waren? Hunde, die bellen, beißen nicht – und sein Bellen war definitiv schon schlimm genug.

Ich wollte mich gerade auf ihn stürzen und mich um sein vorlautes Maul kümmern, als sich zwei andere Vampire von ihrem eigenen Kampf abwandten und sich meinem Angreifer anschlossen.

Oh, verdammt!

Okay, das Brüllen war also dazu gedacht gewesen, sich seine Kumpels zu Hilfe zu holen? Das musste ich mir merken.

Mit seinen Freunden an seiner Seite wurde das Großmaul mutiger und begann, in meine Richtung zu schreiten. Ich machte mehrere Schritte rückwärts, bis ich die Wand erreichte und neben einem kaputten Stuhl stehen blieb. Die drei Vampire bildeten einen Halbkreis und umzingelten mich. Ich schnappte mit den Zähnen nach links, rechts und in die Mitte, um sie auf Distanz zu halten.

Der Vampir auf der linken Seite stürzte sich auf mich, und als ich nach rechts sprang, wartete dort schon der andere auf mich. Gleichzeitig gruben sie ihre Krallen in meinen Rücken und drückten mich mit ihrem gesamten Gewicht nach unten. Ich schrie auf, als der Schmerz in meiner Wirbelsäule aufflackerte und meine Beine unter dem Druck nachgaben.

Ich wollte mich befreien, schnappte und bockte, doch meine Bemühungen waren vergebens. Das Großmaul kam näher und sein Grinsen triefte nur so vor Selbstzufriedenheit. Ich wimmerte, ein Hilfeschrei für jeden, der es hören konnte. Aber das Geräusch war völlig nutzlos angesichts des wummernden Basses, der immer noch über den Kampfschreien tobte.

Trotzdem tauchte Jake kampfbereit hinter dem Großmaul auf – nur, dass ein vierter Vampir aus dem Nichts angeflogen kam und gegen ihn krachte.

Das Großmaul knackte mit dem Nacken und machte sich bereit, mich anzuspringen. Ein Bild tauchte vor meinen Augen auf: Mein Körper lag schlaff auf dem Boden, mein Wolfskopf hing in einer von Großmauls Händen, während er die Finger der anderen ableckte, einen nach dem anderen.

Ich würde sterben, und es würde nicht schön werden.

Meine Sicht wurde wieder scharf und als der Vampir vor meinen Augen blitzschnell die Hände ausstreckte, um mir den Kopf abzureißen, griff ich instinktiv zu einem meiner Lieblingstricks.

Ich verwandelte mich in meine Menschengestalt.

KAPITEL 23

E s war Wahnsinn, meine Wölfin gegen meine Menschengestalt einzutauschen. Ich wusste nicht, was mich dazu brachte, doch es fühlte sich richtig an.

Mein Körper dehnte sich aus, verlängerte sich und veränderte seine Form. Die Hände, die mich heruntergedrückt hatten, verloren ihren Halt und ihre Finger rutschten über die blutige Haut. Das Großmaul war einen Moment lang verblüfft, doch als er seine Überraschung überwunden hatte und seinen Angriff auf meine neue Gestalt anpasste, stieß ich meine Hände nach vorn, legte meine Handflächen an seine, verschränkte unsere Finger und drückte so fest ich konnte zu.

Verwirrt verzog er das Gesicht und ein Ausdruck legte sich auf seine Züge, der „Was zur Hölle?" zu sagen schien. Ich fragte mich dasselbe, während ich aus purem Reflex all die überwältigenden Farben, Geräusche und Empfindungen meiner früheren Vision wieder heraufbeschwor und sie in seinen Kopf projizierte, wobei ich die Alphakommunikation wie einen Ladestock benutzte.

Energie durchströmte meinen Körper, floss aus meinem Verstand in meine Arme und in das Großmaul hinein wie Hochspannungsstrom. Er legte den Kopf zurück und schrie, dann zappelte er, als hätte er einen Anfall. Die zwei Vampire, die mich festgehalten hatten, sprangen schreiend zurück und schüttelten ihre Hände, als hätten sie sich verbrannt.

Rote, schimmernde Energie floss über meine Hände und ging auf den Vampir über, bis er schlaff wurde und sich nicht mehr bewegte.

Ich ließ seine Hände los und kam auf die Füße, wobei ich weiterhin glühte. Wie besessen blickte ich zwischen den verbleibenden Angreifern hin und her. Einer von ihnen starrte den gefallenen Vampir an, dann mich; seine Augen waren voller Angst und unendlichen Fragen. Ich täuschte an, ihn packen zu wollen, und er drehte sich um, rannte auf eins der Fenster zu und sprang hindurch. Glassplitter flogen durch die Luft, während er in der Nacht verschwand. Ich wandte mich meinem letzten Angreifer zu, und ein Blick von mir genügte, damit er seinem Blutsauger-Freund nachrannte.

Ich fühlte mich, als befände ich mich in einer Trance, und sah mich um. Die Musik klang, als sei sie weit entfernt. Die Stroboskoplichter wirbelten und tanzten um mich herum und zogen meinen Blick zuerst in die eine und dann in die andere Richtung. Gebrochene Körper und zertrümmerte Möbel lagen auf dem Boden. Pfützen aus dunklem Blut reflektierten das Licht und sahen aus wie bodenlose Brunnen.

Ich warf einen Blick auf meine Zehen. Sie schienen von innen heraus zu glühen. Ich hob meine Hände. Sie glühten ebenfalls.

Wow, ich bin eine Glühbirne, dachte ich.

Meine Haut kribbelte, während die Energie langsam aus mir herausfloss und schließlich verschwand.

Beim Geräusch von Polizeisirenen flüchteten die übrigen Vampire mit verschwommenen Bewegungen. Mehrere Wölfe nahmen die Fährte auf, und die Kampfgeräusche erstarben bald und hinterließen nur das Wummern der Musik.

Ich wusste, dass ich mich hinter einen Tisch hocken sollte, um meinen nackten Körper zu verstecken, doch ich konnte nichts tun, außer auf einen bestimmten Punkt auf dem Boden zu sehen, während mein Verstand ein Kaleidoskop aus hübschen Farben war.

Die Musik erstarb plötzlich mit einer lauten Rückkopplung. Jake eilte in seiner Wolfsgestalt an meine Seite und seine Augen waren durch das Chaos des Kampfes ganz finster. Er musterte mich von Kopf bis Fuß und suchte nach Verletzungen.

„Mir geht es gut", sagte ich mit mechanischer Stimme.

Er drückte seinen großen Kopf gegen meinen Bauch und stieß ein erleichtertes Seufzen aus. Ich legte meine Hände auf sein weiches Fell und fand es beruhigend, ihn zu streicheln.

Ulfen marschierte in einem weinroten, seidenen Morgenmantel auf uns zu. Ich blinzelte, als mich der absurde Anblick aus meiner Benommenheit riss. Er sah verdammt noch mal aus wie Hugh Hefner. Er hielt eine weitere, ähnliche Robe und ein Paar Hausschuhe in den Händen und reichte sie mir.

„Hier", sagte er und hielt seine blauen Augen auf meine gerichtet, wofür ich ihm sehr dankbar war. Vielleicht wusste er, dass ich versucht hätte, ihm die Augen auszukratzen, wenn sein Blick nach unten gewandert wäre.

Ich warf die Hausschuhe auf den Boden und zog sie an, während ich meine Arme in den Seidenmantel steckte und ihn um meine Taille zuband. Über Ulfens Schulter sah ich weitere Personen in Hugh Hefner-Roben herumlaufen, die damit beschäftigt waren, Möbel zurechtzurücken und Leichen aus dem Weg zu räumen. Es schien, als seien sie auf nackte Tatsachen vorbereitet – für Werwölfe war das ziemlich clever. Das musste ich mir merken.

„Einen Mantel, Knight?", fragte Ulfen.

Jake schüttelte seinen Kopf und fletschte die Zähne. Er schien sich noch in der Beschützerrolle zu sehen und wollte dafür lieber seine Wolfsform beibehalten.

Ulfen zuckte mit den Achseln. „Wie du willst, aber verschwinden wir hier, bevor die Polizei eintrifft. Hier entlang." Er stapfte in Richtung der Rückseite des Gebäudes und schlängelte sich durch Leichen und Trümmer. Ich schnappte mir meine Clutch aus der Sitzecke, wo ich sie liegen gelassen hatte. Mein Ausweis und die Schlüssel für meinen Camaro waren da drin. Mann, ich musste einen Weg finden, sie an meinem Körper zu tragen, wenn ich mich verwandelte.

Ich sah fragend zu Jake hinunter. Er nickte, also folgte ich Ulfen. Jake lief beschützerisch neben mir her, seine Krallen klackten auf dem Boden. Ulfen führte uns durch die Küche, wo der Geruch von gebratenem Essen die Luft vernebelte. Niemand war dort. In Viertel geschnittene Kartoffeln auf der Arbeitsfläche färbten sich langsam braun und auf einem Industrieherd blubberte ein Topf vor sich hin. Ulfen ignorierte das alles und trat durch eine Metalltür in eine Gasse hinaus. Es war ein anderer Ausgang als der, den Jake und ich das letzte Mal benutzt hatten, um uns hineinzuschleichen, aber er führte in die gleiche schmale Straße.

Ein schwarzer Sedan wartete dort bereits mit laufendem Motor. Ulfen öffnete die hintere Tür für mich. Dicht gefolgt von Jake stieg ich ein. Die Tür wurde zugeschlagen und Ulfen setzte sich auf den Beifahrersitz.

„In die Innenstadt", sagte er zu dem Fahrer.

Der Mann nickte und wir fuhren los.

Jake legte sich auf den Sitz und platzierte seinen Kopf auf meinem Schoß. Sein riesiger Körper nahm den Großteil des Autos ein, während ich gegen die Tür gedrückt wurde, doch das machte mir nichts aus. Es war warm und gemütlich und ich fühlte mich sicher.

Während der fünfzehnminütigen Fahrt sprach niemand. Als wir an einem hohen Gebäude in der Nähe des Busch Stadiums ankamen, fuhren wir in eine Tiefgarage und der Fahrer setzte uns direkt vor einem Aufzug ab. Wir gingen hinein und Ulfen drückte den obersten in einer Reihe von Knöpfen und hielt eine Karte vor ein Lesegerät.

Der Aufzug fuhr ohne anzuhalten nach oben und öffnete sich in einem luxuriösen Eingangsbereich. Er führte uns in ein edles Wohnzimmer, das mit weißen Ledersofas ausgestattet war, die einen Blick durch die wandhohen Fenster boten, durch die man einen atemberaubenden Blick auf die Stadt hatte.

„Setzen Sie sich, Miss Sunder." Er zeigte auf eins der Sofas, dann verschwand er in einem angrenzenden Raum.

Ich tat, wie mir geheißen, doch ich fühlte mich noch immer benebelt und noch nicht ganz wie ich selbst, als wäre ich gerade von einem langen Nickerchen aufgewacht und bräuchte einen doppelten Espresso.

„Ganz schön schick hier, was?", sagte ich.

Jake sprang auf das Sofa und legte wieder seinen Kopf auf meinen Schoß.

In einer Ecke des Raumes gab es eine gut ausgestattete Bar. Ich seufzte. „Ich würde mich nicht über einen starken Drink beschweren, den ich länger als zwei Sekunden spüren kann. Ich meine ... das Zeug schmeckt gut, aber es ist ziemlich nutzlos", sagte ich und starrte sehnsüchtig auf die Flaschen auf den Glasregalen an der Wand.

Ulfen kehrte in Slacks und einem Hemd zurück. Er hatte einen Stapel Kleidung in den Händen, den er auf dem Sofa gegenüber von dem legte, auf dem wir saßen, dann ging er auf die Bar zu.

„Ich habe genau das Richtige für Sie, Miss Sunder." Er goss eine rote Flüssigkeit in drei Gläser, kam zum Sofa zurück und stellte sie auf den gläsernen Couchtisch zwischen uns. Er schob zwei Gläser in unsere Richtung, dann setzte er sich und trank von seinem Drink, während er sich den Nacken rieb.

Ich nahm das rote Getränk und trank einen Schluck. Es roch nach Eichenholz und erdigem Moos und brannte stark in meinem Hals. Ich hustete und schlug mir auf die Brust. Wärme breitete sich in meinem Körper aus und ich spürte, wie sich meine Schultern ein wenig entspannten.

„Das ist gutes Zeug", sagte ich. „Was ist es?"

„Es heißt Oakfire. Nicht gerade billig." Er schwenkte die Flüssigkeit und betrachtete sie im Gegenlicht.

„Das habe ich mir schon gedacht. Ich möchte auch einen dieser Wandlerringe, aber die sind ebenfalls nicht billig."

Ulfen hob eine Augenbraue. „Wandlerringe sind nicht nur teuer, sondern auch selten." Er wackelte mit den Fingern, um mir zu zeigen, dass er keinen hatte.

„Oh." Das hatte Eric nicht erwähnt.

Er stellte sein Glas ab. „Und, was haben Sie herausgefunden?"

„Dass Ihr Sohn ein Feigling ist", sagte ich. „Er ist abgehauen, sobald der Kampf begann."

„Das habe ich bemerkt."

Ich seufzte und stellte mein Glas neben Jakes. „Ich werde mich zuerst umziehen, dann versuche ich, zu erklären, was ich sah, als ich seinen Anhänger angefasst habe." Ich deutete auf den Stapel Kleidung.

Ulfen reichte ihn mir und als ich aufstand, zeigte er auf den Korridor in meinem Rücken. „In diese Richtung gibt es ein Badezimmer."

Ich fand den Raum und schloss die Tür hinter mir ab. Das Bad war riesig und mit bestickten Handtüchern und winzigen Seifen auf einem Porzellanteller neben einem großen Waschbecken ausgestattet.

Ich wählte eine Jogginghose und ein weites T-Shirt und war froh, den seidenen Morgenmantel endlich loszuwerden. Aus irgendeinem Grund hatte er sich unangenehm auf meiner Haut angefühlt. Ich stand eher auf hundert Prozent Baumwolle.

Die Erinnerung an meinen glühenden Körper blitzte vor meinem inneren Auge auf. Weder Jake noch Ulfen hatten es angesprochen, vielleicht war ich also die Einzige gewesen, die meine Weihnachtsbaum-Imitation gesehen hatte. Ich hoffte es, denn ich hatte keine Ahnung, was ich ihnen sagen sollte, wenn sie anfingen, Fragen zu stellen. Ich musste mit Damien sprechen, bevor ich irgendwelche Schlüsse zog. Er war der Einzige, der mir helfen konnte, meine Situation zu erklären. Ich verdrängte die Erinnerungen und setzte sie ganz unten auf die Liste der Dinge, über die ich mir Sorgen machen musste. Wahrscheinlich sollten sie ganz oben stehen, aber ich konnte mich im Moment einfach nicht mit ihnen beschäftigen.

„Jake", sagte ich, als ich wieder ins Wohnzimmer kam, „ich habe die restliche Kleidung auf das Waschbecken gelegt. Zieh dich um. Ich glaube, wir sind hier sicher."

Zögerlich sprang er vom Sofa und ging ins Badezimmer. Er kehrte innerhalb von Sekunden zurück, ebenfalls in einer Jogginghose und einem T-Shirt, allerdings hingen sie nicht an seinem Körper herab wie Vorhänge, sondern lagen eng an seinen Muskeln an, besonders an seinem knackigen Hintern.

Er setzte sich wieder neben mich, und einen Moment lang wünschte ich mir, er würde seinen Kopf wieder auf meinen Schoß legen, damit ich mit den Fingern durch sein seidiges hellbraunes Haar fahren konnte, doch das würde nicht passieren. Tatsächlich saß er am anderen Ende des Sofas und ich fühlte mich beraubt.

„Also ... hat es geklappt?", fragte Ulfen. „Konnten Sie herausfinden, wer ihm den Anhänger gegeben hat?"

Ich schüttelte den Kopf. „Nein. Es tut mir leid."

Jake drehte sich zu mir. „Aber du hast gesagt, du hast etwas gesehen?"

„Das habe ich. Es war tatsächlich eine Menge, aber es war alles von einem farbigen Schleier verhüllt, also konnte ich nichts davon erkennen. Es war überwältigend, hat mich geschwächt und mir schlimme Kopfschmerzen verpasst. Stephen musste mich zur Sitzecke zurücktragen."

Jake und Ulfen nickten beide. Sie hatten meinen kleinen Ohnmachtsanfall mitbekommen, wodurch ich mir wie ein Weichei vorkam.

„Aber am Ende", fuhr ich fort, „gab es einen Moment, in dem sich alle Farben gelichtet haben und ich ein seltsames Symbol erkennen konnte. Ich habe so etwas noch nie gesehen, aber es war ..." Ich überlegte, wie ich es erklären konnte, dann fiel mir ein, dass es wahrscheinlich einfacher wäre, es zu zeichnen. „Haben Sie Stift und Papier?", fragte ich Ulfen.

Er nickte und erhob sich. Einen Moment später kehrte er mit einem gelben Notizblock und einem Kugelschreiber von der Bar zurück.

Ich zeichnete das Symbol, das ich vor meinem inneren Auge gesehen hatte, so gut ich konnte: Ein Dreieck mit einem Dolch darin. Ich war keine Künstlerin, aber ich war noch nicht einmal mit der Skizze fertig, als Ulfen scharf Luft holte. Ich hielt inne. Jake und ich sahen beide auf.

„Was ist?", fragte Jake. „Erkennen Sie es?"

Ulfen nickte und schluckte schwer. Die Farbe wich aus seinem Gesicht und er stand auf und begann, vor dem Sofa hin- und herzulaufen.

Nach ein paar Momenten der Stille begann Jake sich zu ärgern. „Also, erzählen Sie uns jetzt davon? Oder was?"

Ulfen blieb an den Fenstern stehen, stützte eine Hand in seine Taille und spähte in die Nacht hinaus. „Wir müssen ein Treffen der Rudelherrscher einberufen."

„Was?!", rief Jake ungläubig und kam auf die Füße. Seine weit aufgerissenen Augen brachten mein Herz zum Rasen. So leicht erschreckte ihn normalerweise nichts.

Ich schluckte schwer. „Wer sind die Rudelherrscher?"

„Es ist eine Gruppe von Wolfsanführern, die aus den Alphas aller Rudel aus einem bestimmten Territorium besteht", antwortete Jake. „Jede Stadt hat eine eigene Gruppe, und sie unterstehen alle der Höchsten Rudelherrschaft, die es schon seit sehr langer Zeit gibt. Rudelherrscher kommen zusammen, wenn die Sicherheit ihrer Territorien bedroht ist." Er richtete seine Aufmerksamkeit auf Ulfen. „Unsere Rudelherrscher haben sich seit mehreren Jahren nicht mehr getroffen. Warum sollte irgendein Symbol sie dazu zwingen, zusammenzukommen?"

Ich stellte mir eine Gruppe von Alphas im Seniorenalter vor, die miteinander diskutierten. Keine schöne Vorstellung.

Ulfen wandte sich langsam von den Fenstern ab. Als er uns wieder ansah, wirkte seine Miene verkniffen und unglücklich. „Es ist nicht irgendein Symbol, Knight. So harmlos es auch erscheinen mag, es ist Ketzerei und das schlimmstmögliche Verbrechen unter Supernatürlichen."

Ich sah zwischen den beiden Alphas hin und her und mein Herz raste, als ich die Anspannung spürte, die sich zwischen ihnen aufbaute. Es musste etwas Schlimmes sein, wenn Schräge es Ketzerei nannten.

„Dieses Symbol", sagte Ulfen, „wird verwendet, um die Hybridrudel zu repräsentieren."

KAPITEL 24

„Die was?!", rief ich. Ich wusste nicht, was ‚Hybridrudel' bedeutete, aber es klang ganz klar nach Ketzerei.

Unter Faden waren Hybride normalerweise gut, zum Beispiel Prius-Autos oder Ananaserdbeeren. Solche Dinge waren ganz nett, aber ein hybrides Rudel klang nach nichts als Ärger.

Jake stieß einen scharfen Atemzug aus und sah mir dann in die Augen. Bei dem entsetzten Ausdruck auf seinem Gesicht lief mir ein Schauer über den Rücken.

„Ulfen spricht von einem Werwolf, der gleichzeitig ein Vampir ist", sagte er und erschauderte, doch er tarnte es, in dem er seine Schultern zurückrollte.

„Ähm, ich dachte, das sei unmöglich", sagte ich und hob unterbewusst eine Hand an meinen Hals. „Ich dachte, Werwölfe wären immun gegen Vampirgift."

„Und das sind wir auch." Ulfen entfernte sich von den Fenstern und nahm wieder gegenüber von mir Platz. „Es sei denn ..." Er zeigte auf die Skizze, die ich gezeichnet hatte, die noch immer unfertig auf dem Couchtisch lag. „Es sei denn, die Geschändete Amphore wurde ans Licht gebracht."

Er ließ das sacken, und es sackte tatsächlich. Ich fühlte mich, als hätte ich eine zehn Pfund schwere Pille geschluckt.

„Weißt du", fuhr er fort. „Die Legende besagt, dass vor hunderten von Jahren ein mächtiger Magier ein Gefäß erschuf und es mit einem seiner eigenen Zauber belegte. Er lebte in einer Stadt, die sowohl von Werwölfen als auch von Vampiren heimgesucht wurde. Eines Tages kam er nach einer langen Reise zurück und musste feststellen, dass seine gesamte Familie von Vampiren abgeschlachtet worden war. Seine Frau, seine fünf Kinder und seine alte Mutter waren ausgesaugt und in Stücke gerissen worden. Er wurde besessen, gar verrückt, sagten seine Nachbarn. Er kam nur noch selten aus seinem Haus. Die Jahre vergingen und er wurde zu einem alten Mann. Alle hatten ihn abgeschrieben, ihn vergessen. Aber er hatte nie aufgehört, an seiner Rache zu arbeiten.

Es dauerte über dreißig Jahre, um den Zauber zu perfektionieren, den er in die Amphore legte, doch er schaffte es. Die Überlieferungen darüber, wie er den ersten Hybriden erschuf, variieren. Manche sagen, er habe einen schwachen Vampir gefangen genommen, ihm sein Blut entzogen und einen Werwolf dazu gebracht, das Blut zu trinken. Andere behaupten, dass er Freiwillige fand und ihnen sagte, dass es sie stärker machen würde, das Blut aus der Amphore zu trinken.

Wie auch immer, nachdem jedes Mitglied des Rudels von dem verdorbenen Blut getrunken hatte, wurden sie tatsächlich stärker, doch sie wurden auch die Sklaven des Magiers. Sie waren Monster – keine Wölfe mehr, sondern abscheuliche Kreaturen, die für das Gemetzel lebten.

Der Zauber erlaubte dem Magier, sie zu kontrollieren. Doch das war nicht alles, sie dürsteten nach Blut, sie waren unersättlich und bereit, alles zu tun, um es zu bekommen. Der Magier nutzte diesen Hunger und die Wildheit zu seinem Vorteil. Er sandte das Rudel aus, um den Zirkel zu vernichten, der seine Familie auf dem Gewissen hatte. Die Hybriden waren so stark, dass sie keine Probleme mit ihrer Aufgabe hatten. Sie töteten jeden einzelnen Vampir, einschließlich der Ältesten und Stärksten unter ihnen. Doch als sie mit dem Zirkel fertig waren, war ihr Durst noch lange nicht gestillt, also kamen sie in die Stadt zurück und ermordeten jeden einzelnen Einwohner, einschließlich des Magiers, der in seinem Wahnsinn das Chaos, das er verursacht hatte, genoss und seinen Tod mit offenen Armen begrüßte.

Danach trennten sich die Wege der Hybriden und sie töteten jeden, dem sie begegneten. Auch versuchten sie, die Geschändete Amphore zu zerstören, doch es war unmöglich. Also versteckten sie es, vergruben es irgendwo. Dieses Symbol", er zog das Papier zu sich und betrachtete es mit müden Augen, „wurde als Warnung erschaffen. Es repräsentiert die Schöpfung des Magiers und erinnert Werwölfe daran, was passieren kann, wenn die Amphore in die falschen Hände fällt."

Ulfens Stimme hallte noch durch den Raum, nachdem er aufgehört hatte zu reden. Ich rieb mir die Arme und versuchte, den Schauer zu vertreiben, der eine Gänsehaut auf meinem gesamten Körper auslöste.

Jake fuhr sich mit steifen Fingern durch sein Haar und sah so beunruhigt aus, wie ich mich fühlte. „Ich glaube, ich erinnere mich jetzt daran, wie mein Großvater mir etwas darüber erzählte, als ich klein war."

„Seit Generationen wird diese Warnung schwächer und schwächer", sagte Ulfen. „Meine Vorfahren waren jedoch an der Jagd auf diese Hybriden beteiligt, deshalb wurde die Botschaft beharrlicher weitergegeben als in anderen Familien."

„Wissen Sie, wo dieses Objekt versteckt wurde?", fragte ich und versuchte, meine Eingeweide davon abzuhalten, sich in Wackelpudding zu verwandeln.

Ulfen schüttelte den Kopf. „Nein, dieses Wissen starb mit dem Mann, der die Amphore vergrub. Oder zumindest sollte es das."

„Das ... muss nicht unbedingt heißen, dass jemand die Amphore gefunden hat", sagte ich. „Vielleicht dachte Stephen aus irgendeinem Grund gerade daran, als ich die Kette berührte."

„Das kommt mir unwahrscheinlich vor", sagte Jake. „Ich persönlich glaube, dass er sich darauf konzentriert hat, dir an den Arsch zu fassen."

Ulfen verzog das Gesicht und ließ seinen Blick zwischen mir und Jake hin- und herschweifen.

„Sehen Sie mich nicht so an", sagte Jake. „Stephen mag sie immer noch, ob Sie nun denken, dass er etwas Besseres als eine Fährtensucherin haben sollte, oder nicht."

Ulfen räusperte sich und rutschte auf seinem Platz herum. „Ich gebe zu, dass ich meinem Sohn etwas Ähnliches gesagt habe, aber das war vor weit über einem Jahr. Meine Meinung über Miss Sunder hat sich drastisch geändert."

„Ist das so?" Ich legte meinen Kopf schief und starrte ihn fragend an.

„Oh ja." Er stand auf, ging um das Sofa herum und legte seine Hände auf die Kopfstütze. „Jetzt, wo ich weiß, dass Sie ein gefährlicher Werwolf sind, sogar noch mehr."

Ich verdrehte die Augen. Natürlich war das alles, was ihm wichtig war. Als Nächstes würde er mich fragen, wer mein Vater war und dann würde seine Meinung über mich einen echten Höhepunkt erreichen.

„Da bin ich mir sicher", warf Jake ein.

„Aber das spielt jetzt keine Rolle." Ulfen griff nach einem Telefon, das auf der Theke der Bar lag. „Wir müssen die Rudelherrscher anrufen und ihnen davon berichten."

„Finden Sie nicht, dass Sie ein wenig übertreiben?", fragte ich. „Ich meine, warum sollten wir all diese ... netten Senioren und Alphas belästigen?"

„Bei einer Angelegenheit wie dieser, Miss Sunder", sagte Ulfen, während er eine Telefonnummer eintippte, „gehe ich lieber auf Nummer sicher."

KAPITEL 25

Ulfens Fahrer brachte Jake und mich zu meiner Wohnung. Jake bestand darauf, mich zu begleiten, damit ich sicher zu Hause ankam. Als ich versuchte, mich an der Tür von ihm zu verabschieden, schob er sich in die Wohnung, schloss die Tür hinter sich und schob die Kette an ihren Platz.

„Ich bezweifle, dass das die Hybriden daran hindern wird, einzubrechen", sagte ich.

„Warum hast du geglüht, Toni?" Er starrte mich mit einem unerschütterlichen Blick an.

„Verdammt!" Ich wirbelte herum, stapfte in Richtung Küche und fütterte Cupid. Seine blauen Flossen bewegten sich wunderschön durch das Wasser, während er an die Oberfläche schwamm. „Ich hatte gehofft, dass es niemand gesehen hat." Ich klopfte gegen Cupids Fischglas, dann ging ich ins Wohnzimmer und ließ mich auf mein brandneues Sofa sinken.

„Vielleicht hat es Ulfen nicht bemerkt, aber ich habe alles gesehen." Er setzte sich neben mich und drehte seinen Oberkörper in meine Richtung. „War das eine weitere ... neue Entwicklung?"

Ich nickte, und spürte, wie mein Körper vor Erschöpfung zusammensackte – von meiner Kopfhaut bis zu meinen Fußspitzen. Wann würde ich einen Zustand erreichen, der Normalität ähnelte? Jeden Tag schien sich etwas anderes zu verändern und mich aus der Bahn zu werfen, bevor ich mich von der letzten Veränderung erholt hatte.

„Du hast diesen Vampir mit deiner Berührung ausgeschaltet", sagte Jake. „Er ist nicht wieder aufgestanden – zumindest nicht, solange wir da waren."

„Glaubst du, ich habe ihn getötet?" Es war dumm, mich darum zu sorgen. Das Großmaul war kurz davor gewesen, mir den Kopf abzureißen, doch ich hatte schon einmal jemanden getötet und ich wollte nicht noch jemanden auf meiner Strichliste haben. Verdammt, ich wollte noch nicht einmal eine Strichliste haben.

„Ich hoffe es", sagte Jake wie immer sehr empfindsam.

Ich vergrub mein Gesicht in meinen Händen. Es war sinnlos, mit Jake darüber zu reden. Er würde es nie verstehen. Seit seiner Kindheit war ihm eingetrichtert worden, dass Vampire seine Erzfeinde waren, während ich dazu erzogen worden war, mich mit jedem Schrägen anzufreunden, den ich traf. Ich war immer besser mit ihnen zurechtgekommen und als Kind waren ein paar meiner besten Freunde Vampire gewesen.

Er legte mir eine Hand auf den Rücken und rieb auf und ab. „Ist schon gut. Ich glaube nicht, dass du ihn getötet hast. Er sah tot aus, aber tun sie das nicht immer? Du hast dich nur verteidigt und deine neue Kraft sicher instinktiv benutzt. Niemand würde dir die Schuld geben, wenn er wirklich tot ist. Wenn du all deine neuen Fähigkeiten kennst, wirst du besser einschätzen können, wie du sie einsetzen kannst. Ich wette darauf."

Ich nahm meine Hände von meinem Gesicht und blinzelte überrascht zu ihm hoch. „Wer sind Sie? Und was haben Sie mit Jacob Knight gemacht?", wollte ich wissen.

„Als ich nicht zu dir kam, dachte ich ..." Er beendete den Satz nicht und schwieg einen Moment lang. Dann sagte er etwas Unerwartetes. „Du warst da."

Ich runzelte die Stirn.

„In der Werkstatt, als wir Stephen gerettet haben." Er lächelte traurig.

„Oh. Ja. Es ist dir aufgefallen."

Er nickte. „Deine Wölfin ist wunderschön. Ich erkannte es, als ich dich kämpfen sah."

Sanft streichelte er mit seinem Daumen über meinen Kiefer. Meine Augenlider flatterten bei seiner Berührung. Ich schloss die Augen und genoss die Liebkosung, obwohl ich genau wusste, dass ich es nicht durfte, dass ich zurückweichen und Abstand zwischen uns bringen sollte. Er war nicht nur verlobt. Er hatte einen Pakt einzuhalten, ein Versprechen, das zu seinem Tod führen konnte, wenn er es brach.

Dieser Gedanke ernüchterte mich und ich lehnte mich von seiner Berührung weg. „Du solltest gehen. Es ist keine gute Idee, dass du hier bist.“

„Ich weiß, aber ich will nicht gehen. Ich will hier bei dir bleiben und reden und dich küssen und Liebe machen.“ Seine Augen waren voller Emotionen.

Ein Kloß bildete sich in meinem Hals. „Solche Dinge solltest du nicht sagen.“

„Aber sie sind wahr.“ Er drückte seine Stirn an meine und streichelte weiter mein Gesicht, wobei sein Daumen über meine Augenbraue, meinen Wangenknochen und schließlich über meine Lippen strich. „Ich weiß nicht wie, aber ich werde einen Weg finden, mit dir zusammen zu sein, Toni. Ich verspreche es.“

Ich schüttelte meinen Kopf und rieb meine Stirn an seiner. „Ein Versprechen hat dich in diese Lage gebracht, also fang nicht damit an.“

„Es war das falsche Versprechen“, sagte er. „Ich weiß jetzt, dass es unfair von meinem Vater war, von mir zu verlangen, dass ich das Erbe der Familie weiterführe, wenn er wusste, dass ich eher ein einsamer Wolf bin. Zumindest war ich das, bis ich dich traf. Und es ist sogar noch schlimmer, dass mein Großvater mich in diese Situation gebracht hat. Ich will kein Rudelführer sein. Allison Blackridge ist mir egal. Ich mag sie noch nicht einmal, aber das interessiert ihn nicht. Ihm geht es nur darum, den früheren Status des Rudels wiederherzustellen, selbst wenn er dabei mein Glück zunichtemacht. Es gibt nichts Wichtigeres für ihn als das Vermächtnis der Knights.“

„Jake.“ Sein Name kam als heißes Flüstern über meine Lippen, als ich meine Hand auf seine drückte und mich gegen seine Berührung lehnte. Meine Augen schienen sich wie von selbst zu schließen und seine Wärme umgab mich wie die Morgensonne.

Mein Herz schmolz dahin. Jake hatte noch nie so mit mir gesprochen, so ehrlich und offen. Und während ich über die Bedeutung seiner Worte nachdachte, wurde mir klar, dass ich ihm dasselbe schuldete.

„Ich bin ein Wrack. Meine Emotionen, mein Körper. Meine Kräfte sind außer Kontrolle und ich habe keine Ahnung, wohin das alles führen wird. Wenn das alles vorbei ist, bin ich vielleicht nicht gut für dich. Ich könnte zum größten Fehler deines Lebens werden."

„Nein, das ist nicht möglich. Ich weiß bereits, was mein größter Fehler war. Ich hätte dich nie verlassen sollen, Toni. Ich hätte bei dir bleiben und dich für mich behalten sollen."

Mein Herz machte einen Salto, der eine Zehn-Punkte-Wertung verdient hätte.

Überwältigt von den Emotionen nahm ich sein Gesicht in meine Hände und näherte mich ihm für einen Kuss. Zu meiner Überraschung wich er zurück und sein Blick füllte sich mit Reue.

„Ich kann nicht", sagte er. „Wenn ich dich jetzt küsse, weiß ich, dass ich nicht aufhören kann. Ich werde dich nehmen und dich auf jede erdenkliche Weise für mich beanspruchen." Seine Stimme war heiser und voller Bedeutung.

Ich presste meine Oberschenkel zusammen, als ein Kribbeln durch mein Innerstes fuhr und mich dazu brachte, ihn mehr als je zuvor zu wollen.

„Es wäre nicht richtig", fuhr er fort. „Nicht, während ich in dieser Verlobung feststecke. Sosehr ich es auch hasse, ich habe Allison mein Wort gegeben." Er zog sich von mir zurück und sah beschämt aus.

Vielleicht hätte das Wissen, dass Jake dieser dummen Blondine etwas versprochen hatte, mein Herz brechen sollen, doch stattdessen erfüllte es mich mit Stolz, zeigte mir seine Aufrichtigkeit und Charakterstärke. Er war kein schwacher Mann, der seine Ehre aufs Spiel setzte. Wenn er mein wurde, dann wäre es mit einer reinen Weste, mit nichts, das ihn zurückhielt. Ich konnte deswegen nicht wütend auf ihn sein. Tatsächlich bewunderte ich ihn.

Ich rutschte näher an ihn heran und stieß neckend mit meiner Schulter gegen seine. „Ich verstehe das vollkommen, und weißt du was?" Er warf mir einen Seitenblick zu. „Ich werde warten. Egal, wie lange es dauert, ich werde auf dich warten."

Er drehte sich zu mir um, nahm sein Lederarmband ab und legte es dann um mein Handgelenk. „Ich möchte, dass du es bekommst."

Ich fuhr mit dem Finger über das Pfeilmotiv aus Metall. „Wie schön."

„Der Pfeil ... er repräsentiert dich."

Überrascht sah ich auf. „Mich?"

Er nickte.

„Und das neue Pfeiltattoo um deinen Bizeps?"

„Auch du. Du hast mir immer und immer wieder ins Herz geschossen, du kleiner Amor."

Mein Herz schmolz und wurde zu einer Pfütze in meiner Brust. Wie sollte ich diesem Mann widerstehen? Wir tauschten ein Lächeln. Er beugte sich vor und küsste mich ganz sanft auf den Kopf. Plötzlich hob er mich in seine Arme und trug mich ins Schlafzimmer.

„Warte, was tust du da?"

Er legte mich aufs Bett. „Nach dem heutigen Tag musst du dich ausruhen. Du siehst müde aus."

„Du hast mir ganz schön Hoffnungen gemacht", neckte ich ihn.

Mit einer geschmeidigen Bewegung zog er sein Shirt aus und entblößte seine harten Muskeln. Die Jogginghose, die Ulfen ihm geliehen hatte, hing tief auf seiner Hüfte und schmiegte sich eng an ihn, enthüllte seine ansehnliche Anatomie und überließ wenig der Fantasie. Seine Brust war glatt und gebräunt. Die Wölbungen seiner Brustmuskeln verjüngten sich zu einem perfekten Sixpack und einem V, das nach Süden hin abfiel und bei dem mein Mund trocken wurde.

„O-kay", sagte ich und riss meine Augen von seinem heißen Körper. „Also, was soll das werden? Die Leiden der jungen Toni?"

„Nein, es ist Schlafenszeit. Rutsch rüber."

„Hast du diese Sache mit dem Pakt vergessen, von dem du noch vor einer Minute gesprochen hast?"

„Solange du dich beherrschen kannst, sollte es kein Problem geben."

Ich hob meine Augenbrauen. „Solange ich mich beherrschen kann?"

Er machte eine wegwerfende Bewegung mit der Hand und ein besserwisserisches Lächeln legte sich auf seine wunderschönen Lippen.

Ich kniff die Augen zusammen und rutschte auf die andere Seite des Bettes. Er legte sich auf die Decke, rückte das Kissen unter seinem Kopf zurecht, verschränkte die Finger auf seiner Brust und schloss die Augen.

Ich bewunderte sein Profil, als sich sein Gesicht entspannte und sich seine Lippen leicht teilten. Seine starke Brust und sein flacher Bauch hoben und senkten sich. Eine leichte Behaarung begann unterhalb seines Bauchnabels und verschwand unter dem Hosenbund. Ich hatte mich schon einmal daran entlang geküsst, und ich war versucht, es jetzt wieder zu tun.

Aber nein. Ich würde ihm beweisen, dass ich mich beherrschen konnte. Die Frage war: Konnte er es?

Ich stand vom Bett auf und ging ins Badezimmer. Ich wollte gerade die Tür schließen, aber ich wollte es ihm heimzahlen. Auch ich konnte dieses Spiel spielen. Also ließ ich sie einen Spalt weit offen. Mit meinem Rücken zur Tür zog ich meine Kleidung aus und ließ sie auf den Boden fallen. Ich stand nackt vor dem Spiegel, und in der Reflexion sah ich, wie Jake mich anschaute. Ich zog ein Nachthemd aus einer Tasche, die ich neben dem Waschbecken hatte stehen lassen, und schlüpfte hinein. Es bedeckte kaum meinen Hintern, hatte einen offenen Rücken und Spaghettiträger. Die Vorderseite war tief ausgeschnitten und meine Brustwarzen ragten durch den dünnen Stoff. Ich ging zurück ins Bett und legte mich mit dem Gesicht zu Jake auf die Matratze. Seine Augen waren jetzt weit geöffnet, wanderten über meinen Körper und hielten bei meinen Brüsten inne, während er sich über die Lippen leckte.

„Schlaf gut, Jake", sagte ich und sah auf die Beule in seiner Hose hinunter.

Ich spürte ein Kribbeln und fuhr mit den Fingern über das Laken, wobei ich mir vorstellte, ich würde seine Brust streicheln. Ich presste meine Schenkel zusammen und biss mir auf die Unterlippe, während ich seinen Moschusduft einatmete.

„Hör auf, Toni", sagte er knurrend.

„Hm? Wovon sprichst du?"

„Du weißt genau, wovon ich spreche."

Ich drehte ihm den Rücken zu, wobei mein Nachthemd verrutschte und mein Hinterteil entblößte. Jake holte zischend Luft, sprang aus dem Bett, zog die Decke herunter und warf sie über mich.

Ich sah über meine Schulter und sagte: „Oh, danke. Mir wurde gerade kalt."

„Vielleicht schlafe ich einfach auf dem Sofa", sagte er.

Ich ernüchterte. „Nein. Bleib. Ich verspreche, mich zu benehmen."

Er dachte einen Moment lang darüber nach, dann legte er sich wieder hin. Die sexuelle Spannung surrte eine Weile zwischen uns in der Luft. Sie verging langsam, bis wir beide rhythmisch atmeten und der Schlaf uns einholte.

Ohne nachzudenken, rutschte ich an ihn heran und schmiegte meinen Kopf in seine Armbeuge. Wir seufzten beide zufrieden und schliefen zusammen ein.

KAPITEL 26

Am nächsten Morgen kam ich mit einem Uber am Büro an. Die ganze Nacht hatte ich wie ein Baby in Jakes Armen geschlafen, doch ich war enttäuscht gewesen, als er beim Aufwachen nicht mehr da war. Neben ihm zu liegen war so angenehm und bei der Erinnerung daran lächelte ich von einem Ohr zum anderen.

Als ich auf die Tür der Agentur zuging, fiel mir auf, dass sie noch verschlossen war. Es war schon 8:30 Uhr und es war seltsam, dass Rosalina noch nicht da war und Anrufe machte und Termine plante. Ich schloss die Tür auf und trat ein, überprüfte mein Handy auf Nachrichten, doch ich fand nichts. Ich wollte gerade ihre Nummer wählen, als ich eine Notiz auf ihrem Schreibtisch entdeckte.

Mache ein paar Erledigungen. Bin gegen 11 Uhr wieder da, hatte sie geschrieben.

Wieder einmal fragte ich mich, was sie tat und warum sie mir nicht davon erzählte. Ich konnte es ihr nicht vorwerfen. Ich war in letzter Zeit nicht die beste Freundin gewesen, und auch nicht die beste Partnerin. Nach allem, was ich wusste, könnte sie gerade bei einem Bewerbungsgespräch sein.

Oh, verdammt! Was, wenn es so war? Was, wenn sie wusste, dass wir scheitern würden, und einen Alternativplan machte? Darin war sie gut.

„Man muss immer vorbereitet sein, Tiger-Toni“, sagte sie immer.

Bei den Hexenlichtern! Ich musste mich zusammenreißen, sonst würde ich sie vielleicht verlieren, und was würde ich ohne sie tun? Das klang albtraumhaft. Ich wusste, dass ich es auch allein schaffen würde, wenn sie beschloss, zu gehen, doch wo bliebe dann der Spaß?

„Nein, das kann ich nicht zulassen", sagte ich, drehte mich auf dem Absatz um und stürmte aus der Tür.

Ich nahm mir ein weiteres Uber, und dieses Mal wies ich den Fahrer an, mich zum Chained Wolf zu bringen, wo ich meinen Camaro abholen wollte. Ich fand ihn genau da, wo ich ihn abgestellt hatte. Als ich an dem Eingang des Clubs vorbeifuhr, sah ich, dass die zerbrochenen Fenster mit Brettern vernagelt waren und die Tür mit Polizeiband abgesperrt war.

In letzter Zeit hatten die Cops wirklich viel zu tun. Was in Ulfens Club passiert war, war kein Einzelfall. Auseinandersetzungen zwischen Werwölfen und Vampiren waren nichts Ungewöhnliches, aber in letzter Zeit kamen sie häufiger vor als sonst.

Die Anführer der Vampire machten die Werwölfe weiterhin für den Verkauf von Rhabo in der Stadt verantwortlich und töteten jeden, den sie beim Dealen auf der Straße erwischten. In letzter Zeit hatten sie allerdings größere Ziele im Visier, daher der Angriff auf Ulfens Club. Ich würde mit Tom sprechen müssen, um herauszufinden, was sie vorhatten, und um ihm zu erzählen, was ich wusste. Der arme Mann jagte vielleicht seinem eigenen Schwanz hinterher, um eine Spur zu Stephen zu finden, obwohl wir bereits sicher wussten, dass er hinter der Sache steckte.

Fünfundzwanzig Minuten später parkte ich vor Damien Wards Haus. Ich blieb in meinem Camaro sitzen und beobachtete den Bürgersteig auf der Suche nach einem Anzeichen von roten Haaren, die auf Jensons Gegenwart hindeuten würden. Ich konnte nichts Verdächtiges entdecken, aber ich blieb wachsam. Selbst als ich Mom anrief, um zu fragen, wie es ihr ging, suchten meine Augen meine Umgebung ab, und meine empfindlichen Ohren lauschten auf jedes Geräusch.

Mom ging es besser, sie war auf den Beinen und versuchte zu kochen. Dani war immer noch bei ihr, um dafür zu sorgen, dass sie sich ausruhte und ihre Medizin nahm. Ich versprach, sie zu besuchen, sobald ich konnte. Dani schien die Auszeit nicht zu stören, aber es war nicht fair, dass sie die Einzige war, die die Verantwortung übernahm. Ich war mir sicher, dass Lucia keine Hilfe war und Leo kam sowieso ungeschoren davon, weil er sich in Südamerika oder wer weiß wo herumtrieb. Ich hatte schon lange nichts mehr von ihm gehört und begann, mir Sorgen zu machen. Er hatte mir immer mindestens einmal im Monat gemailt, aber in letzter Zeit herrschte Funkstille. Ich musste bei Dani und Lucia nachfragen, ob er sich bei ihnen gemeldet hatte.

Nachdem ich aufgelegt hatte, stieg ich aus dem Auto und ging auf das fünfstöckige, baufällige Gebäude zu. Ich stellte mich vor die Tür, klingelte und wartete.

Zu meiner Überraschung öffnete Eric Cross die Tür. Er sah mich mit einer hochgezogenen Augenbraue an und musterte mich von Kopf bis Fuß. „Du bist heute Morgen nicht aufgetaucht."

„Hi, dir auch einen guten Morgen." Ich lächelte ihn an, ohne die Zähne zu zeigen.

Er starrte mich weiter an.

„Du hast gesagt, ich kann mit dir trainieren, wann immer ich will."

Das schwächte seine finstere Miene kein bisschen. Was zur Hölle? Hatte er sich falsch ausgedrückt? Erwartete er, dass ich jeden Morgen um vier Uhr bei ihm aufkreuzte?

Süß, vielleicht vermisste er mich.

Nein, das konnte nicht sein.

Erics Herz war ein Eisklumpen. Er war nicht in der Lage, jemanden zu vermissen.

„Ich war gestern Abend im Chained Wolf", sagte ich.

Das funktionierte. Er öffnete die Tür weit und ließ mich rein.

Ich trat in die Eingangshalle. „Ich schätze, du hast von dem Kampf gehört, der ausgebrochen ist."

„Das habe ich."

Ich sah mich in dem großen Raum um und bemerkte, dass die versteckte Tür an der Seite der Treppe einen Spalt weit offen stand. „Ist Damien da unten?"

„Ja. Er gibt dem Heilmittel den letzten Schliff."

„Wirklich?" Ich war ganz aufgeregt. Bald würde ich gute Nachrichten für Aaron und Josh haben. Ich ließ Eric stehen und stieg die Stufen in die Dunkelheit der Trankküche des Magiers hinunter.

Eric begleitete mich nach unten und wir stießen zu Damien, der an seinem Arbeitstisch lehnte und auf blubbernde Kolben in einer

Kurzweg-Destillationsvorrichtung schaute. Eine blaue Flamme brannte unentwegt unter einem mit klarer Flüssigkeit gefüllten Rundkolben. Glasröhren ragten in verschiedene Richtungen und gaben Tropfen in andere Instrumente ab. Ein süßlicher Duft strömte durch den Raum, eine Mischung aus Honig und verbranntem Karamell.

Als er uns herunterkommen hörte, wandte er den Blick von seinem Gebräu ab und schenkte uns seine Aufmerksamkeit.

„Ich erinnere mich, dir gesagt zu haben, ich würde dich anrufen, wenn ich fertig bin", brummte er.

„Ihr zwei seid wirklich absolute Miesepeter", sagte ich. „Ihr passt wirklich perfekt zusammen."

„Sie sagt, sie war gestern Abend im Chained Wolf", warf Eric ein.

Damiens mürrischer Gesichtsausdruck verwandelte sich in Interesse. „Was hast du da gemacht?"

„Können wir uns irgendwo zum Reden hinsetzen? Es ist eine lange Geschichte. Außerdem sind komische Dinge mit meinen Kräften passiert und ich hatte gehofft, ihr zwei könntet mir dabei helfen, sie zu verstehen."

„Komische Dinge, was?", fragte Eric und drehte sich dann zu Damien. „Du hast ihr mit diesem Zauber ganz schön zugesetzt."

„Ich habe es wieder gutgemacht", sagte der Magier. „Ich habe sie dir vorgestellt."

Eric lachte trocken. „Ich bezweifle, dass sie findet, dass ihr quitt seid. Vielleicht stehst du jetzt noch mehr in ihrer Schuld."

War das ein Scherz? War Eric zu selbstironischem Humor fähig? Vielleicht fror ja sogar die Hölle zu.

Damien wandte sich wieder seinen Instrumenten zu, stellte die Flamme ein, die unter seinem Trank brannte, und nickte vor sich hin. „In achtundvierzig Stunden sollte es fertig sein."

„Das ist toll!", rief ich. „Ich kann es nicht erwarten, meinem Kunden die guten Nachrichten zu überbringen."

Der Magier drehte sich um. „Wir können in der Küche reden. Dieser ganze Humor hat mich hungrig gemacht."

Humor? Im Ernst? Ich dachte einen Moment lang nach. Vielleicht hielt er das wirklich für guten Humor. Ich hatte ihn mit schrecklicher

Laune erlebt, als er ein Loch in den Boden meiner Agentur geschossen hatte, vielleicht konnte ich also nichts Besseres erwarten.

In der Küche ging Damien sofort zu seiner brandneuen Espressomaschine und begann, daran herumzufummeln, Kaffeebohnen zu mahlen und den Raum mit köstlichem Duft zu erfüllen. Er zog eine Obstschale aus dem Kühlschrank und einen Karton mit Teilchen aus dem Vorratsschrank. Er legte Servietten, Teller und Besteck neben das Essen und lud uns ein, uns zu bedienen.

Ich nahm mir gern etwas. In meinem Kühlschrank herrschte noch immer gähnende Leere, und ich war so entschlossen gewesen, herzukommen, dass ich mir auf dem Weg nichts zum Frühstück geholt hatte. Er machte jedem von uns eine starke Tasse Kaffee und stellte eine kleine Kanne mit Milch und eine Dose mit Würfelzucker bereit, was das Kaffeekränzchen abrundete.

„Das ist mal guter Kaffee", sagte ich. „Rosalina würde ihn lieben."

Damien runzelte die Stirn, als ich ihren Namen erwähnte. „Wie geht es deiner Freundin?", fragte er und bemühte sich zu sehr, die Frage beiläufig klingen zu lassen.

„Es geht ihr gut", sagte ich. „Sie sorgt sich um unser Geschäft, weil wir im Moment keine Kunden haben. Bei allem, was momentan los ist, war es ziemlich schwierig, die Agentur normal zu führen."

„Das kann ich mir vorstellen." Er nippte an seinem Kaffee, legte ein Stück Obst auf seinen Teller und nahm sich ein Plunderstück aus der Teilchenbox.

Während ich auf einer Erdbeere herumkaute, schweifte mein Blick zwischen dem Magier und dem Alpha hin und her. Sie waren zwei ungewöhnliche Gefährten – zwei Männer, die sich ohne die Lügen meiner Mutter nie getroffen hätten. Trotzdem war ich froh, mit ihnen hier zu sitzen und sie zu meinen Freunden zu zählen.

„Also, erzähl", sagte Damien. „Was ist gestern Abend passiert?"

Ich begann ganz von vorn, erzählte ihnen von Ulfens Besuch und seinem Verdacht, dass jemand seinen Sohn mit einem Anhänger kontrollierte. Dann erzählte ich ihnen, was mit mir passierte, wenn ich bestimmte Gegenstände berührte, und dass sich meine Fähigkeiten zu verändern schienen. Und ich berichtete ihnen von dem Tag, an dem ich gespürt hatte, dass Jake in der Nähe war.

Schließlich wollte ich ihnen erzählen, was ich gesehen hatte, als ich Stephens Anhänger berührte, doch ich beschloss, dass die Erwähnung von Hybriden sie möglicherweise zu sehr ablenken würde. Ich wollte ihre Meinung dazu wissen, was ich mit diesem Vampir gemacht hatte, bevor sie sich in einer Diskussion über die Verschwörungen in der Stadt verloren. Also sprach ich über den Kampf und berichtete, wie ich dem Großmaul einen Kurzschluss verpasst hatte, nachdem ich mich in eine Glühbirne verwandelt hatte.

Sowohl Eric als auch Damien schwiegen für einen Moment und starrten mich mit unverhohlener Überraschung an.

„Also ... wie lautet das Urteil?", fragte ich, als sie stumm blieben wie Fische. „Werde ich eines Tages explodieren, wenn meine Kräfte außer Kontrolle geraten? Oder ist das etwas Gutes?"

Eric überließ die Antwort Damien, indem er seinen Körper in Richtung des Magiers drehte und seine Augenbrauen hob.

Damien seufzte. „Es wäre gelogen, wenn ich sagen würde, dass ich wüsste, was mit dir passiert. Ich habe nur Vermutungen."

„Dann mal her damit."

„Okay, also, vielleicht hat mein Zauber mehr als nur deine Wölfin in Zaum gehalten."

„Du meinst also, er hat auch meine Fährtensuchkräfte betroffen?", fragte ich.

Er nickte.

„Aber Fährtensucher können keine Leute grillen", argumentierte ich.

Dieses Mal übergab Damien an Eric, der einen Moment lang nachdachte. Dann sagte er: „So, wie du diesen Vampir mit deinen Gedanken bombardiert hast, frage ich mich, ob du deine Alphafähigkeiten mit deinen Fährtensuchkräften kombinieren konntest. Vielleicht hast du ihm, statt nur deine Gedanken zu projizieren, eine heftige Reizüberflutung verpasst. Vampire haben, wie Werwölfe auch, sehr geschärfte Sinne, und vielleicht konnte er nicht mit der Wucht deines mentalen Angriffs umgehen."

Alles, was ich hörte, waren viele Vielleichts, was mich kein bisschen beruhigte. Ich wollte wissen, wann diese Veränderungen aufhören würden. Die Flut an Sinnesreizen würde mich eines Tages noch wahnsinnig machen.

„Ich weiß, dass es nicht das ist, was du hören wolltest", sagte Eric, „aber das Beste, was wir tun können, ist, dich im Auge zu behalten und mit dem Training weiterzumachen. Herauszufinden, wie sich deine Kräfte entwickelt haben, während du mitten in einem Kampf mit einem Vampir steckst, ist nicht gerade ideal. Wir können die Grenzen austesten, während wir zusammen daran arbeiten. Glaub mir, das ist eine viel sicherere Methode. Meinst du nicht?"

„Ich schätze schon", gab ich widerwillig zu.

Damien sah Eric mit zusammengekniffenen Augen an, während er sich nachdenklich mit einem seiner langen Zeigefinger über die Oberlippe fuhr. Seine weißen Augenbrauen waren hochgezogen, als er den Werwolf musterte.

„Was?", schnaubte Eric.

„Mein lieber Eric, ich glaube, dass du deine Schuld bei mir beglichen hast. Du musst diesen jungen Welpen nicht mehr trainieren." Er lächelte schief und sah selbstzufrieden aus.

„Ich kann sie nicht rauswerfen. Nicht in ihrem Zustand." Eric klang entrüstet.

„Hey", protestierte ich. „Ich bin nicht krank oder so." Ich runzelte die Stirn. „Oder?"

Beide ignorierten mich und Damien führte seine spöttische Scharade fort. „Was für einen Unterschied macht das? Die Leute stolpern jeden Tag völlig ahnungslos und hilflos durchs Leben."

„Ernsthaft?", rief ich. „Ich stolpere nicht durchs Leben." Meine Worte klangen nicht überzeugt. Wenn man den Wahnsinn der letzten Wochen bedachte, gab es definitiv eine Menge Stolperfallen.

„Irgendjemand muss doch etwas tun", argumentierte Eric. „Da der Schuldige", er starrte den Magier eindringlich an, „seine Hände in Unschuld wäscht."

Für den dramatischen Effekt richtete Damien seinen Blick gen Himmel. „Oh, Eric, warum gibst du es nicht einfach zu? Toni ist dir ans Herz gewachsen."

Eric verschränkte seine Arme und funkelte ihn an, verschloss sich und weigerte sich, Damiens Frage zu beantworten.

„Ich finde, du beschwerst dich zu viel." Damien lachte leise.

Verärgert riss Eric die Arme in die Luft und stand von seinem Hocker auf. „Und wenn schon."

Ich schaute in Erics finsteres Gesicht und versuchte, hinter seine harte Schale zu blicken. Mochte er mich wirklich? Hatte er sein Herz geöffnet und mich hineingelassen? Es schien, als hätte er sich jahrelang verschlossen, und das aus gutem Grund. Der Schmerz, den er beim Verlust seiner Familie erlebt haben musste, war unvorstellbar. Ich hatte Mom diese Woche fast verloren und es hatte gereicht, um meinen ganzen Groll zu vergessen und einen Neuanfang zwischen uns zu wagen. Familie war alles und ohne sie wäre ich aufgeschmissen.

„Vielleicht erinnert sie mich an jemanden", sagte Eric, als bräuchte er eine Ausrede, um mich zu mögen.

„Bravo." Damien begann langsam zu klatschen, wie eine hochnäsige Dame in der Oper. „Der knallharte und unerschütterliche Eric Lone hat sein Herz entdeckt."

Ernsthaft? Konnte Damien noch rücksichtsloser sein? Wenn er so weitermachte, würde Eric sein Herz nur wieder verschließen.

Zeit für die Information, die diesem Unsinn ein Ende setzen würde. „Ulfen glaubt, dass jemand versucht, ein Hybridrudel zu erschaffen."

Eric und Damien wurden ohnmächtig.

Nein, nicht wirklich, aber sie wurden so blass wie Gespenster und vergaßen ihr Geplänkel sofort.

Ich hatte wieder ihre Aufmerksamkeit.

KAPITEL 27

Ihre Mienen waren so unmissverständlich wie Straßenschilder.
Damien und Eric wussten genau, was ich mit „Hybridrudel" meinte.
Als ich erklärte, was ich in meiner Vision gesehen hatte, erfuhr ich,
dass sie von der Geschändeten Amphore gehört hatten. Erics Vorfahren
waren, genau wie die von Ulfen, daran beteiligt gewesen, die blutdursti-
gen Monster zu jagen.

„Wir müssen mehr darüber herausfinden", sagte Eric, nachdem ich die
Karten auf den Tisch gelegt hatte. „Wir müssen diesen Anhänger in die
Finger bekommen."

„Wie?", fragte ich.

Eric sah mich an, als wäre ich dumm, und als würde er es bereuen,
mich zu mögen, egal, ob ich ihn an jemanden erinnerte.

Kurz fragte ich mich, an wen. Vielleicht an seine Tochter? Hoffentlich
nicht an seine Frau, denn das wäre seltsam. Ich schüttelte den Gedanken
ab und weigerte mich, ihm Beachtung zu schenken.

„Ganz einfach, Sunder", sagte Eric. „Wir nehmen ihn Stephen ab. Ich
weiß nicht, warum Ulfen es nicht einfach getan hat. Die Sache ist ernst.
Wenn sein Sohn auf irgendeine Weise versucht, Hybriden zu erschaffen,
muss er ihn aufhalten. Hybriden sind abscheuliche Monster. Sie haben
keinen Respekt vor dem Leben. Sie interessieren sich nur für Blut und

Zerstörung. Eine ausreichende Anzahl von ihnen könnte die Stadt in kürzester Zeit dem Erdboden gleichmachen."

Ich schob meine leere Kaffeetasse von mir weg, als mein Magen einen Salto machte, bei dem mir übel wurde. „Aber was, wenn ihn jemand kontrolliert, wie Ulfen es vermutet? Was, wenn nichts davon Stephens Schuld ist? Ich kenne ihn, und ich glaube nicht, dass er die Art von Person ist, die sich einen so verrückten Plan ausdenken könnte. Wenn wir ihn offen konfrontieren, würden wir unseren Vorteil verlieren. Aber wenn wir uns bedeckt halten, führt er uns vielleicht zu dem echten Täter, bevor sie die Hybriden erschaffen."

„Sie hat recht", sagte Damien.

Eric schnaubte. „Was, wenn sie bereits damit begonnen haben, sie zu erschaffen?"

„Das wissen wir nicht", sagte ich.

„Was schlägst du dann vor?"

„Wir könnten ... Stephen folgen", sagte ich. „Und sehen, ob er uns zu jemandem oder sogar zur Geschändeten Amphore führt."

„Das könnte sich als riesige Zeitverschwendung herausstellen", sagte Damien. „Ich bezweifle, dass der Magier, der ihn kontrolliert, einen solchen Fehler machen würde."

Ich wies ihn nicht darauf hin, dass eine Hexe statt eines Magiers dafür verantwortlich sein könnte. Wir konnten uns unmöglich sicher sein, es sei denn ...

„Glaubt ihr, dass Jenson Boyle mächtig genug für so etwas ist?", fragte ich. „Könnte er derjenige sein, der versucht, die Hybriden zu erschaffen? Auf mich wirkt er ziemlich machthungrig."

Bisher hatte ich Jenson als Komplizen betrachtet, als jemanden, der in der Hackordnung unter Stephen stand, aber was, wenn das nicht der Fall war? Was, wenn das alles sein Werk war?

Damien nickte, wenn auch ein wenig zögerlich. „Er ist jetzt ein Kupfermagier, also ja, er könnte derjenige sein, der Erickson kontrolliert. Aber er ist nicht die hellste Kerze im Leuchter. Seit er vor einigen Jahren aufgetaucht ist, wird er in unseren Kreisen nur belächelt. Er ist ambitioniert, ja, aber er hat nicht genug Grips, um einen solchen Plan auszuhecken."

„Was ist mit den anderen Rudelführern? Craig Blackridge? Walter Knight?" Ich erwähnte Jakes Großvater nicht gern, doch er kam mir skrupellos und manipulativ vor. Zögerlich nannte ich noch einen Namen: „Travis Hillworth?"

Eric und Damien tauschten einen Blick.

„Ich weiß, dass er mein Vater ist." Ich zuckte mit den Achseln. „Ich habe meine Mutter gefragt und sie hat es mir verraten."

Nachdem er einen Moment lang überlegt hatte, meldete sich Eric zu Wort. „Ich könnte mich irren, aber ich glaube nicht, dass ein Werwolf bei klarem Verstand einen anderen in einen Hybriden verwandeln würde. Die Rudel von St. Louis mögen nicht immer miteinander auskommen, aber sie haben gelernt, in relativer Harmonie zu leben. Den örtlichen Rudeln geht es gut. Warum sollten sie versuchen, das Gleichgewicht zu stören?"

„Dann die Vampire. Bernadetta Fiore – ihr Fahrer war dort, als wir Stephen fanden. Allerdings würde das auch bedeuten, dass sie für Rhabo verantwortlich ist und viele ihrer Artgenossen auf dem Gewissen hat."

„Bernadetta Fiore würde ihre eigene Mutter für einen Hungerlohn töten, wenn es ihr auch nur ein Gramm mehr Macht einbringen würde", sagte Eric. „Wenn sie allerdings damit zu tun hat, wüsste ich gern, wie sie von der Geschändeten Amphore erfahren hat. Seine Existenz ist nur wenigen Rudeln bekannt, deren Vorfahren einen Pakt geschlossen haben, um das Geheimnis zu schützen."

Verdammt! Mein Kopf tat weh, wenn ich nur an die Möglichkeiten dachte.

Ich rutschte von meinem Hocker. „Ich schätze, ich fahre lieber wieder ins Büro. Rufst du mich an, wenn das Heilmittel fertig ist?", fragte ich Damien.

Er antwortete mit einem einfachen Nicken. Ich konnte nicht erwarten, Aaron und Josh mit der guten Nachricht zu überraschen.

Als ich im Büro ankam, sah ich Rosalina an ihrem Schreibtisch sitzen und etwas in den Computer eintippen. Ihre Wangen waren gerötet und ihr Make-up war nicht so perfekt wie üblich. Stirnrunzelnd setzte ich mich ihr gegenüber.

„Wo warst du?", fragte ich.

„Oh, hier und da", sagte sie, winkte mit der Hand durch die Luft und mied meinen Blick. „Meine Abuelita hat mich gebeten, ein paar Sachen für sie zu kaufen. Was ist mit dir?"

Ich erzählte ihr, was im Chained Wolf passiert war. Sie ließ von ihrem Computer ab, um mir zuzuhören, und ihre Augen wurden größer und größer, während ich fortfuhr. Als ich fertig war, hatte sich ihre Überraschung jedoch zu etwas entwickelt, das eher wie Wut wirkte.

„Ich bin froh, dass Jake da war", sagte sie. „Ich hätte Stephen nie für einen Feigling gehalten. Was, wenn deine neuen Kräfte nicht rechtzeitig eingesetzt hätten? Du wärst jetzt tot."

Bei diesen Worten zuckte ich zusammen. Sie hatte nicht unrecht. Das Großmaul hätte mir den Kopf abgerissen und damit Fußball gespielt.

„Du hattest Glück, Toni. Gib es zu."

„Ich weiß."

Ich wartete darauf, dass sie mir einen Vortrag halten würde, mir sagen würde, dass ich zu viele Risiken einging, dass ich dabei noch umkommen würde. Aber sie tat es nicht. Stattdessen atmete sie tief durch, um sich zu beruhigen und wechselte das Thema.

„Ich glaube, wir haben jemanden, der heute einen Vertrag unterschreiben will." Sie drückte ein paar Tasten auf ihrer Tastatur und der Drucker erwachte zum Leben. „Es ist kein hochkarätiger Kunde, eher mittelmäßig, aber besser als nichts. Wenn er uns engagiert, haben wir fast genug, um alle unsere Rechnungen zu bezahlen, ohne an unsere Ersparnisse zu gehen."

„Das klingt gut!" Ich nahm die druckfrischen Papiere und überflog sie. „Danke dafür."

Sie zuckte mit den Schultern.

„Oh, das habe ich fast vergessen ... Damiens Heilmittel wird bald fertig sein. Ich kann nicht erwarten, es Aaron und Josh zu geben. Es muss nervenzehrend sein, das durchzumachen. Und ich will nicht egoistisch klingen, aber wenn es Josh besser geht, wird es sich vielleicht auszahlen, einen berühmten DJ als Kunden zu haben."

„Hoffentlich." Sie klang nicht überzeugt, und ich war mir auch nicht allzu sicher. Wir hatten Aaron in eine sehr schmerzhafte Situation gebracht. Es war unwahrscheinlich, dass er ein Risiko einging, indem er seine Freunde zu uns schickte.

Wir machten uns an die Arbeit und bereiteten uns auf die Ankunft des Kunden später an diesem Nachmittag vor. Als er erschien, unterhielten wir uns in meinem Büro. Er war Mitte dreißig und hatte vor ein paar Jahren eine unschöne Scheidung durchgemacht. Er wollte eine Familie gründen und diesen Schritt nicht einfach mit irgendwem wagen. Dieses Mal wollte er sicherstellen, dass er jemanden fand, der seine Ansichten und familiären Werte teilte. Seine Eltern hatten sich scheiden lassen, als er noch klein war, und das wollte er seinen eigenen Kindern nicht antun.

Er klang nach einem tollen Kerl, genau die Art von Person, der ich gerne half. Er übernahm das Reden, während ich zuhörte, und am Ende brauchte es nicht viel Überzeugungskraft, um ihn ins Boot zu holen und den Vertrag unterzeichnen zu lassen. Er war einfach bereit für einen neuen Abschnitt in seinem Leben. Ich atmete auf, als er gegangen war, weil ich wusste, dass wir unsere Rechnungen bezahlen könnten, wenn wir eine Gefährtin für ihn fanden.

Am Ende des Tages fuhr ich mit Rosalina zu ihrer Wohnung und packte ein paar Kisten in den Kofferraum meines Camaros. Ich achtete darauf, meine Badartikel und Kleidung mitzunehmen; das, was mir am meisten gefehlt hatte. Ich hatte gehofft, ein bisschen Zeit mit ihr verbringen zu können, aber sie sagte, sie hätte noch etwas vor, und schickte mich weg.

Sie war in letzter Zeit wirklich beschäftigt, und ich fragte mich, ob ich sie eingeengt hatte, während ich bei ihr wohnte. Vielleicht verbrachte sie viel mehr Zeit mit ihrer Familie, als mir klar gewesen war. Vielleicht führte sie ein Doppelleben mit wilden Partys oder als begeisterte Scrapbookerin. Wer weiß?

Während ich nach Hause fuhr, überschlugen sich eine Million Gedanken in meinem Kopf. Ich versuchte, mir keine Sorgen um die Agentur zu machen und sagte mir, dass wir mit diesem neuen Kunden wieder auf Kurs waren. Dass ich geduldig sein musste und dass das Rhabo-Heilmittel morgen fertig sein und Josh retten würde.

Ich überlegte mir auch, dass die ganze Sache mit den Hybriden nicht in meiner Verantwortung lag. Ich war nur eine Fährtensucherin, die vor Kurzem zur Werwölfin geworden und in einen unglaublichen Shitstorm geraten war. Das Beste war, mich einfach rauszuhalten und es den Rudeln zu überlassen, mit diesem Schlamassel umzugehen. Ich hatte mein eigenes Leben zu führen; meine eigenen Freunde und meine Familie, um die ich mich kümmern musste. Ich wollte nicht, dass in meiner Stadt schlimme Dinge passierten, doch ich konnte das Gewicht solcher Verantwortung nicht auf meinen Schultern tragen.

Immerhin war ich nur eine einsame Wölfin.

Ich fand ein gewisses Maß an Trost in meinen Gedanken, fuhr in meine Parklücke und stellte den Motor ab. Ich stieß einen schweren Seufzer aus. Mir waren doch ein paar überzeugende Argumente eingefallen, um mich aus dem Ärger herauszuhalten, oder?

Jep. Gut gemacht, Toni! Mach so weiter und vielleicht glaubst du es irgendwann.

Kichernd stieg ich aus dem Camaro und öffnete den Kofferraum. Ich stapelte zwei Kisten übereinander und ging auf den Aufzug zu. Ich war fast da, als ich Schritte hinter mir hörte. Als ich über meine Schulter sah, wurden sie schneller.

Meine Instinkte erwachten zum Leben und spürten eine Bedrohung. Ich ließ die Kartons fallen und wirbelte herum. Jemand krachte in mich hinein und warf mich zu Boden. Ich schlug hart auf dem Beton auf und spürte jeden Knochen in meinem Körper. Als ich zu meinem Angreifer hinauf blinzelte, sah ich Stephen Erickson.

Mit erhobener Faust sprang er auf mich. Ich hob meine Arme, um mein Gesicht zu verdecken, doch er war zu schnell und bevor ich mich schützen konnte, schlug seine Faust seitlich gegen mein Gesicht und alles wurde schwarz.

KAPITEL 28

Ich erwachte schrittweise. Ich saß da und mein Kopf hing schlaff herunter. Meine Schläfen hämmerten und mein Kiefer war steif und schmerzte, als hätte jemand mit einem Hammer dagegen geschlagen. Ich öffnete meine Augen und blinzelte in das schwache, warme Licht, das mich umgab. Flackernde Kerzen standen auf etwas, das aussah wie ein Marmoraltar. Das hölzerne Kreuz mit einem lebensgroßen Jesus hing falsch herum an der Wand. Buntglasfenster mit fünfzackigen Pentagrammen säumten beide Seiten des Kreuzes. An einer Seite stand eine stabile Holzkanzel.

Was zur Hölle?!

Ich sah mich um und zuckte vor Schmerz, als ich meinen Hals bewegte.

Rechts und links von mir waren Kirchenbänke aufgereiht. Ich befand mich im Mittelgang, meine Hände und Beine waren an einen Stuhl gefesselt. Ich befand mich eindeutig in einer Art Kirche, wenn auch nicht in einer traditionellen.

Der Geruch von brennenden Kerzen lag in der Luft. Ich horchte auf Geräusche, doch ich hörte nichts. Es schien, als sei ich allein. Ich versuchte, hinter mich zu schauen, wo sich der Ausgang befinden musste, doch ich konnte nur Schatten erkennen.

Ich biss die Zähne zusammen und zerrte an meinen Fesseln. Sie waren eng und gruben sich in meine Handgelenke und Knöchel. Ich fragte mich, was passieren würde, wenn ich mich verwandelte – wäre ich immer noch gefesselt? Wenn es so war, hätte ich wenigstens scharfe Zähne, um das Seil zu zerreißen.

Ich rief meine Wölfin und forderte sie auf, sich zu zeigen.

Es passierte nichts.

Ich versuchte es wieder.

Nichts.

Panik machte sich in mir breit. Was war hier los?

„Die Verwandlung funktioniert hier nicht", sagte Stephens Stimme hinter mir.

Ich erstarrte.

Meine Nase zuckte und versuchte, seinen Geruch zu erkennen, doch ich roch nichts. Wahrscheinlich trug er dieses ScentKill, das Jake mir damals gegeben hatte – deshalb hatte ich im Parkhaus nicht gespürt, dass er auf mich zukam.

„Tempel der Zirkel sind mit Zaubern belegt, die gegen Wandler wirken. Ziemlich mächtig, was?"

Tempel der Zirkel? War ich in einer verdammten Vampirkirche? Was zur Hölle? Meine Gedanken überschlugen sich. Mein Herz ebenso.

Hinter mir ertönten Schritte, die auf den Steinboden schlugen und sich mit unerträglich langsamem Tempo näherten. Ein Schauer lief mir über den Rücken, während ich wartete, in der Annahme, er würde mich wieder schlagen. Aber er schlenderte nur an mir vorbei und strich mir über den Arm, als er an meinem Stuhl ankam. Dann trat er vor mich und sah mich eine lange Zeit schweigend an. Er trug einen grauen Anzug und ein weißes Hemd, jedoch keine Krawatte.

Er streckte die Hand nach meinem Gesicht aus. „Es tut mir leid, dass ich dich geschlagen habe. Tut es sehr weh?"

Ich riss mein Kinn aus seinem Griff. Ich brannte darauf, es ihm heimzuzahlen und stellte mir vor, wie meine Faust seinen perfekten Kiefer traf und wie seine Zähne einer nach dem anderen ausfielen.

„Was soll das?!", wollte ich wissen. „Warum?"

„Du weißt ganz genau, warum. Schluss mit der Heuchelei. Ich habe langsam genug von deiner Einmischung, Toni. Trotz des ganzen Ärgers, den du im Lagerhaus verursacht hast, wollte ich dich in Ruhe lassen." Er schüttelte seinen Kopf und setzte eine traurige Miene auf. „Du hast Blake fast getötet und uns fast fünfhundert Kilo Rhabo gekostet."

Fast traf zwar auf Blake zu, jedoch nicht auf das Rhabo.

„Die Polizei hat die gesamte Lieferung beschlagnahmt", sagte ich. „Wovon zum Teufel sprichst du?"

Er lachte und begann, lässig im Kreis zu laufen. „Du würdest nicht glauben, wie viele Cops wir in der Hand haben. Als sie die Droge zur Vernichtung verschickt haben, holten wir sie uns einfach zurück."

Oh nein! Mein Herz wurde schwer. Wie viele würden noch sterben? All unsere Bemühungen waren umsonst gewesen. Tränen stiegen mir in die Augen, als mir unser Versagen klar wurde.

Stephen schenkte mir ein unheimliches Lächeln. „Ich mag dich, Toni. Sehr sogar. Vielleicht zu sehr."

Seine blauen Augen betrachteten meinen Körper von oben bis unten, mit einem Hunger, der mir ganz und gar nicht gefiel. Mein Magen drehte sich vor Ekel um. Das war nicht der Stephen, den ich kannte, überhaupt nicht. Ich hatte ihn noch nie so reden hören. Er klang schleimig und pervers. Sprach jemand anderes durch ihn? Oder war er es wirklich und ich hatte mich komplett in ihm getäuscht?

„Und jetzt, wo ich weiß, dass du eine Werwölfin bist, reizt du mich sogar noch mehr als zuvor." Er holte tief Luft. „Du riechst köstlich." Er leckte sich über die Lippen.

Ich kämpfte gegen meine Fesseln an und wünschte, ich könnte ein Bein befreien, um ihm in die Eier zu treten. Aber vielleicht sollte ich noch nicht über ihn urteilen.

„Wer hat dir diesen Anhänger gegeben, den du trägst, Stephen?"

Er runzelte die Stirn und sah mich an, als sei ich dumm. „Was spielt das für eine Rolle?" Eine Pause. „Hör zu, ich habe dich hergebracht, weil ich etwas mit dir besprechen möchte."

„Ach ja? Fesselst du die Leute immer, wenn du mit ihnen reden willst?"

„Ich wusste, dass du mich durchschaut hast. Du wärst nicht gekommen." Er sagte es, als wäre es die perfekte Ausrede für eine Entführung.

„Ich habe mein Leben für dich riskiert", sagte ich. „Ich dachte, du wärst in Gefahr, aber deine Entführung war nur Schwindel. Warum hast du das getan?"

Er verengte die Augen. „Ich weiß, dass du viele Fragen haben musst, und da ich gerade gute Laune habe, werde ich sie gerne beantworten. Los."

Ich erstarrte einen Moment lang, weil mich die unzähligen Gedanken überwältigten, die durch meinen Kopf schossen. Ich schüttelte mich und versuchte, von vorn anzufangen.

„Hast du deine eigene Entführung vorgetäuscht?"

„Ja. Das hat Spaß gemacht." Er grinste wie ein Irrer.

„Hast du Leute geschickt, die mir wehtun sollten?"

„Oh, nein. Sie sollten dir nicht wehtun. Sie sollten dir nur Angst einjagen und dich dazu bringen, mich finden zu wollen. Ich wusste, dass Jake an der Sache dran war, aber ich wollte, dass du mich findest."

„Warum?"

Er fuhr mit dem Finger über die Armlehne einer der Kirchenbänke und zerrieb dann den Staub zwischen seinen Fingern. „Meine Rettung musste glaubhaft sein und dich hineinzuziehen hat die ganze Sache glaubwürdig gemacht, besonders für Leute wie Tom Freeman."

„Wie hast du deinen Wolf getarnt, als dieser Kupfermagier uns im Restaurant angriff?"

„Ach das?" Er machte ein Gesicht, als sei diese Frage reinste Zeitverschwendung. „Das war nur ein dummer kleiner Zauber von Jenson. Jake durfte mich nicht erkennen. Ich bereue es, ihn an diesem Abend nicht umgebracht zu haben, aber ich dachte nicht, dass er so eine Nervensäge werden würde. Aber es hat alles super geklappt."

„Du meinst, es hat deinen Vater hinter Gitter gebracht."

Stephen nickte und grinste wieder.

„Warum? Du bist ihm wichtig."

Er zuckte die Schultern, als würde das nichts bedeuten. „Er ist mittelmäßig und begnügt sich mit einem kleinen Stück von einem sehr großen Kuchen. Er langweilt mich."

Ich öffnete meinen Mund, um eine weitere Frage zu stellen, doch er winkte mit einer Hand in der Luft herum. „Das hier langweilt mich auch. Genug Fragen." Er verengte seine Augen und beugte sich vor, bis seine Nase beinahe meine berührte. „Schließ dich meinem Rudel an, Toni."

Ich verschluckte mich fast. Meinte er das ernst? Mich seinem Rudel anschließen? Da würde ich lieber wieder unter die Obdachlosen gehen. Mein erster Instinkt war, ihm ins Gesicht zu spucken, aber war das eine schlaue Idee? Irgendetwas sagte mir, er würde mir nicht einfach den Rücken tätscheln und mich gehen lassen.

„Warum sollte ich das tun?", fragte ich, um Zeit zu schinden, während ich versuchte, einen Ausweg aus dieser Situation zu finden.

„Ich bin froh, dass du fragst." Er drehte meinen Stuhl zu einer der Kirchenbänke. Das Geräusch von Holz, das über Stein schrammt, hallte durch die Kirche. Er setzte sich und schlug die Beine übereinander. „Es gibt viele gute Gründe. Erstens willst du keine einsame Wölfin sein. Du brauchst ein Rudel, vertrau mir. Eine schöne, junge Werwölfin wie du ... jemand wird versuchen, sich dich zu schnappen." Er lachte. „Ich schätze, das ist schon passiert."

Der Mistkerl hielt sich wirklich für witzig. Meine Wölfin regte sich in mir und kochte vor Wut. Ich versuchte noch einmal, sie herauszulassen, doch es passierte nichts. Meine Haut juckte nicht einmal.

„Ich würde dich beschützen", fuhr er fort. „Niemand würde es wagen, dir ein Haar zu krümmen. Bald wird mein Rudel mächtiger sein als alle Rudel in St. Louis zusammen. Du könntest dazugehören. Du könntest an meiner Seite sein und die Macht und den Luxus genießen. Du müsstest in deiner Agentur nicht mehr um jeden Dollar kämpfen."

Er betonte das Wort, als würde er über Müll sprechen, und das verdoppelte meine Wut. Ahh! Wenn ich freikam, würde ich in auf schnellstem Weg ins Gefängnis befördern, aber nicht, bevor ich ihn an den Eiern an die Spitze der Gateway Arch genagelt hatte.

„Ist das alles?", fragte ich. „Oder willst du noch mehr Punkte vorstellen?"

Seine Miene wurde hart. Er rutschte auf die Kante der Bank und sein Blick bohrte sich in meinen. „Ich habe das Gefühl, dass du dich über mich lustig machst."

Junge, er war wirklich scharfsinnig.

„Ich frage nur, weil ich alles wissen muss, bevor ich eine so wichtige Entscheidung treffe, findest du nicht?"

Er brummte.

„Wenn du zum Beispiel von ‚deinem Rudel‘ sprichst, meinst du das Rudel deines Vaters? Oder ein ganz neues?“

„Das Rudel meines Vaters ist ein Witz.“

Ich nickte. „Okay, also ein neues Rudel. Wie viele Mitglieder hat es? Was, wenn ich sie nicht mag? Vielleicht sollte ich sie zuerst kennenlernen.“

„Hör auf, mich zu verarschen.“ Mit einer geschmeidigen Bewegung stand er auf, packte mich am Hals und drückte zu, bis ich kaum atmen konnte. „Das ist kein Scherz. Ich war geduldig mit dir. Ich habe dir dein Eingreifen verziehen, aber ich werde nicht mehr lange so nachsichtig sein.“

Ich rang nach Luft, meine Lungen begannen zu brennen, meine Wölfin schlug um sich, kämpfte darum, rauszukommen, rannte aber jedes Mal gegen eine unsichtbare Wand, wenn sie es versuchte.

Schließlich ließ er mich los und drückte mein Gesicht zur Seite, während er einen Schritt zurücktrat. Ich schnappte nach Luft, zuckte wegen der Schmerzen in meiner Luftröhre und hoffte, dass mein benebelter Kopf wieder klar werden würde.

„Okay“, hustete ich. „Ich tue alles, was du willst.“

„Du lügst“, blaffte er und trat genau zwischen meinen Schenkeln gegen den Stuhl.

Der Stuhl kratzte über den Steinboden, während er nach hinten rutschte, dann blieb er an etwas hängen und die Vorderbeine hoben sich in die Luft. Ich schwankte einen Moment lang und versuchte, mein Gewicht nach vorn zu verlagern, doch ich krachte trotzdem auf den Boden. Mein Hinterkopf schlug auf dem Stein auf. Weiße Sterne explodierten vor meinen Augen. Ich knurrte mit zusammengebissenen Zähnen, als sich Schmerzen entlang meiner Wirbelsäule ausbreiteten. Meine Sicht verschwamm und ich atmete tief durch und blinzelte wild, während ich darum kämpfte, bei Bewusstsein zu bleiben.

Ich konzentrierte mich auf die freiliegenden Holzbalken an der hohen Decke, dann drehte ich meinen Kopf von einer Seite zur anderen und atmete tief durch. Ich starrte blinzelnd auf eine dicke Marmorsäule zu meiner Rechten, auf die grauen Adern, die sich über die glatte Oberfläche zogen.

Bleib wach, Toni. Bleib wach!

Stephen griff nach dem Stuhl und zog ihn wieder hoch. Der ganze Tempel schien sich einen Moment lang zu drehen, kam dann jedoch wieder zur Ruhe.

Er hockte sich vor mir hin und streichelte mein Kinn – seine Wut war verflogen und durch ein süßes Lächeln ersetzt worden. „Ich weiß, dass es nicht einfach wird, dich zu überzeugen, Toni. Du bist stark und stur, und das mag ich an dir. Aber ich weiß auch, dass du mir gegenüber loyal sein wirst, wenn du dich für mich entscheidest – so wie du Jake gegenüber loyal bist." Sein Lächeln verschwand. „Er liebt dich nicht. Er heiratet eine andere für Macht. Das unterscheidet mich von ihm. Weißt du ..." Er richtete sich auf und streckte seine Arme über seinen Kopf. „Ich mache das alles allein. Ich baue mein eigenes Rudel auf. Ich brauche meinen Vater nicht. Ich muss niemanden heiraten, um stark zu werden. Ich bin selbst stark und ich wähle dich, auch wenn du mir nichts bieten kannst."

Wow, na danke. Er war ein echter Charmeur und wusste genau, wie man einem Mädchen das Gefühl gibt, geschätzt zu werden.

„Jake hat keinen wirklichen Ehrgeiz", fuhr er fort, drehte mir den Rücken zu und ging davon. „Er will nur als blöder Privatdetektiv arbeiten." Er lachte. „Eines Tages mag er ein Rudelführer sein, aber nur, weil sein toter Vater und sein cleverer, manipulativer Großvater mehr Ehrgeiz bewiesen haben als er." Er blieb stehen und hob seinen Blick zu den Buntglasfenstern hinter dem Altar.

Ich warf einen Seitenblick auf die Marmorsäule. Sie war nur ein kleines Stück entfernt. Ich legte meine Hände um die geschwungenen Armlehnen des Stuhls. Ich hatte eine Idee, aber ich würde nur eine Chance bekommen, also musste es beim ersten Versuch klappen.

Mit einem tiefen Atemzug, als wollte ich Entschlossenheit aus der Luft ziehen, wippte ich vorwärts und stellte mich auf die Füße. Stephen wirbelte herum und starrte mich mit einem Stirnrunzeln an. Ich muss lächerlich ausgesehen haben, so zusammengekauert und mit dem Stuhl, der an meinem Hintern klebte.

Er legte seinen Kopf schief.

Mist!

Keine Zeit zu verlieren.

Ich rannte zur Seite und schlug den Stuhl mit aller Kraft gegen die Säule, während er gerade in meine Richtung stürmte. Es war ein lautes Krachen zu hören, dann fühlte sich das Anhängsel in meinem Rücken wacklig an. Ich versuchte, mich zu befreien, doch es reichte nicht aus. Ich trat einen Schritt zurück und rannte noch einmal auf die Säule zu. Als ich das zweite Mal dagegen krachte ... ertönte ein lautes Knacken, begleitet von einem splitternden Geräusch.

Stephen erreichte mich, packte mich an den Schultern und drückte mich gewaltsam nach unten. Die Beine des Stuhls berührten den Boden und einen Moment lang dachte ich, es hätte nicht funktioniert, doch als mein volles Gewicht auf dem Stuhl lastete, zerbrach er in seine Einzelteile und ich fand mich inmitten von zersplitterten Stücken auf dem Boden wieder.

Ich strampelte mit meinen Armen und Beinen und befreite mich von der Last des Stuhls, auch wenn Teile davon immer noch durch die Seile an meinen Gliedmaßen befestigt waren. Stephen stürzte sich auf mich und versuchte, mich festzuhalten, aber aus meiner Bauchlage trat ich nach ihm und hielt ihn auf Abstand, während ich mich bemühte, die Seile zu lösen.

„Du musst mich nicht bekämpfen", knurrte er, als er noch einmal versuchte, mein Bein zu packen und ich seine Hände wegtrat. „Ich möchte dich auf meiner Seite haben."

Ich befreite eins meiner Beine von seinem hölzernen Anhängsel, dann das andere. Ich rappelte mich auf und kam auf die Füße. Die Armlehnen des Stuhls hingen immer noch an mir, als ich mich rückwärts von Stephen entfernte. Ungeschickt und verzweifelt zerrte ich an dem Seil um mein rechtes Handgelenk und bekam es frei. Die Armlehne krachte auf den Boden. Die andere loszuwerden war einfacher, und ich beschloss, sie als Waffe zu behalten.

Ich richtete das zersplitterte Stück Holz auf Stephen. „Bleib weg von mir, du Mistkerl, oder ich schwöre, ich werde dich töten."

Rückwärts bewegte ich mich auf die Doppeltür zu, um zu flüchten.

KAPITEL 29

Stephen grinste und betrachtete verächtlich meine behelfsmäßige Waffe. Dann kam er auf mich zu, wobei er sich so schnell bewegte, dass ich keine Zeit hatte, das zerbrochene Stück Holz zu heben. Er krachte gegen mich, schlang seine Arme um meine Taille und warf mich zu Boden. Die Armlehne rutschte mir aus der Hand und polterte unter eine der Kirchenbänke. Mir blieb die Luft weg, als der Aufprall meinen Unterleib und meine Lunge zerquetschte.

Genau wie er es in der Tiefgarage getan hatte, saß Stephen auf mir und drückte mich auf den Boden. Er versuchte, meine Arme zu packen, doch ich kämpfte gegen ihn an, indem ich nach ihm schlug und kratzte. Als er sich über mich beugte, erhaschte ich einen flüchtigen Blick auf die Kette an seinem Hals. Aus Reflex griff ich danach und schaffte es, sie zu packen. Ein Regenbogen von Farben blitzte vor meinen Augen auf. Geblendet zog ich an der Kette und versuchte, sie von seinem Hals zu reißen.

Panisch weiteten sich seine Augen und er beugte sich tiefer zu mir herunter, um die Spannung an seiner Kette zu verringern. Ich wickelte noch mehr von der Kette um meine Finger, bis sie wieder straff war. Ich riss so fest daran, wie ich konnte. Die Kette grub sich in Stephens Hals. Er packte mein Handgelenk und versuchte, es festzuhalten, damit ich nicht weiter daran ziehen konnte.

Während er sich darauf konzentrierte, sein kleines Relikt zu retten, nutzte ich mein Selbstverteidigungstraining und brachte ihn aus dem Gleichgewicht, indem ich ihm meine Knie in den Rücken rammte. Er taumelte zur Seite und stützte einen Arm auf den Boden, um nicht zu fallen. Mehr brauchte ich nicht, um mich unter ihm herauszuwinden. Mit einer einzigen geschmeidigen Bewegung drehte ich mich auf die Seite, zog meine Beine an, stemmte meine Füße gegen seine Hüfte und trat dagegen, während ich an seiner Kette zog.

Endlich riss dieses Ding. Der schwere Anhänger rutschte an der Kette herunter und fiel klirrend zu Boden. Es war ein klobiges oranges Juwel auf einem silbernen Untergrund. Stephen ließ mein Handgelenk los. Ich kroch zurück und sprang auf die Füße, wobei ich weiterhin um Luft rang. Er blieb am Boden und starrte den Anhänger an, als befände er sich in Trance.

Langsam kam er auf die Knie, ließ die Schultern hängen und senkte sein Kinn an seine Brust, während er den glänzenden Stein anstarrte. Als würde er aus einem Traum erwachen, sah er auf und blinzelte mich an.

„Toni?", sagte er und schien überrascht, mich dort zu sehen. Er sah sich im Tempel um und runzelte die Stirn. „Was ... was ist los?"

Ich hielt mich von ihm fern, mein Herz raste, meine Gedanken überschlugen sich und meine Lungen füllten sich endlich wieder.

Stephen hielt sich zitternd an einer der Kirchenbänke fest, drückte sich hoch und stand auf. Er rieb sich den Hals, wo ein knallroter Fleck wucherte, aus dem winzige Bluttropfen traten.

Er zischte vor Schmerz. „Das brennt." Seine blauen Augen sahen wieder in meine. „Warum sind wir hier?"

„D-du erinnerst dich nicht?"

Er schüttelte seinen Kopf.

„Gehen wir", drängte ich. „Ich erkläre es dir später."

Er nickte unsicher.

Ich ging auf die Doppeltür zu und versuchte, sie aufzustoßen. Sie bewegte sich nicht. Ich zog daran. Nichts. Mit einem Blick über meine Schulter sagte ich: „Hilf mir mit—"

Stephen schlang einen Arm um meinen Hals und nahm mich in den Würgegriff. „Du bist so leichtgläubig, Toni", sagte er in mein Ohr, während er mich vom Ausgang wegzog.

Ich krallte mich an seinem Arm fest und trat um mich, während er mich den Gang entlangschleifte und die Türen sich immer weiter entfernten. Ich bockte wie ein wildes Pferd und knurrte. Frustration überschwemmte mich. Ich war so dumm. So dumm.

„Egal wie, du wirst bei mir sein", flüsterte er mir ins Ohr und sein Atem fühlte sich heiß und widerlich feucht an.

Plötzlich flog die Doppeltür auf und mehrere Gestalten erschienen in dem gewölbten Eingang, deren dunkle Umrisse von dem schwachen Licht von draußen angeleuchtet wurden.

„Hilfe!", schrie ich, doch die Gestalten blieben einen Moment lang regungslos stehen, dann begannen sie schließlich, den Gang hinunterzuschreiten.

Schritte hallten von dem Steinboden wider. Jemand führte etwas an, das wie eine Prozession aussah, zwei Reihen von Menschen, die in Paaren liefen. Als das Kerzenlicht schließlich die Anführerin der Gruppe erhellte, stockte mir der Atem.

Es war Bernadetta Fiore, die auf uns zukam, als würde sie schweben. Sie trug einen schwarzen Bodysuit, der wie eine zweite Haut an ihrer schmalen Figur anlag. Ein Trenchcoat, ein Lederkorsett und kniehohe Stiefel mit Metallschnallen und Absätzen, die so scharf aussahen wie Messer, vervollständigten das Outfit. Ihr tiefschwarzes Haar war streng an ihrem Kopf zusammengebunden und endete in einem hohen Pferdeschwanz, der von einem dicken goldenen Band zusammengehalten wurde. Ihr dunkler Blick war kühl und distanziert.

Ein Schauer der Angst lief mir über den Rücken. Wir hatten von Anfang an recht gehabt. Die Dunkle Donna steckte hinter allem, aber ich hätte nie gedacht, dass Stephen ihr Verbündeter war. Das erklärte Bertrams Anwesenheit in jener Nacht in der Werkstatt, in der wir den Wagen von Lucciola gefunden hatten, und warum der Vampir mir nichts getan hatte. Wahrscheinlich hatte Stephen ihm befohlen, es nicht zu tun.

Zehn Vampire – mit blassen Gesichtern und von dunklen Adern durchzogenen Augen – liefen in zwei Reihen links und rechts von ihr. Jeder von ihnen zog jemanden mit sich und mit ihren Krallen an den Hälsen ihrer Gefangenen zwangen sie sie, vorwärtszulaufen. Meine Nase zuckte. Die Gefangenen waren Werwölfe. Ihr Geruch war unverkennbar. Eine dunkelhäutige Vampirin in einem Outfit aus rotem Leder und einer

Wolke von gebleichtem blonden Haar um ihr Gesicht, die rechts von Bernadetta lief, war nicht zu übersehen.

Oh nein! War dies, was ich dachte, dass es war?

Bernadetta blieb vor uns stehen. Mein Atem stockte, als ich gegen Stephens unerbittlichen Würgegriff ankämpfte.

„Ich schätze, du konntest sie nicht überzeugen", sagte Bernadetta und betonte jedes einzelne Wort mit ihrer sorgsamen Art zu sprechen.

„Sie ist temperamentvoll", sagte Stephen mit Belustigung in seiner Stimme. „Das ist eines der vielen Dinge, die ich an ihr liebe."

Die Vampirin nickte. „Ja, sie lässt sich nicht so leicht einschüchtern." Ihre tiefschwarzen Augen musterten mich aufmerksam. „Ich habe versucht, Ihnen zu raten, sich fernzuhalten, Miss Sunder."

„Sie haben gelogen", blaffte ich.

„Habe ich das?" Sie hob ihre gezupften Augenbrauen. „Ich sagte Ihnen, dass ich Stephen nicht entführt habe, und es war die Wahrheit. Er war ein bereitwilliger Akteur."

„Stellen Sie sich nicht dumm. Sie haben die ganze Zeit dahintergesteckt."

Die Vampirin stürmte mit verschwommenen Bewegungen auf mich zu und entblößte ihre spitzen Reißzähne, um mir ins Gesicht zu fauchen. „Rede noch einmal so mit mir und ich steche dir deine hübschen kleinen Augen aus." Sie hob eine Faust, dann sprang ihr krallenbestückter Zeigefinger hervor wie ein Springmesser.

„Sie wird sich benehmen", sagte Stephen hinter mir. „Nicht wahr, Toni?" Sein Ton war beschwichtigend und machte mir klar, dass er Bernadettas Drohungen ernst nahm. „Außerdem wird sie in ein paar Minuten sowieso gehorsam sein."

Nein. Nein!

Ich begann wieder zu zappeln und stieß meinen Ellbogen gegen Stephens Rippen. Er zuckte zusammen, doch sein Griff lockerte sich nicht.

Ich musste mich befreien. Sie hatten die Geschändete Amphore und sie hatten vor, es bei mir und den anderen Werwölfen anzuwenden, die sie mitgebracht hatten. Noch einmal rief ich meine Wölfin und versuchte mit aller Kraft, mich zu verwandeln. Ich spürte sie unter der Oberfläche, sie kämpfte darum, freizukommen, doch es war sinnlos.

Verzweifelt sah ich zu den Gefangenen hinüber und musterte ihre Gesichter. Ein paar von ihnen hatten angestrengte Mienen, als würden sie ebenfalls versuchen, ihre Wölfe zu rufen. Die anderen schienen einfach aufgegeben zu haben, ließen ihre Köpfe hängen und blickten zu Boden.

Wir hatten keine Chance. Ohne uns verwandeln zu können, konnten wir nicht kämpfen. Selbst in unserer Menschengestalt waren wir stärker als Fade, doch nicht so stark wie Vampire – es sei denn, wir verwandelten uns. Doch an diesem Ort ...

Ich sah mich um und Hoffnungslosigkeit erfüllte mein Herz.

Bernadetta stieg die drei Stufen zum Altar hinauf und sah uns an. Ein kaltes, kleines Lächeln legte sich auf ihre Lippen. Sie griff in ihren Trenchcoat und zog etwas heraus: einen zylindrischen Behälter, der aus Jade zu bestehen schien. Er war nicht größer als eine Limodose, mit einem Griff aus demselben polierten grünen Material, der aus der Oberseite ragte. Das musste die Geschändete Amphore sein.

Behutsam stellte die Vampirin das Objekt auf den Marmoraltar und zog dann an dem oberen Teil. Ein kleiner Dolch glitt heraus, dessen silberne Schneide das Kerzenlicht reflektierte. Ohne Vorwarnung hielt sie ihre Hand über die Amphore und schlitzte sich mit dem Dolch die Handfläche auf.

Eine rote Wunde klaffte an ihrer Hand auf. Sie machte eine Faust, drückte sie fest zusammen und durch den schmalen Schlitz, in dem der Dolch gesteckt hatte, floss ein dünnes Rinnsal aus Blut in das Jadegefäß. Die Wunde schloss sich innerhalb von Sekunden und die Vampirin benutzte den Dolch erneut, um einen weiteren Schnitt zu machen. Sie musste sich noch ein drittes Mal schneiden, und nachdem sie in das Gefäß geschaut hatte, um sicherzugehen, dass es zu ihrer Zufriedenheit gefüllt war, fuhr sie mit ihrer Zunge über ihre Handfläche und leckte das Blut ab, das sie bedeckte, nachdem sich die Wunde auch beim letzten Mal geschlossen hatte. Dabei hielt sie ihren Schlafzimmerblick ununterbrochen auf Stephen gerichtet.

Als sie fertig war, deutete sie auf mich. „Bring sie her."

„Einer der anderen zuerst", sagte Stephen. „Nur zur Sicherheit."

Die Dunkle Donna zuckte mit den Schultern und sah zu der Vampirin in rotem Leder hinüber. Sie schubste ihren Werwolf-Gefangenen vorwärts, einen jungen Mann Anfang zwanzig, der nicht viel älter sein konnte als ich. Er wehrte sich gegen seine Peinigerin, aber sie behandelte ihn, als wäre der Werwolf nicht mehr als ein Kind. Sie trug ihn praktisch die Treppe hinauf und stellte ihn vor Bernadetta.

„Fass mich nicht an", knurrte er die schmale Vampirin an.

Er war einen Kopf größer als Bernadetta, doch ihre mächtige Aura ließ sie überirdisch groß erscheinen.

„Keine Sorge." Sie lächelte. „Ich werde dich nicht anrühren. Ich vermeide es wie die Pest, deinesgleichen zu berühren. Ich hasse den Gestank." Sie drehte sich um, nahm den Dolch vom Altar und steckte ihn in das Gefäß. „Ein Tropfen genügt", sagte sie mit musikalischer Stimme, als sie den Dolch wieder herauszog. Die silberne Klinge war mit glänzendem Blut bedeckt. Sie hielt das Messer eine Weile fest, während einige Tropfen ihres Blutes zurück in das Jadegefäß spritzten.

Mit einem zufriedenen Grinsen und einem Funkeln in ihren Augen sah sie den Werwolf an und machte eine Geste in Richtung der rot gekleideten Vampirin. „Öffne seinen Mund, Danika."

Der Werwolf wehrte sich, schüttelte seinen Kopf, versuchte freizukommen, doch Danika zwang ihn auf die Knie und drückte sein Gesicht mit einer Hand, bis sich seine Lippen öffneten.

„Stopp!", rief ich aus, doch niemand achtete auf mich.

Bernadetta trat näher, hielt den Dolch vor sich und brachte ihn immer näher an den Mund des Werwolfs heran. Er schrie und kämpfte hoffnungslos gegen die Arme an, die ihn festhielten. Er strampelte mit den Beinen, während der Rest seines Körpers festgehalten wurde.

Die Klinge schwebte über den Lippen des Werwolfs, dessen Gesicht vor Angst verzerrt war. Ein Tropfen Blut hing an der Spitze des Messers.

Ich wehrte mich gegen Stephen. „Lasst ihn gehen, ihr Psychos. Stephen, tu das nicht. Wenn du das tust, gibt es kein Zurück mehr."

Der Bluttropfen fiel. Eine Sekunde lang schien er in der Luft zu schweben. Ich dachte über ein Wunder nach, das ihn vielleicht aufhalten könnte, doch der Tropfen fiel in den geöffneten Mund des Mannes und zischte bei dem Kontakt. Die Hände, die ihn festhielten, ließen ihn los.

Der Mann fiel auf alle viere, hustend und spuckend. Bernadetta trat ein paar Schritte zurück und legte ihren Kopf schief, während sie ihn neugierig betrachtete.

Langsam erhob er sich und blickte sich um, er atmete schwer und sein Blick war hasserfüllt.

„Dafür wirst du bezahlen." Er stürzte sich auf Bernadetta und schlang seine Hände um ihren Hals.

Sie zuckte nicht einmal. Danika bewegte sich, um den Mann zurückzuziehen, doch die Dunkle Donna winkte sie zurück. Im nächsten Moment begann der Mann am ganzen Körper zu beben. Er versuchte, sich an der Vampirin festzuhalten, doch er fiel zu Boden und zappelte wie ein Fisch auf dem Trockenen. Er packte sich an die Kehle, schrie und krümmte seinen Rücken, bis er fast brach. Ein blaues Licht begann unter seiner Haut zu leuchten, breitete sich von seinem Hals auf den Rest seines Körpers aus und stieg ebenfalls in seinen Kopf.

„Faszinierend", bemerkte Bernadetta, während der Mann weiterhin zappelte und vor Qualen aufschrie.

Ich wollte mich abwenden, meine Augen schließen, um sein Leid nicht mitansehen zu müssen, um nicht zu sehen, was mir als Nächstes bevorstand, doch ich war wie gebannt.

Plötzlich wurde der Mann unheimlich ruhig und sein Schreien wurde zu leisem Stöhnen. Schließlich verstummte er. War er tot?

Vielleicht war irgendetwas schiefgelaufen oder sollte ich sagen ... etwas war furchtbar richtig gelaufen? Denn ich würde lieber sterben, als die Gedankensklavin der Dunklen Donna zu werden.

Bernadetta tauschte einen Blick mit Stephen aus. Scheinbar dachte auch sie, dass etwas schiefgelaufen war. Sie öffnete den Mund, um etwas zu sagen, als der Mann zuckte und sich mit einem Ruck aufrichtete.

Die Dunkle Donna stieß einen begeisterten Laut aus. „Steh auf", befahl sie.

Der Mann kam auf die Füße und drehte sich zu ihr, wobei er aussah wie ein Soldat, der auf seinen nächsten Befehl wartet.

„Mach einen Affen nach", befahl sie.

Der Mann platzierte eine Hand auf seinem Kopf und die andere an seinem Hintern und kratzte beides gleichzeitig, während er mit gebeugten Knien herumlief und „Uh, uh, uh, ah, ah" sagte.

Bernadetta lachte und ihre Vampire lachten mit ihr und sahen begeistert aus.

„Das ist einfacher als Nötigung", sagte sie. „Vollkommen mühelos."

„Uh, uh, uh, ah, ah." Der Mann schien völlig darin aufzugehen und begann, auf seinen Fußballen auf und ab zu springen und sich auf die Brust zu klopfen.

„Das reicht", sagte die Vampirin.

Er hörte auf, streckte den Rücken und wartete auf die nächste Anweisung.

„Geh zur Seite und warte."

Der Mann zog sich mit respektvoll gesenktem Kopf zurück und stellte sich mit den Händen im Rücken an die Seite.

Bernadetta wandte sich an Stephen. „Sie als Nächstes."

Ich stemmte meine Fersen in den Boden. „Nein, bitte lass nicht zu, dass sie mir das antut."

Das durfte nicht passieren. Stephen schob mich vorwärts.

„Nein!", schrie ich. „Bitte. Ich komme auf deine Seite, Stephen." Ich würde alles sagen, um sie daran zu hindern, mir dieses Gift einzuflößen.

„Du hattest deine Chance", sagte Stephen. „Wenn du einfach darüber nachgedacht hättest, hätte ich dir die Gelegenheit gegeben, dich zu beweisen."

Danika packte meine Arme und zwang mich auf die Knie. Sie fasste eine Handvoll meiner Haare und zog meinen Kopf zurück. Bernadetta tauchte den Dolch noch einmal in das Gefäß und kam dann auf mich zu. Ihr Gesichtsausdruck verriet mir, wie erfreut sie war, dass ich vor ihr kniete und bereit war, ihre Sklavin zu werden.

Danika nahm mein Gesicht und grub ihre Krallen in meine Haut, als sie zudrückte. Ich biss die Zähne so fest ich konnte zusammen, doch ihre Finger gruben sich in meine Wangen und öffneten langsam meinen Mund.

Bernadetta hielt den Dolch über meine Lippen. Ein Tropfen Blut floss zur Spitze und blieb dort für den Bruchteil einer Sekunde hängen. Dann fiel er, um mein Schicksal zu besiegeln und mein Leben der bösen Vampirin zu opfern.

KAPITEL 30

Ich schloss die Augen und Verzweiflung überkam mich beim Gedanken an meine Familie und Freunde. Ich würde sie genauso verlieren wie mein Leben.

Ich wartete darauf, dass der Tropfen meine Zunge berührte und der bittere Geschmack meinen Mund erfüllte. Zwei Sekunden vergingen. Nichts. Ich öffnete meine Augen und starrte ungläubig auf den schwebenden Bluttropfen.

Er hing wie eingefroren in der Luft.

Es war tatsächlich ein Wunder geschehen.

Bernadetta starrte mich an, immer noch mit einem kalten Lächeln. Sie hatte nicht bemerkt, dass das Blut in der Luft schwebte. Es dauerte noch eine Sekunde, bis sie bemerkte, was passierte. Sie runzelte die Stirn, machte einen Schritt zur Seite, um besser sehen zu können, und starrte das Blut an.

„Was—?"

Ein magisches Geschoss traf sie in die Brust und wirbelte sie hinter den Marmoraltar. Die Oberfläche brach entzwei und stürzte polternd in sich zusammen. Schüsse ertönten am Eingang. Kugeln prasselten gegen die Wände. Die Finger, die mich festhielten, ließen mich los. Ich hob meine Hände über meinen Kopf und kroch um die Kanzel herum. Stephen tat es mir gleich und schubste mich fast aus meiner Deckung. Ich schimpfte über ihn.

Schritte eilten über den Steinboden. Holz splitterte, als noch mehr Schüsse die Kirchenbänke trafen. Ein weiterer Magieball flog herein und traf eins der Buntglasfenster über dem Altar. Ich erwartete, es würde zerbrechen, doch die Magie flog hindurch wie ein feuriger Geist. Hier waren wohl die Zauber mit weiteren Zaubern belegt.

Bernadetta stand mit einer gleichmäßigen Bewegung vom Boden auf und ihr Trenchcoat flatterte hinter ihr, als sie buchstäblich über den zerbrochenen Marmorstücken schwebte.

Heiliger Bimbam!

Ich hatte gehört, dass uralte Vampire das tun konnten, aber ich hatte immer geglaubt, es sei Unsinn.

Plötzlich sprang Stephen auf den kaputten Altar zu. Ich beobachtete, wie er das Jadegefäß aus der Blutpfütze auf dem Boden aufsammelte und es an seine Brust drückte. Dann schweifte sein Blick umher und suchte den Dolch. Ich entdeckte ihn einen Augenblick vor ihm und stürzte mich darauf. Ich schnappte ihn mir gerade, als Stephen gegen mich prallte und versuchte, ihn mir aus den Fingern zu reißen. Geistes-gegenwärtig wirbelte ich in eine kniende Position und drohte, ihn damit zu erstechen. Die Klinge war immer noch von Bernadettas Blut benetzt. Mit Entsetzen in den Augen wich er zurück.

Ich dachte darüber nach, ihn in seinen Mund zu stecken, um es ihm mit gleicher Münze heimzuzahlen, doch eine Kugel flog nur wenige Zentimeter vor meiner Nase vorbei und ich musste mich ducken und hinter eine der Marmorsäulen kriechen. Von dieser Position aus konn-te ich endlich sehen, was los war. Der Tempel war ein Schlachtfeld. Vampire bewegten sich in verschwommener Geschwindigkeit und ver-suchten, die Doppeltür zu erreichen, während Kugeln und Magie here-inregneten und sie in Schach hielten. Irgendetwas sagte mir, dass wir alle verloren wären, wenn diese Türen geschlossen wurden. Dies war ein seltsamer Tempel, der wahrscheinlich mit endlos vielen Zaubern belegt war.

„Schließt die Türen", befahl Bernadetta mit einer dröhnenden Stimme, die für eine so kleine Person zu kräftig war. Sie schwebte immer noch über dem zerbrochenen Altar, ihre Augen glühten rot und ihr schwarzer Pferdeschwanz wehte, als würde sich um sie herum ein Sturm zusammenbrauen.

Ein weiterer magischer Angriff flog auf sie zu. Bevor er sie erreichte, ließ sie sich auf den Boden fallen und rannte im Zickzack zur Tür, wobei ihre Bewegungen vor Geschwindigkeit verschwommen. Danika erreichte den Eingang eine Sekunde später. Jede von ihnen schob eine der schweren Türen, als bestünden sie aus Pappe. Die Doppeltür schwang in den Angeln, doch bevor sie sich schloss, schlüpfte ein magischer Strom durch den Spalt und glitt wie fließendes Wasser über den Boden und breitete sich aus, bis er jede Ecke des Raumes erreichte.

Ich starrte die Magie an, die unter meinen Füßen glühte, und plötzlich belebte Macht meine Wölfin und ich erkannte, dass ich mich wieder verwandeln konnte. Beinahe tat ich es, allerdings hielt ich den Jadedolch in der Hand und wollte ihn nicht loslassen.

Die gefangenen Werwölfe, die bis jetzt wehrlos gewesen waren, verwandelten sich alle ohne zu zögern. Der Mutigste von ihnen stürzte sofort auf seine Peiniger zu. Zwei identische schwarze Wölfe sprangen gleichzeitig auf einen der Vampire und erwischten ihn unvorbereitet. Sie rissen ihm sofort den Kopf ab. Doch das schien ihnen nicht zu reichen, denn sie zerrissen ihn in Stücke und es hörte sich an, als würden sie Stein zerbeißen.

Ein weiteres magisches Geschoss kam durch die Eingangstüren und riss eine von ihnen aus den Angeln. Die riesige Tür flog durch den Raum, drehte sich in der Luft, traf eine Vampirin und zerquetschte sie an der Wand.

Ein riesiger Werwolf stürmte durch den gewölbten Eingang herein, machte einen Sprung und prallte gegen Danika.

Jake!

Wie hatte er mich gefunden?

Erics Wolf stürmte nach ihm herein, gefolgt von Damien. Der Magier trug seinen Zylinder und Umhang und marschierte selbstsicher in die Kirche. Seine Hände bewegten sich in unglaublicher Geschwindigkeit, während er seine Zauber in alle Richtungen schoss und die Vampire traf, die nicht schnell genug ausweichen konnten.

Meine Wölfin brannte darauf, herauszukommen und sich ihnen im Kampf anzuschließen. Ich sah mich um und entdeckte ein Becken auf einem Sockel, die Art, die katholische Kirchen für Weihwasser benutzten. Ich hatte keine Ahnung, wofür sie es an einem Ort wie diesem benutzten, doch es wäre ein geeignetes Versteck. Schnell suchte ich nach Stephen, doch ich konnte ihn nirgends sehen. Ich gab meine Deckung auf, rannte auf das Becken zu und ließ den Jadedolch heimlich hineinfallen.

In derselben Bewegung verwandelte ich mich und genoss die Transformation meines Körpers, als meine Muskeln wuchsen und hart wurden, Krallen aus meinen Fingerspitzen traten und Reißzähne in meinem Mund wuchsen. Meine Kleidung riss entzwei und fiel zu Boden. Ich nutzte die Kraft meiner Glieder und sprang vorwärts, landete auf einem Vampir und kratzte mit meinen Klauen über seinen Rücken.

Die Kreatur heulte vor Schmerz auf. Ich schloss meinen Kiefer um seinen Hals und drehte meinen Körper mit Schwung auf eine Seite. Ich hörte ein Knacken. Er wedelte mit den Armen und versuchte, mich zu schlagen. Ich ließ ihn los und landete ein Stück von ihm entfernt. Er taumelte; sein Kopf hing schlaff herunter und es klaffte eine Wunde in seinem Hals. Seine Augen weiteten sich vor Panik, dann richtete er seinen Kopf und die Verletzung begann vor meinen Augen zu heilen.

Auf gar keinen Fall.

Ich griff erneut an, sprang über eine Kirchenbank und stürzte vorwärts. Meine Vorderpfoten prallten gegen seine Brust, rissen sein Hemd auf und gruben sich tief in das harte Fleisch. Er streckte die Arme aus und hielt mich gerade noch rechtzeitig zurück. Meine Zähne schnappten nur wenige Zentimeter vor seinem Gesicht zu.

Schmerz strömte durch meine Schultern, als er seine Krallen darin versenkte. Ich drückte mit meinen Hinterläufen gegen seine Brust und riss mich los. Mein Rücken prallte auf den Boden. Strauchelnd richtete ich mich auf und wollte gerade einen zweiten Angriff starten, als ich aus dem Augenwinkel eine Bewegung bemerkte.

Jake kämpfte gegen Danika und ein zweiter Vampir stürmte von hinten auf ihn zu. Ich wirbelte herum, änderte die Richtung und als ich merkte, dass ich nicht rechtzeitig ankommen würde, rammte ich meinen Körper gegen die Ecke der nächsten Kirchenbank, sodass sie den Vampir am anderen Ende an den Beinen traf. Er stolperte und stürzte zu Boden. Das Krachen lenkte Jakes Aufmerksamkeit auf sich und verriet seinen schleichenden Gegner. Er wirbelte sofort herum, biss ihn in den Hals und riss seinen Kopf ab.

Diese Mistkerle kämpften nicht fair. Wenn sie es täten, hätten sie keine Chance gegen uns.

Ich konzentrierte mich wieder auf meinen eigenen Gegner, während die Wut in mir wuchs. Er hatte ein Stück Holz aufgehoben und stürmte in meine Richtung. Ich wich aus. Sein Pflock verfehlte mich nur knapp. Der Vampir kam zum Stehen und wirbelte herum, wobei er das Holzstück wie einen Schläger hielt und nach mir schlug. Auf allen Vieren duckte ich mich tief und sobald der Schlag über meinen Kopf hinwegsauste, sprang ich vorwärts, vergrub meine Zähne in seinem Knöchel und riss seinen Fuß ab.

Er verlor die Balance und fiel hin, kam jedoch schnell in eine Sitzposition. Als ich mich bereit machte, noch einmal anzugreifen, traf ihn ein Schuss direkt ins Herz und er fiel mit der Hand an der Brust nach hinten.

Ich blinzelte und starrte seinen gefallenen Körper mehrere Momente lang an. Er sah tot aus, doch ich konnte nicht beurteilen, ob er das wirklich war – er hatte keine Atmung oder einen Herzschlag, die ich hätte überprüfen können. Kampfgeräusche erfüllten den Tempel um mich herum. Eine Kirchenbank flog über meinen Kopf hinweg und krachte gegen die Wand, als Erics Wolf aus dem Weg sprang. Ich sah mich nach dem Schützen um, doch ich entdeckte niemanden. Wer auch immer das tat, stand außerhalb des Tempels und konnte verdammt gut schießen. Und seine Kugeln mussten verzaubert sein, wenn sie die Vampire umlegen konnten.

Damien stand an der Tür und schleuderte Magiebälle auf Bernadettas verschwommene Gestalt. Sie rannte zwischen den Kirchenbänken hindurch und versuchte, zu ihm zu gelangen, während seine Hände schnell und anmutig durch die Luft tanzten und Zauber formten, die stark genug waren, um eine der mächtigsten Vampirinnen der Stadt zu stoppen.

Es war ein toller Anblick.

Ich riss meinen Blick von ihrem Kampf los und sah mir meine Umgebung an, auf der Suche nach einem weiteren Ziel. Sofort erspähte ich Stephen Erickson, der vorsichtig auf die Tür zu schlich und das Jadegefäß an seine Brust drückte.

Dafür wirst du bezahlen, du Feigling.

Ich sprang über die Vampirleiche vor meinen Pfoten und stürmte durch das Chaos aus zerbrochenen Bänken und kämpfenden Gestalten auf Stephen zu. Er bemerkte mich, als er sich gerade an Damien und Bernadetta vorbeischleichen wollte. Er hielt einen Moment lang inne, schenkte mir ein schiefes Lächeln, dann zeigte er auf mich.

„Stopp sie", befahl er und ich bemerkte zu spät, dass der Hybrid, den Bernadetta erschaffen hatte, ihm durch die Schatten folgte.

Der Hybrid trat vor und stieß ein ohrenbetäubendes Brüllen aus, während sein Körper begann, sich zu verwandeln, seine Muskeln bebten, sein Kopf länger wurde und knackte, seine Kleidung zerriss. Ich wartete darauf, dass er auf vier Pfoten landete, doch er blieb stehen, während seine Züge nur zur Hälfte wölfisch waren. Das Fell wuchs spärlich über seinen Körper, darunter waren pulsierende, schwarze Adern zu sehen. Auch sein Gesicht war wie eine zerklüftete Landkarte davon bedeckt. Sie kletterten über seine teilweise verlängerte Schnauze und die leicht spitzen Ohren und bildeten ein Netz um seine komplett schwarzen Augen.

Er war monströs und furchterregend und versperrte mir den Weg, während sich Stephen zur Tür schlich und aus dem Tempel rannte.

Dieser feige Bastard. Er würde dafür bezahlen.

Mit einem gutturalen Knurren stürmte die Bestie los, und ein wilder Ausdruck prägte sein Gesicht.

Ich blickte nach rechts und links, als etwas, das sich wie ein Güterzug anfühlte, auf mich zukam. Als er nur noch ein paar Meter entfernt war, fiel der Hybrid auf seine Hände und preschte vorwärts, denn er konnte sowohl als Mensch als auch als Wolf laufen.

Mit ausgestreckten Händen sprang er ab. Seine Finger waren lang und er hatte riesige Knöchel und zehn Zentimeter lange Krallen an den Fingerspitzen. Ich versuchte, auszuweichen, doch er war schnell. Seine Krallen kratzten über meine Seite und gruben sich tief in mein Fleisch. Ich jaulte vor Schmerz auf. Blut benetzte mein Fell und tropfte schnell an meinem Vorderbein herunter.

Die Kreatur drehte sich trotz ihrer Größe blitzschnell und hatte es diesmal auf meine Augen abgesehen. Ich senkte meinen Kopf und stürzte mich auf ihn. Ich schloss mein Maul um seinen Unterarm und biss so fest zu, wie ich konnte. Er brüllte und schleuderte mich mit einer Bewegung seines Arms quer durch den Raum. Ich landete auf einer Kirchenbank, meine Wirbelsäule stieß hart dagegen und knackte schmerzhaft. Dann rollte ich von ihr herunter und schlug auf dem Boden auf. Ich wollte aufstehen, doch meine Beine gaben nach und ich fiel wieder hin. Der Hybrid tauchte über mir auf; er stand auf der Bank und blickte auf mich herunter. Er lächelte genüsslich, wobei sein halb menschliches Gesicht einen grotesken Ausdruck annahm.

Ich versuchte noch einmal, mich zu bewegen, doch meine Beine hörten nicht auf mich.

Die Kreatur sprang von der Bank und sperrte mich zwischen seinen Armen und Beinen ein. Dann senkte er seine Schnauze an mein Ohr. Seine Kehle grollte, als er tief einatmete.

„Du riechst köstlich", sagte er mit einer Stimme, die kaum menschlich war und eher wie das Poltern von Stein auf Stein klang.

Wut entbrannte in mir. Diese Kreatur war eine Abscheulichkeit, die schlimmer war als alle anderen. Warum sollten Bernadetta und Stephen so etwas erschaffen wollen? Warum konnten sie nicht damit zufrieden sein, was sie hatten? Waren Unsterblichkeit, gesteigerte Sinne und Geschwindigkeit sowie ewige Gesundheit nicht genug? Warum konnten sie alle nicht einfach in Frieden leben lassen?

Die Reißzähne des Hybriden fuhren sich mit einem nassen Geräusch aus und wurden noch länger. Er drehte den Kopf, als ich meinem Körper befahl, aufzustehen und zu kämpfen, doch ich spürte nichts mehr. Mein Rückgrat war gebrochen.

Als er näherkam und sein Maul auf meinen Hals richtete, schüttelte ich aus Reflex meinen Kopf und erkannte, dass ich zumindest so viel bewegen konnte. Ich konzentrierte mich auf seinen Arm, den er benutzte, um sich über mir zu halten, und stieß meinen Kopf nach vorn, nahm den Arm in mein Maul und biss mit aller Kraft zu, wobei ich all meinen Zorn benutzte.

Energie strömte durch meinen Körper und schien durch meinen Mund direkt auf den Hybriden überzugehen. Er legte seinen Kopf in den Nacken und stieß einen erstickten Schrei aus. Ein Lichtblitz schoss für einen Moment durch ihn hindurch, dann fiel er auf mich; sein Körper war schlaff und erdrückend auf mir.

Ich horchte auf seinen Atem und seinen Herzschlag, doch ich hörte nichts. Hatte ich ihn getötet? Oder hatte es das Blut am Dolch getan? Ich konnte es unmöglich wissen.

Der Kampf um mich herum ging weiter. Magie blitzte auf wie Stroboskoplichter. Knurren und Gebrüll hallte von den Steinwänden wider. Poltern, Schmerzensschreie, zerbrechendes Glas.

Steh auf. Steh auf.

Ich versuchte immer wieder, mich zu bewegen, doch ich konnte meinen Körper vom Hals abwärts nicht spüren.

Bitte, bitte, lass mich gesund werden.

Statt nichts zu fühlen, spürte ich plötzlich starken Schmerz, der über meine Wirbelsäule lief. Ich erschauderte und mein ganzer Körper krampfte. Das Gefühl kam schrittweise zurück, meine Glieder kribbelten, mein Rücken schrie vor Schmerz. All meine Nervenenden standen in Flammen.

Der Schmerz hielt eine Ewigkeit oder nur wenige Minuten an, ich konnte es nicht sagen, doch ich war froh darum, denn es war besser als nichts zu fühlen. Trotz der anhaltenden Schmerzen kehrte das Gefühl in meine Gliedmaßen zurück und ich konnte sie wieder bewegen.

Heilige Hexenlichter! Hatte ich mich gerade von einer Wirbelsäulenverletzung erholt? Hatte mein Rücken sich wieder zusammengefügt? Wie auch immer, ich konnte nicht dankbarer dafür sein, eine Werwölfin zu sein und Heilkräfte zu haben.

Unter Schmerzen bewegte ich mich von dem Hybriden weg und erhob mich langsam auf zittrige Beine. Ich schaute mich um und überblickte das Chaos.

Damien kämpfte immer noch und tat sein Bestes, um Bernadetta in Schach zu halten. Schweiß glänzte auf seiner Stirn und im Gegensatz zu Bernadetta schien er erschöpft zu sein. Sie griff weiterhin an und versuchte, ihn zu erreichen, während magische Angriffe auf sie niederregneten.

Einige seiner Salven streiften sie, doch sie schafften es kaum, sie zurückzuschleudern. Ihre Stiefel schrammten gegen den Steinboden, doch sie blieb stehen. Einmal gelang es ihm, sie direkt zu treffen, und sie flog gegen die Wand, aber sie stand sofort wieder auf und stürzte sich verbissen auf den Magier. Sie wollte ihn erschöpfen, und das gelang ihr auch.

Ich versuchte, zu entscheiden, was ich tun sollte, als Jake und Eric sich rechts und links neben mich stellten. Ich sah mich um und erkannte, dass sie die Einzigen waren, die noch standen. Niemand sonst kämpfte noch und die Schüsse hatten aufgehört. Es schien, als hätten wir den Rest der Vampire besiegt. Aber was war mit den Werwolfgefangenen? Ich sah ein paar von ihnen auf dem Boden, wo sie ihre Wunden leckten. Waren die anderen tot? Ich wandte mein Gesicht ab und weigerte mich, hinzusehen.

Ich habe gesehen, wie du zu Boden gegangen bist, erklang Erics Stimme in meinem Kopf. *Geht es dir gut?*

Mit mir ist alles in Ordnung, aber Damien ... er wird müde.

Er sah zu Jake hinüber und sie schienen sich stumm zu verständigen. Zusammen bewegten sie sich auf die Dunkle Donna zu, schleichend, pirschend. Ich schloss mich ihnen an. Jake warf mir einen Seitenblick zu und ich erwartete, dass er mich auffordern würde, zurückzubleiben, doch er nickte mir nur zu.

Scheinbar erkannte er langsam, dass ich auf mich selbst aufpassen konnte.

Wir bildeten einen Kreis um Bernadetta. Damien bemerkte uns und ich glaubte, ein erleichtertes Zucken auf seinen Zügen zu sehen. Schließlich hörte die Vampirin auf, sich zu bewegen und schaute sich um. Ihre schwarzen Augen sahen uns nacheinander an, als würde sie die Bedrohung einschätzen, die wir darstellten. Nachdem sie die Berechnungen angestellt hatte, veränderte sich etwas in ihrem Gesichtsausdruck. Es stand nicht gut für sie. Sie war stark, aber nicht so stark, dass sie gegen drei Alphas und einen Kupfermagier ankam.

Sie zischte frustriert und ließ ihren Blick durch den Raum schweifen.

Mit aufgestellten Nackenhaaren und gefletschten Reißzähnen näherte Eric sich. Sein Wolf war nicht annähernd so groß wie der von Jake, aber seine Bewegungen hatten eine gewisse Präzision, die mir Angst einjagte und bei der ich fröstelte.

Jake und ich folgten Erics Beispiel und pirschten uns an sie heran. Damien wirbelte einen Zauber durch die Luft und seine Lippen bewegten sich lautlos. Wir hatten sie umzingelt und dies war unsere einzige

Chance, sie zu Fall zu bringen. Danach mussten wir uns nur noch um Stephen kümmern, und ich bezweifelte, dass es schwierig wäre, mit ihm fertig zu werden. Vielleicht irrte ich mich auch. Mit Verrätern war nicht zu spaßen.

Eric stürzte sich zuerst auf die Vampirin. Jake ging als Nächster und ich folgte ihm. Mit Bewegungen, die schneller waren, als das Auge sie wahrnehmen konnte, sprang die Dunkle Donna in die Luft und schwebte außerhalb unserer Reichweite. Von dort aus schaute sie verächtlich auf uns herab, als wir in dem Versuch, sie zu erreichen, auf unsere Hinterläufe sprangen, knurrten und vergeblich nach ihr schnappten.

Damien griff als Nächstes an. Ein knisternder Klumpen Magie in der Größe eines Basketballs traf Bernadetta in die Brust und explodierte in blauem Licht. Sie flog nach oben, überschlug sich und krachte gegen die Wand. Ich erwartete, dass sie fallen würde, aber stattdessen grub sie ihre Krallen in die Steine und klammerte sich daran fest.

Damien machte sich an einen neuen Zauber und wir rannten zur Wand, um darauf zu warten, dass sie zu Boden fiel. Doch bevor der Magier eine weitere Salve abfeuern konnte, krabbelte die Dunkle Donna wie eine Spinne nach oben und riss mit ihren bloßen Händen ein Stück des Dachs ab. Dann verschwand sie durch das Loch und nachdem wir den herabfallenden Dachziegeln ausgewichen waren, starrten wir durch ein zerklüftetes Loch zum Mond hinaus.

Einen Moment später ertönten schnelle Schritte außerhalb der Kirche. Ich wirbelte herum und erwartete, die Dunkle Donna zu sehen, die kampfbereit wieder hereinstürmte. Stattdessen sah ich mit offenem Mund zu, wie Rosalina in einem abgefahrenen Lederoutfit und mit einem Gewehr mit einem riesigen Zielfernrohr über der Schulter hereineilte.

„Ist es vorbei?", fragte sie. „Haben wir gewonnen?"

Das konnte nicht sein!

Ich starrte sie an und begann langsam wirklich zu bezweifeln, dass meine Wirbelsäulenverletzung geheilt war. Vielleicht lag ich immer noch unter dem Hybriden und war in einem Fiebertraum verloren, denn ich wusste, dass Rosalina keine knallharte, ledertragende Gewehrschützin war.

Und wenn ich mich irrte, spielte die Welt wirklich vollkommen verrückt.

KAPITEL 31

Am nächsten Abend quetschten sich alle in den winzigen Eingangsbereich der Agentur. Ich, Rosalina, Jake, Damien und selbst Eric Lone.

Auf Rosalinas Schreibtisch stand ein mit Eis gefüllter Metalleimer, in dem eine Champagnerflasche steckte, die Eric mitgebracht hatte. Ich hatte durchsichtige Plastikbecher dabei, die aussahen wie Weingläser, und ein Tablett mit Hors d'oeuvre, mit winzigen Quiches, Wurst und mundgerechten Krabbenküchlein.

„Wir geben ein super Team ab", sagte ich, nahm die Flasche und hob sie in die Höhe.

Damien zuckte mit einer Schulter und setzte sich auf das kleine Sofa, strich seinen Umhang zu einer Seite und legte seinen Zylinder auf den Couchtisch.

Eric gesellte sich zu ihm, nahm Platz und überkreuzte die Beine. „Füll meinen Becher bis zum Rand, bitte."

Ich schnaubte. „Füll ihn doch selbst!"

Der Versuch, mit dieser Truppe zu feiern, war traurig.

Ich schenkte mir Schampus ein und schlenderte damit an Eric vorbei, schlürfte den Champagner und machte genüssliche Geräusche.

„Frauen heutzutage", sagte Damien und verdrehte seine kupferfarbenen Augen.

„Wir sind nicht im neunzehnten Jahrhundert, Opa." Rosalina nahm sich selbst Champagner und nachdem sie ihn gekostet hatte, sagte sie: „Gute Wahl."

„Opa?", sagte Damien und klang empört. „Ich bin niemandes Opa und zu deiner Information, ich wurde nicht im neunzehnten Jahrhundert geboren."

Rosalina machte eine wegwerfende Bewegung mit ihrer Hand. „Du wurdest etwa 1905 geboren, das zählt."

Die Augen des Magiers verengten sich und er stritt es nicht ab, was wahrscheinlich bedeutete, dass sie nahe dran war.

Jake goss sich ebenfalls Champagner ein. Er wusste besser als jeder andere, dass er bei mir falsch war, wenn er erwartete, dass jemand die pflichtbewusste Frau spielte. Ich tat gern etwas für andere, solange ich nicht das Gefühl hatte, dass sie mich ausnutzten oder sexistisch waren. Wenn doch, wurde ich ungemütlich. Meiner Meinung nach musste jeder seinen Beitrag leisten.

Aber genug davon. Ich wollte feiern, dass wir am Leben waren, dass wir Bernadettas und Stephens bösem Plan ein Ende gesetzt hatten und dass keine Hybrid-Monster ihr Unwesen trieben.

Nach unserem Kampf hatten wir alle den Tempel verlassen und die wenigen Werwölfe mitgenommen, die noch am Leben waren. Damien hatte die schlimmsten Wunden behandelt und sich dabei ziemlich geschickt angestellt, auch wenn er kein Heiler war. Wir boten ihnen an, sie danach ins Krankenhaus zu bringen, doch sie wollten nur so weit wie möglich von St. Louis weg. Diese Erfahrung hatte sie nicht nur verängstigt, sie waren nun auch rudellos. Es stellte sich heraus, dass die zehn Werwölfe alle zu einem kleinen Rudel gehört hatten, das ein kleines Territorium außerhalb der Stadtgrenzen beansprucht hatte, und jetzt war dort nichts mehr für sie übrig.

Am Ende hatten wir anonym die Polizei verständigt. Das Massaker in der Kirche würde bei den Gesetzeshütern eine Menge Fragen aufwerfen, und sie würden nach jemandem suchen, den sie für all diese Tode verantwortlich machen konnten. Vor dem Gesetz war Mord immer Mord, und wir würden alle für die Tode dieser Vampire im Gefängnis landen, egal, ob wir einen guten Grund dafür hatten, sie zu töten. Glücklicherweise schien Damien Experte darin zu sein, Beweise von Tatorten zu entfernen und er versicherte uns, dass sie das Chaos keinesfalls auf uns zurückführen konnten.

Es war eine Nacht gewesen, die ich nie vergessen würde.

Widerwillig stand Eric von der Couch auf und schenkte sich Champagner ein. Nach dem ersten Schluck leckte er sich über die Lippen, goss noch mehr in seinen Becher und löcherte mich mit der gleichen Frage, die er mir heute schon zweimal gestellt hatte. „Bist du sicher, dass der Dolch in Sicherheit ist, Sunder?"

„Ja! Ist er!" Meine Güte.

„Ich werde mich nicht beruhigen, bis die Rudelherrscher ihn in ihrem Besitz haben", sagte er.

„Vielleicht ist er bei mir sicherer", sagte ich. „Hast du schonmal daran gedacht? Hm?"

Eric warf mir einen Blick zu, der zu fragen schien: Was hast du geraucht?

Ich seufzte verärgert. „Was, wenn einer dieser spießigen Regelhüter auf die Idee kommt, den Dolch zu benutzen?"

„Das werden sie nicht tun. Sie werden ihn schützen."

„Seit wann vertraust du ihnen?", fragte Damien.

Eric funkelte den Magier an.

„Er vertraut nur mir nicht, weil ich nur ein Welpe bin", sagte ich.

„Ich stimme Eric zu", sagte Jake. „Ich kann erst aufatmen, wenn er nicht mehr in deinen Händen ist."

Ich verdrehte die Augen. Natürlich.

„Bernadetta oder Stephen könnten danach suchen, Toni." Jakes Tonfall klang, als sollte er ihn bei einem Kind benutzen, nicht bei mir.

„Ich habe keine Angst vor ihnen", sagte ich. „Lass sie kommen, dann zeige ich ihnen mal einen Dolch." Ich hob meinen Mittelfinger und ließ eine scharfe Klaue aus ihm herausspringen.

Zu meiner Überraschung lachte Eric herzhaft, etwas, das ich noch nie von ihm gehört hatte. Damien lächelte seinen Freund verstohlen an und freute sich offensichtlich, ihn so fröhlich zu sehen.

Eric atmete tief durch und setzte sich mit seinem Champagner in der Hand wieder auf seinen Platz. „Die Rudelherrscher treffen sich in nur drei Tagen. Ich schätze, ich kann dem Welpen bis dahin vertrauen." Er zwinkerte mir freundschaftlich zu.

Um ehrlich zu sein, fühlte ich mich nicht ganz so wohl dabei, den Dolch zu behalten. Stephen jagte mir keine Angst ein, aber die Dunkle Donna war eine ganz andere Sache. Mehr als alles andere zählte ich darauf, dass sie annahmen, ich würde nicht so dumm sein, den Dolch zu behalten. Wenn überhaupt dachten sie sicher, dass Damien ihn hatte, und er konnte sich gegen Bernadetta behaupten.

Ich schob diese düsteren Gedanken beiseite, drehte mich zu Rosalina um und stieß mein Glas gegen ihres. „Ich kann immer noch nicht glauben, dass du hinter meinem Rücken trainiert hast. Du hast dich in eine echte Schwarze Witwe verwandelt."

Sie schenkte mir ein verschmitztes Lächeln und zwinkerte mir zu. „Ich hatte es satt, immer zurückgelassen zu werden, während du die ganze Action mitbekommen hast."

„Ja, aber was ist mit deinem gesunden Menschenverstand und der Vernunft?"

„Ich habe sie über Bord geworfen." Sie tat so, als würde sie sich etwas über die Schulter werfen.

„Das klingt gar nicht nach dir."

Ihre Miene wurde nüchtern. „Ich weiß. Ich schätze, ich hatte einfach Angst."

Ich runzelte die Stirn. „Was meinst du?"

„Ich hatte Angst, meine beste Freundin zu verlieren", sagte sie und ihre grünen Augen blickten dabei direkt in meine.

Mein Mund öffnete sich, um zu widersprechen, doch sie ließ mich nicht zu Wort kommen.

„Und versuch nicht, mir zu sagen, dass ich dich nicht verlieren werde, denn so wie es im Moment läuft, gibt es zwei Wege, wie es passieren kann. Entweder du beschließt, dass es langweilig ist, diese Agentur zu führen und dass es mehr Spaß macht, Verbrechen zu bekämpfen. Oder du wirst getötet, weil niemand da war, um dich zu beschützen."

Ich wusste nicht, wie ich darauf antworten sollte. Ich nahm an, ich hätte wissen müssen, dass sie so denken würde, selbst, wenn sie teilweise unrecht hatte.

„Ich könnte immer getötet werden", sagte ich. „In der Stadt gibt es keinen Mangel an Bussen und ich könnte immer von einem von ihnen überfahren werden, aber unsere Agentur würde mich nie langweilen.

Ich liebe es, mit dir zusammenzuarbeiten. Ich freue mich jeden Morgen, aufzuwachen und herzukommen, um mit meiner besten Freundin zu arbeiten."

„Wirklich?"

„Natürlich." Ich zog sie in eine feste Umarmung. Mir gefiel die Vorstellung nicht, dass sie das Gesetz in ihre eigene Hand nahm, egal, wie gut sie jetzt mit einem Gewehr umgehen konnte, aber ich würde mich sofort für sie in jeden Kampf stürzen, und ich hatte kein Recht dazu, ihr zu sagen, dass sie es nicht genauso tun sollte.

Als wir uns voneinander lösten, bemerkte ich, dass Damien meine Freundin über den Rand seines Glases anschaute. Er hatte seine Magie benutzt, um sich Champagner einzuschenken und lehnte sich bequem zurück, während er Rosalinas Schönheit aus der Ferne bewunderte.

„Jemand beobachtet dich", sagte ich verstohlen.

Sie nahm einen Schluck Schampus und blinzelte den Magier verführerisch an, wobei sie all ihre weiblichen Reize spielen ließ. Unfähig zu widerstehen, rutschte er an den Rand des Sofas.

„Hmm, ich brauche mehr Champagner", sagte ich, obwohl mein Becher noch halbvoll war.

Jake saß halb auf Rosalinas Schreibtisch, ein Bein baumelte herunter und das andere stand noch fest auf dem Boden. Nachdem ich meinen Becher aufgefüllt hatte, stellte ich mich vor ihn und musterte ihn von Kopf bis Fuß. Seine ausgeblichene Jeans lag eng an seinen kräftigen Oberschenkeln an, und ich sehnte mich danach, über seine Muskeln zu streicheln. Er trug ein dunkelgraues Hemd, das er bis zu den Ellbogen hochgekrempelt hatte, und seine liebsten Motorradstiefel. Sie waren schwarz, kantig, hatten einen Absatz von zwei Zentimetern und etliche Schrammen. Mehrere Lederarmbänder zierten sein linkes Handgelenk. Etwas Neues, um das Armband zu ersetzen, das er mir geschenkt hatte.

„Warum hast du mir nicht gesagt, dass du Rosalina trainierst?"

„Weil sie mich gebeten hat, es nicht zu tun."

Rosalina war nach dem Rhabo-Vorfall bei Pulse Inc. zu Jake gegangen und seitdem hatte er ihr alles über Waffen und Selbstverteidigung beigebracht.

„Wie schon gesagt", meinte Jake, „sie ist ein Naturtalent. Ich habe ihr alles beigebracht, was ich weiß, aber dann habe ich sie an einen Kumpel von mir verwiesen, weil sie darauf brennt, noch mehr zu lernen. Sie will auch lernen, wie man mit einem Schwert umgeht.“

„Was?!“

„Jep.“

„Was ist nur in sie gefahren?“

„Vielleicht ist sie ein Adrenalinjunkie, aber wusste es nicht.“

Wir mussten uns mehr als je zuvor wieder auf das Aufspüren von Gefährten konzentrieren. Wenn wir das nicht taten, würden wir am Ende noch einem SWAT-Team beitreten oder so.

Außerdem hatte Jake hinter meinem Rücken einen Peilsender in das Armband eingebaut, das er mir geschenkt hatte. So hatte er mich in dem Tempel gefunden. Ein Suchgerät an einer Fährtensucherin, wie paradox. Rosalina hatte davon gewusst, und als ich ihre Anrufe nicht beantwortet hatte, kontaktierte sie Jake, der das Signal zum Tempel zurückverfolgte. Ich fummelte einen Moment lang daran herum, dann stellte ich den Becher ab und versuchte, den Verschluss zu öffnen.

Ich schüttelte den Kopf. „Das fühlt sich nicht richtig an.“

„Es hat dein Leben gerettet.“

Das hatte es, aber ich wollte nicht, dass er rund um die Uhr wusste, wo ich war.

Er schien meine Gedanken zu lesen, denn er sagte: „Ich werde es nicht benutzen, um dich zu orten, außer, ich habe den Verdacht, dass du in Gefahr bist.“

Ich streckte meine Hüfte heraus. „Was, wenn ich ein heißes Date habe?“

Seine silbernen Augen verdunkelten sich und seine Pupillen wurden weit. „Bitte tu das nicht.“

„Was? Auf ein Date gehen?“

Er blinzelte zur Antwort.

„Das musst du gerade sagen, Mr. Verlobt.“

„Ich arbeite daran“, sagte er mit einem leisen Flüstern. „Ich habe dir ein Versprechen gegeben.“

„Das bedeutet nicht, dass ich keinen Spaß haben kann, während du das tust.“

Ein trauriges Lächeln breitete sich auf seinen perfekten Lippen aus. „Ich habe überhaupt keinen Spaß, das versichere ich dir.“

„Du willst mir weismachen, dass Allison Blackridge nicht versucht, sich an ihren Verlobten ranzuschmeißen."

„Ob du es glaubst oder nicht, wir sprechen kaum miteinander."

Also, das war nicht, was ich mir vorgestellt hatte. Als ich sie im Haus von Walter Knight traf, hatte ich einen anderen Eindruck. Natürlich war ich blind vor Eifersucht gewesen, also wusste ich nicht, welche meiner Erinnerungen real und welche von meinem Neid auf sie verstärkt wurden.

„Was? Ist sie schüchtern oder so?", fragte ich.

„Ich glaube nicht." Er sah einen Moment lang nachdenklich aus. „Sie ist genauso ein Opfer der Umstände wie ich."

Das war eine ganz andere Perspektive, die ich nicht bedacht hatte. Es handelte sich um eine arrangierte Ehe, die unter Werwölfen zwar nicht ungewöhnlich, aber auch nicht alltäglich war. Trotzdem mussten sie zugestimmt haben, richtig? Jake hatte es. Niemand hatte ihn gezwungen. Natürlich war er ein starker Alpha, und ich bezweifelte, dass irgendjemand ihn dazu zwingen könnte, etwas zu tun, das er nicht wollte. Allison hingegen ... soweit ich wusste, war sie kein Alpha. Vielleicht hatten sie sie tatsächlich gezwungen.

Ich runzelte die Stirn. Ich wusste, dass ich mir keine Hoffnungen machen sollte. Dieser Pakt zwischen den Blackridges und den Knights war echt.

„Wie auch immer." Ich zuckte mit den Schultern. „Du hast dich in diese Situation gebracht, und ich werde auf dich warten, aber ich sehe keinen Grund, warum ich in der Zwischenzeit nicht ein bisschen Spaß haben sollte."

„Weil du mich liebst." Jake grinste sein herzerweichendes Grinsen.

Es stimmte. Er war der einzige Mann, den ich je geliebt hatte, aber war es schlau, mein Leben für ihn anzuhalten und zu hoffen, dass er vielleicht aus einem unumstößlichen Pakt herauskam?

Ich wandte mich von Jake ab, entschlossen, meine gute Laune nicht zu verderben, und schnappte mir eine Mini-Quiche vom Tablett mit den Hors d'oeuvre. Während ich daran knabberte, bemerkte ich, wie Damien endlich von der Couch aufstand und auf Rosalina zuging.

Er schenkte ihr ein zaghaftes Lächeln und sie begannen, sich zu unterhalten, wobei sich ihre Blicke flüchtig trafen und sich dann wieder auf den Boden richteten. Ich lächelte und war froh, dass Damien uns den Anruf bei der Polizei scheinbar verziehen hatte. Wenn ich objektiv darüber nachdachte, wurde mir klar, dass es sich nicht nur um ein kleines Vergehen handelte. Wenn mir jemand die Polizei auf den Hals hetzen würde, wüsste ich nicht, ob ich demjenigen je vergeben könnte. Aber natürlich war Damien eine bessere Person als ich und war bereit, über diesen Fehler hinwegzusehen.

Es ging wieder bergauf. Morgen würde Joshs Heilmittel fertig sein. Damien könnte seine Tochter und wir unseren Kunden retten und wahrscheinlich auch unseren Ruf.

Am nächsten Tag, nach einem gemütlichen Mittagessen mit Rosalina bei einem unserer Lieblingsrestaurants kamen wir zurück zum Büro, um dort auf Damien zu warten. Um mir die Zeit zu vertreiben, ging ich in meine Tranknische, um Zutaten zusammenzustellen und sicherzugehen, dass ich alles für unseren neuen Kunden vorrätig hatte.

Ich vergaß die Zeit und nach einem Blick auf mein Handy ging ich in den Eingangsbereich. „Damien ist zu spät", sagte ich.

Rosalina sah vom Computer auf und blickte stirnrunzelnd auf ihre Armbanduhr. „Ja, das sieht ihm gar nicht ähnlich. Soll ich ihn anrufen?" Sie griff nach ihrem Handy.

„Vielleicht. Oder schreib ihm eine Nachricht."

Ihr Daumen bewegte sich schnell über den Bildschirm, dann drückte sie auf Senden. Sie legte gerade ihr Handy ab, als die Eingangstür aufflog und der Magier in den Raum stolperte und auf dem Boden zusammenbrach.

„Damien!", rief Rosalina und sprang auf.

Wir rannten beide zu ihm und knieten uns neben ihn. Damien lag auf dem Bauch. Wir packten ihn an den Schultern und halfen ihm, sich umzudrehen.

Rosalina keuchte. Ich legte eine Hand über meinen Mund.

In seiner Brust klaffte ein großes Loch; die Ränder glühten vor knisternder Magie und es waren Knochen und Sehnen sichtbar.

Oh nein! Entsetzen durchflutete mich.

„Ruf einen Krankenwagen!", schrie Rosalina.

Ich schnappte mir mein Handy und wählte, so schnell ich konnte. Dann sprach ich mit der Disponentin und beschrieb ihr den Weg zur Agentur.

Rosalinas Hände schwebten über Damiens Brust und ihr Gesicht war verzerrt, während sie alles durchzugehen schien, was sie tun konnte, um ihm zu helfen, aber keinen Rat wusste.

„Alles wird gut", sagte sie. „Bald wird jemand hier sein, um dir zu helfen."

Ich raufte mir die Haare und wünschte, ich hätte die Heilkräfte meiner Schwester, um Damien zu helfen. Mit rasendem Herzen nahm ich seine Hand.

„Wer hat dir das angetan?", fragte ich.

„M-mitternachtshexe", brachte er heraus.

Natürlich war nur ein höher entwickelter Magienutzer in der Lage, ihn zu besiegen.

„Kennst du sie?"

Er schüttelte seinen Kopf und hustete, wobei sich sein Gesicht vor Schmerz verzerrte. Tränen liefen über Rosalinas Wangen, während sie sein weißes Haar glattstrich und tief in seine Augen blickte.

„Kannst du dich heilen?", fragte ich.

„Zu ... schwach."

Die Sekunden vergingen. Damiens Atmung wurde unregelmäßig. Er blickte angestrengt auf seine Hand. Sie lag offen und schlaff auf dem Boden.

„Was ist los?", fragte ich.

Er flüsterte leise ein paar Worte vor sich hin. Ein Zauber? Vielleicht war er doch noch stark genug, um zu versuchen, sich zu heilen. Als er fertig war, seufzte er erleichtert.

„D-das Heilmittel", murmelte er.

Ich runzelte die Stirn und sah wieder auf seine Hand. Zwei kleine Fläschchen, die vorher noch nicht da gewesen waren, lagen jetzt in seiner Handfläche. Darin schimmerte eine glänzende Flüssigkeit. Daneben befand sich die münzförmige Schnitzerei, die er benutzt hatte, um nach Elf-hame zu gelangen.

„Sorge dafür … dass meine Tochter das Heilmittel bekommt. Sie muss es austrinken."

Ich schüttelte den Kopf. „Du wirst es ihr selbst geben." Meine Stimme zitterte vor Emotionen, während meine Hoffnung schwand.

„Versprich es." Er bewegte seine Hand ein wenig, um meine Aufmerksamkeit auf die Fläschchen zu lenken.

Behutsam nahm ich sie und die Münze aus seiner Hand und verstaute sie sicher in der Brusttasche meiner Jacke. „Ich verspreche es."

Sein gesamter Körper schien vor Erleichterung aufzuatmen.

„Der Zugang gehört dir."

Ich hätte protestiert, weil er mir etwas so Wertvolles schenkte, doch ich brachte es nicht übers Herz, also nickte ich einfach.

Er wandte sich an Rosalina.

„Ich wünschte … es wäre anders ausgegangen."

Rosalina legte eine Hand an seine Wange und lächelte sanft, dann beugte sie sich vor und drückte einen Kuss auf seine blassen Lippen. Seine Augen schlossen sich, als ihm sein Leben entglitt.

„Ich auch." Rosalina legte ihre Stirn auf seine Schulter und weinte.

Lesen Sie Tonis Geschichte weiter: Die Rache der Gefährtensucherin

WWW.INGRIDSEYMOUR.COM